Andreas Scheepker

Du sollst nicht stehlen

Ostfriesland im Frühsommer 1528: Die Reformation geht einher mit großen Umgestaltungen in Kirche und Gesellschaft.

Der Rechtsgelehrte Lübbert Rimberti kommt im Auftrag eines auswärtigen Hofes in seine Heimat zurück. Durch Zufall wird er in die Entdeckung eines Mordfalls verwickelt. Eine unbekleidete Leiche wird am Rande des Moores gefunden. Es gibt scheinbar keine Informationen über diesen Mann. Als Rimberti Licht in die Sache bringen will, schafft er sich Freunde aber auch Feinde in höchsten Kreisen. Sowohl der mächtige Graf Enno, als auch seine eigenen Standeskollegen versuchen, ihn von der Aufklärung abzulenken.

Die Brüder Garrelts, der Schreiber Grütering und der humorvolle Offizier Fockena ermitteln mit ihm in Klöstern sowie den Städten Leer, Norden und Umgebung. Sie lüften eines der am besten gehüteten Geheimnisse der ostfriesischen Geschichte.

Ein Buch für alle, die Ostfriesland oder einfach nur gute historische Romane mögen.

In einem Anhang werden die historischen Zusammenhänge erläutert, ein kleiner lexikalischer Teil gibt Auskunft über wichtige historische Persönlichkeiten und Begriffe.

Andreas Scheepker, geboren 1963 in Hage (Ostfriesland). Studium der Evangelischen Theologie in Münster und Göttingen, seit 1992 Pastor in Norden (Ostfriesland), teilt sich mit seiner Frau eine Pfarrstelle in der Evang.-luth. Andreas-Kirchengemeinde Norden, unterrichtet stundenweise Evang. Religion am Ulrichsgymnasium Norden, studiert nebenbei Literaturwissenschaft, Geschichte und Pädagogik und interessiert sich in seiner Freizeit u.a. für Kriminalliteratur und ostfriesische Geschichte.

Andreas Scheepker

Du sollst nicht stehlen

Ein historischer Kriminalroman
aus der Reformationszeit in Ostfriesland

KBV KRIMI

Dies ist kein Sachbuch. Die Handlung und die Hauptpersonen sind frei erfunden. Mit der »Erfindung« und Gestaltung dieser Personen habe ich mir viel Mühe gemacht, sodass eine Ähnlichkeit mit lebenden Personen wirklich rein zufällig wäre. Auch eine Reihe von Orten, z.B. Kolkebörg und Bendiktshusen sind erfunden. Gleichwohl habe ich versucht, die Handlung in einen einigermaßen stimmigen historischen Rahmen zu setzen. Deshalb spielen historische Orte, Ereignisse und Personen eine wichtige Rolle. Aber ich habe dort, wo es mir für den Verlauf der Erzählung wichtig erschien, die Historie ein wenig verändert. Darum bitte ich die Kenner/innen der Regionalgeschichte um freundliches Nachsehen. Ich hoffe, dass es trotzdem gelungen ist, durch diesen fiktiven Kriminalfall einen Einblick in Ereignisse und Themen der ostfriesischen Geschichte in der Reformationszeit zu geben.

Originalausgabe

www.kbv-verlag.de
E-Mail: info@kbv-verlag.de
Telefon: 02381 - 49 20 20
Fax: 02381 - 49 20 22
Redaktion: Dorothee Steuer, Sankt Augustin
Umschlagillustration: Ralf Kramp, Bad Münstereifel
Gesetzt aus der Palatino-Roman
Druck: Westermann Druck Zwickau GmbH
Printed in Germany
ISBN 3-934638-88-0

Für Angelika

* * * *

Herzlich bedanken möchte ich mich bei meiner lieben Frau Angelika, die meine erste Leserin, Kritikerin und Befürworterin dieses Buches war. Ihr möchte ich diesen Roman widmen.

Ebenso herzlich danke ich meinem alten Freund Thomas Doden, der für den Verlag auf mich zugekommen, mich zu dieser Veröffentlichung sehr ermutigt und das Projekt begleitet hat. Auch der Lektorin, Frau Dorothee Steuer, möchte ich für die gute und angenehme Zusammenarbeit danken.

Personen

Die Reisenden

Lübbert Rimberti	Jurist im Dienst des Grafen August von Kringenberg auf einer Reise durch Ostfriesland
Christoph Grütering	Rimbertis Schreiber und Begleiter

Die Heimkehrer

Renke Garrelts	Kaufmann und Inhaber einer großen Handelsfirma
Ibo Garrelts	Privatgelehrter und Kaufmann, Bruder von Renke Garrelts, kehrt nach Ausbildung und Studium in seine Heimatstadt zurück

Die Norder und Norderinnen

Weert Garrelts	Kaufmann und Inhaber einer großen Handelsfirma, Vater von Renke und Ibo
Gesa von Kringenberg	Großtante des Grafen August von Kringenberg, Witwe eines ostfriesischen Häuptlings, lebt in einem Norder Stadthaus
Kea	entlassene Magd der Frau Gesa
Meike	seit kurzem Magd im Haus von Frau Gesa
Magister Redenius Ulbrandi	Jurist und Notar in Norden
Eilert Hobben	Schreiber und Gehilfe von Magister Ulbrandi
Pfarrer Johannes Steevens	Pfarrer an der Kirche St.Ludgeri
Rieckleff Kroon	Schmied, Reviermeister für den südlichen Bereich der Stadt Norden
Nanno Janssen	Schüttemeister

Die Ordensleute

Abt Gerhard Synellius	Abt des Klosters Marienthal
Meta Hallenga	Vorsteherin der Klostervorwerkes Oldekamp
Abt Severin	Abt des Klosters Bendiktshusen
Adriaan de Beer	Bibliothekar des Klosters Bendiktshusen
Rieke Folkerts	Nonne
Alwin	Mönch im Dienst des Grafen Enno

Der Graf und seine Leute

Graf Enno II.	Sohn des Grafen Edzard, ostfriesischer Graf von 1528-1540
Eggerik Beninga	Ostfriesischer Häuptling, Drost von Leerort, Historiker
Derk Holthuis	junger Mann von eingeschränkter Nützlichkeit
Evert Bruns	Stellvertretender Amtmann
Wessel Snuis	Wachsoldat in der Festung Leerort
Siebo Onnen	Wachsoldat in der Festung Leerort

und

Ulfert Fockena	Ostfriesischer Häuptling und Offizier im Dienst des verstorbenen Grafen Edzard, gelegentlich freundschaftlicher Berater des Grafen Enno
Elske Fockena	Nichte Ulfert Fockenas
Magister Heddo Kankena	Pfarrer in Hage, Großonkel von Lübbert Rimberti

1

»Halt endlich das Maul!«, sagte Lübbert Rimberti. Er drehte sich zu dem jungen Mann hin, der neben ihm ritt. Lübbert Rimberti war ein schlechter Reiter. Alle Tiere, die größer waren als ein Hund, waren ihm nicht geheuer, und auch bei Hunden war er sich nicht so sicher. Aber sich von einem Pferd sogar tragen zu lassen und einem solchen Tier sogar Leib und Leben und den Allerwertesten anzuvertrauen, das gefiel ihm ganz und gar nicht.

Sein Begleiter Christoph Grütering machte eine bessere Figur auf dem Pferd. Und er redete in einem fort von den Ereignissen bei ihrer Abreise aus der Heimat, über Erinnerungen an gemeinsame Erlebnisse bis zu dem blonden Mädchen, das sie heute Morgen in einem Gasthof bedient und ihm dabei vielsagende Blicke zugeworfen hatte.

Rimberti seufzte: »Es ist schlimm genug, dass mein Hintern vom Reiten so weh tut. Ich muss jetzt nicht auch noch Kopfschmerzen von deinem Gerede bekommen!«

»Verehrter Herr Doktor, ich will Euch doch nur ein wenig aufmuntern und Euch von Euren Rückenschmerzen ablenken«, antwortete Grütering mit gespieltem Bedauern.

»Sei barmherzig mit mir, Grütering, und belästige meine Ohren und meinen Kopf erst dann, wenn mein Hintern wieder Ruhe hat.«

Grütering lachte. Er wusste, wie ungern Rimberti sich zu Pferde bewegte, und wie weh ihm nach einem längeren Ritt Hintern und Beine taten. »Das kommt daher, dass Ihr viel zu verkrampft im Sattel sitzt. Lieber Doktor Rimberti, Ihr habt viel zu viel Angst vor dem Pferd.«

Rimberti brummte vor sich hin, und sie setzten ihren Weg fort.

Dr. Lübbert Rimberti war Jurist, ein Rechtsgelehrter. Am wohlsten fühlte er sich, wenn er in seiner Studierstube oder auf seinem Amt in der kleinen Residenzstadt Kringstädt sitzen konnte. Wenn es nötig war, machte er natürlich seine Dienstreisen durch die kleine Grafschaft. Und wenn daran nichts zu ändern war, nahm er auch längere Reisen in Kauf. Rimberti war nun schon zum zweiten Mal im Auftrag seines Grafen in seine ostfriesische Heimat unterwegs.

Graf August von Kringenberg besaß mehre Güter, Höfe und Häuser in Ostfriesland. Seine Familie war entfernt mit der ostfriesischen Grafenfamilie Cirksena verwandt. Einmal im Jahr musste einer seiner Beamten den Verwaltern und Pächtern einen Besuch abstatten, Abrechnungen vornehmen, die Bücher prüfen und verschiedene Dinge bereden und regeln.

Als Rimberti vor zwei Jahren als juristischer Rat in den Dienst des Grafen von Kringenberg aufgenommen wurde, hatte man ihn gleich mit dieser Aufgabe betraut, da er in Ostfriesland geboren und aufgewachsen war. Er kannte das Land und die Menschen und schien für diese Aufgabe gut geeignet.

Rimberti hielt sich gerne in seiner alten Heimat auf. Hier warteten schöne, aber auch schmerzvolle Erinnerungen auf ihn. Einige wenige Freunde und Verwandte hatte er hier. Nur die langen Reisen waren ihm entschieden zu mühsam. Eine Kutsche stand ihm nicht zu, er war nur eine Art zweiter Kanzler, obwohl Graf August seinen Rat immer dem des Kanzlers vorzog. Der Kanzler war ein älterer Herr, der in jungen Jahren ein wenig studiert und in juristischen Büchern geblättert hatte, sich nun aber vor allem der Jagd widmete.

Grütering holte Rimberti wieder aus seinen Gedanken. »Da hinten kann man Aurich schon sehen. Nun dauert es nicht mehr lange.« Sie waren am Morgen in aller Frühe aus Leer aufgebrochen und waren nun schon mehrere Stunden auf dem alten Heerweg unterwegs, der von Leer über Hesel, Bagband und Holtrop nach Aurich führte. In Aurich wollten sie eine ausgiebige Rast machen.

Am Nachmittag erreichten sie Aurich. Die Stadtkirche war

noch nicht wieder ganz aufgebaut. Im Krieg vor vierzehn Jahren war sie bis auf die Grundmauern abgebrannt. Die Kirche war nach dem heiligen Maastrichter Bischof und Märtyrer Lambertus benannt. Sie war eine der wenigen zweischiffigen Kirchen im Land. Nur der alte Glockenturm hatte die Zerstörung recht gut überstanden und kündete von der Zeit, in der fast alle ostfriesischen Gemeinden ihre stolzen Kirchen erbauten oder sogar erbauen ließen. Ostfriesland war immer ein recht wohlhabendes Land gewesen, und seine Einwohner hatten auf diese Weise ihren Reichtum nach außen sichtbar werden lassen. Aber beim Bau dieser Kirchen waren sicher auch echte Frömmigkeit und die Opferbereitschaft vieler Menschen Beweggrund gewesen.

Lübbert Rimberti war für eine kurze Zeit Pfarrer gewesen. Nach Abschluss seines Studiums der Rechtswissenschaften hatte er im Brandenburgischen eine gute Anstellung in der kurfürstlichen Verwaltung bekommen. Häufiger hatte er in Wittenberg zu tun gehabt, das von Kurfürst Friedrich zu einem Zentrum von Religion und Wissenschaft ausgebaut worden war.

Sein Großonkel, der Pfarrer war, hatte in ihm Interesse an theologischen und philosophischen Fragen geweckt, und so war er schnell mit Andreas Karlstadt, Philipp Melanchthon und dann auch mit Martin Luther in Kontakt gekommen. Durch Melanchthon hatte Rimberti ein Stipendium erhalten, er gab sein Amt auf und studierte zweieinhalb Jahre lang Theologie.

Martin Luther selbst hatte ihn schließlich so lange bearbeitet, bis Rimberti sich mit Zögern entschlossen hatte, ein Pfarramt anzunehmen. Aber nach gut zwei Jahren war er in seinen alten Beruf zurückgekehrt. Während Luther ihm deshalb immer noch ein wenig grollte, hatte der feinfühligere Philipp Melanchthon viel Verständnis für ihn gehabt und durch seine Vermittlung hatte er dann auch die Anstellung am gräflichen Hof in Kringstädt bekommen.

Viel war in diesen Jahren geschehen. Und immer, wenn er

nach Ostfriesland kam und vertraute Orte und Gesichter sah, bemerkte Lübbert Rimberti, wie sehr er sich verändert hatte. Aber er wusste, dass auch die Orte und Menschen ihrerseits sich verändert hatten, obgleich man es ihnen nicht sofort ansah. Das stimmte ihn ein wenig wehmütig.

Christoph Grütering spürte, dass er schweren Gedanken nachhing. »Was macht Ihr wieder für ein saures Gesicht? Ein gutes Essen und ein frisches Bier werden Euch wieder Lebensfreude einflößen!«

»Du hast Recht, Christoph, wir suchen uns ein anständiges Wirtshaus und lassen es uns schmecken. Nach dem langen Weg haben wir uns das verdient.«

Sie kehrten in einer Wirtschaft ein. Der Wirt brachte ihnen eine kräftige Suppe. »Wenn wir uns beeilen, dann können wir vielleicht noch vor Einbruch der Dunkelheit in Norden sein«, plante Rimberti. Er wusste in Norden einen guten Gasthof, wo sie die nächsten Tage wohnen würden: gutes Essen, ein sauberes Bett und ein ordentlicher Stall, wo die Pferde gut untergebracht wären und wo sie vor allen Dingen kaum auf ihnen reiten müssten. Schweigend ließen sie sich das Essen schmecken.

Als Grütering sich den Mund wischte und gerade herzhaft gähnte, schlug Rimberti mit der flachen Hand eine Geldmünze auf den Tisch. »So, nun geht es weiter. Je schneller wir die Reise hinter uns haben, um so besser. Ausruhen können wir uns noch genug, wenn wir unser Ziel erreicht haben.«

»Oh«, sagte Grütering, »ich wusste gar nicht, dass Ihr es so eilig habt, wieder auf Euer Pferd zu kommen. Nun, ich will Euer Verlangen nicht bremsen!«

Gut gelaunt gab Rimberti seinem Schreiber einen Schubs, sodass er aus der Tür hinausstolperte. Verwundert sah der Wirt seinen beiden Gästen nach und schüttelte den Kopf.

Eine halbe Stunde waren die beiden nun wieder unterwegs. Noch wenige Stunden im Sattel hatten sie vor sich, und dann würde die Leidenszeit vorüber sein. Sie ritten auf dem alten

Woltpad, der Aurich über Walle und Uthwerdum mit dem Brookmerland verband.

Rimberti war etwas munterer geworden. Er erklärte Grütering die lokalen Besonderheiten und sprach auch etwas ausführlicher von den Geschäften, die sie in Norden zu erledigen hätten. Ihr Graf hatte sie unter anderem mit einer persönlichen Angelegenheit betraut.

Dr. Lübbert Rimberti sollte eine Erbangelegenheit für seinen Herrn regeln. Es ging um den Nachlass einer Großtante des Grafen, die in Norden lebte. Bei ihrem letzten Besuch waren sie von der alten Dame, die für ihr Alter erstaunlich frisch war, freundlich empfangen worden. Vor einem Dreivierteljahr hatte sie in ihrem letzten Brief über eine Krankheit geklagt und darum gebeten, ihr Neffe möge wegen ihres Testamentes noch einmal den Rechtsgelehrten schicken, der neulich ihr Gast gewesen sei. Seitdem hatte man in Kringstädt nichts mehr von ihr gehört. Keiner der Briefe, die Graf August ihr geschrieben hatte, war beantwortet worden.

Inzwischen waren Rimberti und Grütering an Walle vorbei kurz vor Uthwerdum angelangt. Links des Woltpads lag das Moor, das sich bis zum Großen Meer erstreckte, auf der rechten Seite begann eine riesige Moorfläche, die sich in Richtung Norden und Nordosten erstreckte. Durch die Moore war Ostfriesland nur auf drei Straßen von Süden und Südosten erreichbar. Zwei Heerwege führten über Oldenburg nach Hesel, in Richtung Aurich oder über Friedeburg nach Wittmund und Esens. Nur wenige gute Wege führten durch die Moore. Natürlich gab es auch einige ausgetretene Pfade, die die Einheimischen am besten kannten. Aber schon manch einer hatte sich hier in Gefahr begeben, hatte sich verlaufen oder wurde niemals wiedergesehen.

Rimberti beschrieb seinem Sekretär die große Bedeutung und Schwierigkeit seiner Aufgabe, die natürlich nur ein kundiger und gewiefter Rechtsgelehrter von Format in Angriff nehmen könne. Plötzlich wieherte sein Pferd und bäumte sich auf. Rimberti landete hart auf dem Boden. Für einen Moment schien es taghell, obwohl er die Augen zugekniffen hatte. Langsam pustete er seine vor Schreck angehaltene Luft wieder aus. »Dass es so weh tut, wenn man auf den ...«, sagte er tonlos, aber statt den Satz zu Ende zu reden, versuchte er aufzustehen. Mit Mühe konnte Grütering ihn wieder auf die Beine bringen.

Rimberti überzeugte sich davon, dass er sich noch im irdischen Teil seines Lebens befand. Zumindest zeigte ihm Grüterings mitleidsvolle Miene, die gerade noch das Grinsen verbergen konnte, dass er noch nicht im Himmel war. Rimbertis linker Arm hatte vom Handgelenk bis zum Ellbogen eine lange blutige Schramme. Es war anscheinend nichts gebrochen, es tat nur alles sehr weh.

»Da muss wohl eine Kreuzotter oder irgendetwas anderes gewesen sein, vor dem das Pferd gescheut hat«, erklärte ihm Grütering.

Rimberti schnaufte. »Spar dir deine Belehrungen! Hilf mir lieber wieder hoch, wir müssen weiter.« Er setzte den linken Fuß in den Steigbügel und Grütering stemmte ihn hoch. Zum Glück war Rimberti kein allzu schwerer und großer Mann, sodass er bald wieder auf seinem Pferd saß. Aber nach ein paar Metern hielt er wieder an.

»Grütering«, sagte Rimberti kläglich, »mir tut alles weh. So kann ich nicht bis Norden reiten. Und wenn ich es tue, dauert es bis morgen früh, dass wir ankommen. Ich gebe dir Geld und eine Tasche mit den Unterlagen. Reite vor und miete dich in Norden im Gasthof ein. Gib denen Bescheid, die mich erwarten. Lies dir die Unterlagen durch und warte auf mich. Ich reite zurück zu dem Wirtshaus, wo wir vorhin unsere Pause gemacht haben. Ich werde dort übernachten und im Laufe des Tages nachkommen. Am besten, du nimmst auch das Packpferd mit.«

»Soll ich nicht lieber mit Euch kommen?«

Rimberti sah, dass Grütering wirklich besorgt war, und er

schämte sich ein bisschen, dass er vorhin so launisch gewesen war. »Nein, Grütering. Notar Ufen wartet schon auf uns. Und wir sind schon einen Tag überfällig. Sag ihm Bescheid, dass ich morgen komme. Ich bin in Ordnung.« Grütering sah ihn ernst an. Rimberti nickte ihm zu: »Wirklich und ... danke!«

2

Langsam, Schritt für Schritt machte er sich auf den Rückweg. Er drehte sich noch einmal um und sah Grütering mit dem Packpferd davonreiten. Er war froh, in ihm nicht nur einen guten Schreiber zu haben, sondern einen fröhlichen und umsichtigen jungen Mann, auf den er sich verlassen konnte. Manchmal war er ein wenig übermütig, dann musste Rimberti ihm Einhalt gebieten. Aber in dem Jahr ihrer gemeinsamen Arbeit hatte ihr Verhältnis durchaus freundschaftliche Züge bekommen – auch wenn ihre unterschiedliche Stellung als Dienstherr und Untergebener klar war.

Rimberti brauchte fast anderthalb Stunden, um wieder bei dem Wirtshaus in Aurich anzukommen. Vermutlich würde Grütering jetzt auch schon in Norden sein. Rimberti betrat das Wirtshaus. Verwundert sah ihn der Gastwirt an. »Nanu, das war ja eine kurze Reise! Kann ich Euch irgendwie zu Diensten sein?«

»Ich bin vom Pferd gestürzt und will die Reise lieber morgen fortsetzen. Hast du noch ein Bett?

»Ihr habt Glück. Gerade sind zwar zwei reisende Kaufleute aus Bremen gekommen, doch ich kann Euch noch mein letztes Bett anbieten.«

Lübbert Rimberti ließ sich von der Magd Wasser bringen. Er reinigte seine Wunde am linken Arm, die stark geblutet hatte, aber keine ernsthafte Verletzung darstellte. Er legte sich auf das Bett und versuchte, zur Ruhe zu kommen.

Am frühen Abend ging er hinunter in die Wirtsstube. Er fühlte sich schon ein wenig besser, trank zum Abendessen einen Becher Wein und aß ein wenig Brot und Käse. Interessiert musterte er die Männer, die aus der Stadt kamen, um hier noch einen Abendtrunk einzunehmen: Bauern, Handwerker, nur drüben am Tisch zwei, die offenbar fremd waren.

Der eine ein schmaler junger Mann mit blonden Haaren, der andere ein stämmiger Mann mit kurz geschnittenem Bart und ebenso kurzen Haaren. Er hatte auf den ersten Blick ein eher abweisendes, mürrisches Gesicht. Sie waren einfach, aber gut gekleidet. Vermutlich waren das die Kaufleute aus Bremen. Dann bemerkte er, dass die beiden ihn mindestens ebenso aufmerksam ansahen. Er hob den Becher in ihre Richtung und nickte ihnen zu. Sie erwiderten den Gruß.

Die Tür ging auf und zwei Männer kamen herein, ein rothaariger und ein schwarzhaariger, die sehr erregt miteinander stritten. Alle sahen zur Tür hin, wandten sich dann jedoch wieder ab, um ihre Gespräche fortzusetzen. Rimberti beobachtete sie genau; denn: Kaum wurden die Fremden nicht mehr beachtet, da legte sich ihr Zorn plötzlich. Merkten sie aber, dass jemand in ihre Richtung sah, erhoben sich wieder ihre Stimmen und sie stritten um eine Sache, während ihre Augen unruhig die Anwesenden musterten. Rimberti vermutete stark, dass mit ihnen etwas nicht stimmte.

Die Männer bestellten Bier. Rimberti tat, als sei er eingenickt und beobachtete sie weiter. Sie hatten ein paar Male in Richtung der Bremer gesehen. Schließlich sprang der Rothaarige auf und schrie den anderen an: »Das könnte dir so passen, duReckskerl. Du zahlst mir sofort das Geld zurück, sonst schlage ich dir den ...« – bevor er das aussprechen konnte, versetzte der andere ihm einen Schubs, und er fiel rückwärts auf den Bremer Kaufmann, der seinen Sturz noch gerade abwenden und ihn auffangen konnte.

Der Rothaarige stand auf und schüttelte sich. Alle rechneten nun damit, dass eine Schlägerei beginnen würde. Aber er rieb sich nur seinen linken Oberarm und verzog sein Gesicht vor Schmerzen. Der Kaufmann fuhr ihn verärgert an: »Prügelt euch auf der Straße. Da gehört ihr beiden Galgenstricke wohl eher hin.«

Eifrig nickte der Rothaarige dem Kaufmann zu: »Entschuldigt, dass wir Euch mit unserem Streit belästigen!« Der Kaufmann nickte kurz und winkte ab. Der Fremde wandte sich nun wieder an seinen Kumpan. »Lass uns vernünftig sein und noch mal über die Sache reden.«

»In Ordnung«, sagte der Schwarzhaarige. »Entschuldigt unser schlechtes Benehmen. Ich glaube wir gehen besser.«

»Das glaube ich auch«, sagt der Wirt. Um seinen Worten Nachdruck zu verleihen, baute er sich in seiner enormen Größe und Körperfülle vor dem Schanktisch auf. »Raus mit euch!«

Plötzlich stand Lübbert Rimberti in der Tür. »Halt, wartet noch. Ich glaube, ihr müsst vorher noch etwas wieder abgeben.«

»Lass uns vorbei und halte uns nicht mit deinem Gerede auf!«, schnauzte der Schwarzhaarige und wollte ihn wegschieben. Blitzschnell griff Rimberti in das Gewand des Rothaarigen und holte eine Geldbörse heraus.

»Das sind Diebe, haltet sie!«

Der Schwarze gab Rimberti einen Stoß und riss die Tür auf. Sie liefen davon, doch ein paar beherzte Männer sprangen plötzlich auf und rannten ebenso schnell hinter ihnen her, um sie zu stellen.

»Meine Herren, ich glaube das gehört Euch«, sagte Rimberti zu den beiden Bremer Kaufleuten.

Erstaunt hielt der ältere der beiden seine Börse in der Hand. »Das war ein tolles Stück!«, sagte er. Er erhob sich und grinste über sein breites Gesicht. »Renke Garrelts«, sagte er, und seine beiden Hände hatten Rimbertis Hand schon fest gepackt. »Kaufmann aus Norden, und das hier ist mein kleiner Bruder Ibo. Wir sind nach langer Zeit in Bremen auf der Rückreise in unsere Heimatstadt.«

»Mein Name ist Lübbert Rimberti, ich bin Jurist in der Grafschaft Kringenberg, die Ihr als Kaufleute vielleicht kennt. Ich bin auch auf dem Weg nach Norden«, stellte sich Rimberti vor.

»Setzt Euch doch zu uns und seid unser Gast. Das ist nun wohl das Wenigste, was wir für Euch tun können. Kann ich Euch eine Belohnung anbieten?«

»Nein, vielen Dank«, sagte Rimberti, »aber eine kurze Zeit in Eurer Gesellschaft, das würde mir gut tun. Deshalb möchte ich Eure Gastfreundschaft gern annehmen.«

Die beiden waren Rimberti auf Anhieb sympathisch, und er wiederum hatte durch sein Eingreifen einen guten Einstand bei ihnen gefunden.

Inzwischen kehrten auch die Männer zurück, die den beiden Strolchen die Tracht Prügel ihres Lebens verabreicht hatten. »Von denen is' nich' mehr viel übrig. Die werden wohl nich' so schnell wiederkommen«, sagte einer von ihnen und alle lachten.

Die beiden Kaufleute erzählten, dass sie einige Jahre bei ihrem Onkel in Bremen gelebt hatten. Dieser wollte den beiden Neffen sein Geschäft überlassen, da er selbst kinderlos war. Nun hatten sie die Arbeit des großen Geschäftshauses in der Hansestadt kennen gelernt und sich in alles gut eingearbeitet. Gemeinsam mit dem elterlichen Geschäft würden sie einmal ein großes Handelshaus mit Verbindungen von Ostfriesland zu den Hansestädten besitzen.

Jetzt aber brauchte ihr Vater seine beiden Söhne in Norden, wo sie aufgewachsen und zwischendurch immer wieder für längere Zeit bei den Eltern gewesen waren. So sahen sie die Stadt an der Nordseeküste immer noch als ihre Heimat an. Rimberti hatte diese enge Verbindung zu seiner Heimat nicht mehr – das wurde ihm während des Gespräches bewusst, und das betrübte ihn ein wenig.

3

Durch zaghaftes Klopfen wurde Rimberti am nächsten Morgen geweckt. »Wacht auf, Herr, da will Euch jemand sprechen!«

Rimberti schlug die Augen auf. »Einen Augenblick! Wer will denn was von mir?«

»Der stellvertretende Amtmann ist hier, beeilt Euch!«

»Wartet einen Augenblick, ich bin gleich unten!«, rief Rimberti leicht verärgert zurück. Er hatte trotz des schönen Tagesausklanges nicht gut geruht. Erst in den Morgenstunden war er eingeschlafen, und nun wurde er schon wieder gestört.

Vorsichtig erhob er sich von seinem Bett. Die Prellungen schmerzten stark. Oberarm und Oberschenkel hatten tüchtig blaue Flecken bekommen, aber die würden in ein paar Tagen verschwinden. Er wusch sich in der Wasserschüssel und kleidete sich an. Die Wunde am Handgelenk war verschorft und würde bald heilen. Er wickelte einen lockeren Verband herum, sodass die Wunde geschützt war und trotzdem genug Luft herankam.

Wieder klopfte es, aber diesmal klang es entschlossener und lauter. »Macht die Tür auf, wir wissen, dass Ihr hier seid. Versucht gar nicht erst wegzulaufen!«

Erschrocken öffnete Rimberti die Tür. Im Türrahmen stand ein Mann mit rotem Gesicht und blutunterlaufenen Augen. Seine linke Hand hielt die Scheide seines Schwertes umgriffen, mit der Rechten umklammerte er den Griff; bereit, jederzeit seine Waffe zu ziehen. Hinter ihm waren zwei Soldaten, die den Eindruck machten, als wären sie zwar nicht besonders aufgeweckt, dafür aber um so entschlossener, sofort auf ihn loszugehen, falls er Schwierigkeiten machen würde.

»Wer seid ihr und was wollt ihr von mir?«, fragte Rimberti erstaunt. Er bemühte sich, so höflich und gleichzeitig so abweisend zu sein, wie es irgend möglich war.

»Evert Bruns, Stellvertretender Amtmann. Wir haben den Mann gefunden, den Ihr gestern im Moor totgeschlagen habt. Kommt mit uns und macht keine Schwierigkeiten.« Er drehte sich zu seinen beiden Männern um und gab ihnen einen Wink. Sie ergriffen Rimberti an den Armen, sodass dieser beschloss, sich zuerst einmal ohne Gegenwehr von ihnen nach unten begleiten zu lassen. Da die Treppe ziemlich eng war, gestaltete sich das schwierig, und es kam auf der Treppe zu einem Gedränge, bei dem alle vier fast hinuntergestürzt wären. Und da Bruns versuchte, diese Aktion sehr würdevoll durchzuführen, hatte das richtig etwas Komisches.

Rimbertis Gedanken kreisten. Sollte Grütering etwas zugestoßen sein? Er war ein guter Reiter. War er verunglückt? Hatte ihm jemand etwas angetan? Warum sollte jemand Grütering überfallen? Was war geschehen, und – warum brachte man ihn damit in Verbindung?

Die Brüder Garrelts saßen schon am Tisch und verzehrten ihr Frühstück; Hafergrütze, Apfelmus und geräucherten Speck. Erstaunt verfolgten sie das Geschehen. Renke Garrelts erhob sich und sprach den Stellvertreter des Amtmanns in einem Ton an, der gleich deutlich machte, wer wem hier Rechenschaft schuldete. »Was wollt Ihr von dem Mann? Wisst ihr nicht, wen Ihr da festgenommen habt. Erklärt sofort, was hier los ist!« Bruns' Gesicht wurde noch roter, soweit das überhaupt möglich war.

Wütend drehte er sich zu ihnen um. »Redet mir nicht rein. Meint wohl, Ihr seid was Besseres, nur weil in Euren Taschen die Goldmünzen klimpern. Evert Bruns kommt Ihr nicht in die Quere, merkt Euch das, oder ich nehme Euch auch gleich mit.«

Inzwischen hatte sich Rimberti wieder gefangen. »Mein Name ist Lübbert Rimberti. Ich bin Doktor der Rechte und Rat des Grafen von Kringenberg. Ich bin in einer sehr wichtigen Mission im Auftrage des Grafen unterwegs, und ich hoffe, Ihr habt einen sehr guten Grund für dieses Spektakel, sonst wird Euer Amtmann sich jemanden suchen, der ihn besser vertreten kann und seinem Namen Ehre macht, während Ihr im Stall Eure Fähigkeiten besser unter Beweis stellen könnt!«

Bruns brauchte erst einmal einen Moment, um das zu begreifen. Während er mit hörbarem Schnappen den Mund öffnete, verstand er vermutlich erst wirklich, was zu ihm gesagt worden war, und er wurde unsicher.

»Am Wegesrand beim Moor wurde ein toter Mann gefunden, nackt. Ihr wurdet gestern gesehen, wie Ihr mit einem Reisenden aufgebrochen seid. Etwa zwei Stunden später seid Ihr zurückgekommen. Allein und verletzt, wie man sieht.« Er deutete auf Rimbertis Verband. »Ihr habt den Mann erschlagen und seid im Kampf mit ihm verwundet worden. So, und nun seid Ihr dran, falls Ihr Euch verteidigen wollt.«

Bruns ging einen Schritt rückwärts, um die Wirkung seiner Worte auf alle Anwesenden gut zu beobachten, so, als wollte er seinen Worten etwas mehr Raum lassen, damit sie sich wirkungsvoll entfalten konnten.

»Grütering ist mein Schreiber. Ich bin vom Pferd gestürzt und habe ihn voraus nach Norden geschickt. Ich habe die Nacht hier verbracht, um heute den restlichen Weg nach Norden zu machen. Und wenn Ihr mich begleitet, werdet Ihr meinen Schreiber in Norden antreffen, wo er wohlbehalten im Gasthof sitzt.« Wenn nicht tatsächlich – so dachte Rimberti mit Schrecken weiter – Grütering der Tote ist, was Gott verhüten möge.

Renke Garrelts ergriff wieder das Wort: »Es gibt keinen Grund, an diesem Mann zu zweifeln. Es ist so, wie er es sagt. Er ist eine hoch gestellte Persönlichkeit, und Ihr handelt Euch große Schwierigkeiten ein, wenn Ihr ihn ohne triftigen Grund festnehmt.«

Bruns schien einen Moment zu überlegen. Rimberti und Garrelts sahen einander an. Auch ohne Worte verstanden sie sich. Sie mussten diesen Moment der Unsicherheit ausnutzen. Sie wollten Bruns nicht weiter reizen oder beleidigen. Er durfte seinen Männern gegenüber das Gesicht nicht verlieren, zu große Verunsicherung würde ihn noch zorniger und unvernünftiger machen. Aber sie wollten auch keinen Rückzieher machen.

»Ich mache Euch einen Vorschlag. Unter Männern in einer gewissen Position sollte man so eine Sache mit dem nötigen Sachverstand und auch in der gebotenen Großzügigkeit regeln«, sagte Garrelts mit vorsichtiger Jovialität, und er musste sich zwingen, nicht allzu sehr über das Wortgeklingel nachzudenken, dass er da von sich gab. »Schickt einen Eurer Männer los, und er wird den Gesuchten in Norden finden.«

»Das wird er nicht, denn der liegt tot am Moorrand zwischen Walle und Victorbur. Aber wir werden gemeinsam nach Norden reiten, und dort werden wir weitersehen. Dort führt mich sowieso mein Weg hin, und dort soll ja angeblich auch Euer Schreiber auf Euch warten. Wir werden ja sehen«, sagte Bruns. Er schickte einen seiner Männer voraus nach Norden. Nach einem spärlichen Frühstück – Rimberti war nicht nach Essen zumute, und der Geruch von Räucherspeck am frühen Morgen löste keine angenehmen Gefühle in ihm aus – machten sich die Männer auf den Weg.

4

Die Brüder Renke und Ibo Garrelts kamen mit. Garrelts merkte, dass er doch einen gewissen Eindruck auf Bruns machte und betonte, welch glücklicher Umstand es für sie sei, von einem fähigen Offizier und guten Soldaten auf so unsicherem Weg begleitet zu werden.

Sie ritten langsam den Weg nach Aurich. Sie kamen an Walle vorbei, und nun ging es am Moor entlang. Dann kamen sie schließlich zu der Stelle, wo der Tote gefunden worden war. Zwei Soldaten saßen im Gras, über den Leichnam hatten sie eine Decke gelegt. Als sie ihren Vorgesetzten herankommen sahen, sprangen sie diensteifrig auf und streiften sich Gras und Sand von der Kleidung.

»Oh Gott, lass es bloß nicht Grütering sein!«, dachte Rimberti. Er wusste, mit welcher Liebe und Aufmerksamkeit die Eltern in Kringstädt die Laufbahn ihres einzigen Sohnes verfolgten und dass viele junge Mädchen Grüterings Rückkehr in die Heimat gar nicht abwarten konnten. Und ihn selbst würde es schmerzen, seinen Schreiber auf so jammervolle Weise zu verlieren.

Sie saßen ab, und mit einer demonstrativen Geste, die nicht zur Situation passte, wohl aber zu Bruns, zog der Stellvertreter des Amtmannes die Decke weg. Rimberti hielt den Atem an. Es war nicht Grütering. Erleichtert atmete er aus, schaute Bruns an und schüttelte den Kopf. »Das ist nicht mein Sekretär«.

Die Brüder Garrelts und Rimberti begutachteten beide den Toten. Auf der Erde am Moorrand lag ein Mann, der um die Vierzig sein mochte. Er hatte schwarzes Haar, das schon von grauen Strähnen durchzogen war. Er war völlig nackt und lag hilflos und verwundet vor ihnen. Garrelts kniete vor dem Toten und Rimberti tat das gleiche und sprach ein Gebet in lateinischer Sprache.

Verwundert sahen ihn die Männer an. Bruns sagte ehrlich erstaunt: »Ich wusste nicht, dass Ihr ein Priester seid. Danach seht Ihr nun wirklich nicht aus.«

»Ein Gebet für eine arme Seele kann jeder Christ sprechen.«

»Arm oder nicht, das muss sich noch zeigen«, murrte Bruns und spuckte über seine linke Schulter neben sich. Renke Garrelts zeigte auf die Hände des Toten. Interessiert sah Bruns hin und nickte, obwohl er gar nicht verstand, was Garrelts meinte. »Die Finger sind leicht verfärbt, so wie bei einem, der viel mit Tinte umgeht oder der mit Farbe zu tun hat. Und die Hände sehen nicht aus wie die eines Mannes, der hart damit arbeiten muss. Vielleicht war er ein Schreiber, so wie Grütering.« Bruns brummte etwas vor sich hin und nickte zustimmend.

Rimberti zeigte auf den Kopf. Über der linken Schläfe war die Wunde. Das Blut war längst eingetrocknet. »Seht Euch das an, die Haare mitten auf dem Kopf sind sehr viel kürzer als die Haare an der Seite. Es sieht aus, als sei unser Mann ein Mönch gewesen und habe vor einiger Zeit seinen Stand aufgegeben. Und unter den Fingernägeln, da ist etwas.« Renke Garrelts griff nach der Hand des Toten und sah Bruns fragend an. Der nickte zustimmend: »Ja, macht nur weiter, wir haben schon eine Menge 'rausgekriegt.«

»Hier sind Schrammen und Abschürfungen, winzige Reste von bunter Farbe und sogar ein bisschen Goldstaub. Bruns ging ganz nahe heran, kniff die Augen zusammen, um besser sehen zu können, und nickte bestätigend.

»Schaut Euch die Wunde an!«, sagte Ibo. Verwundert drehten sich alle nach ihm um. Es war das erste Mal, dass er heute sprach. Es war ein bisschen fremd, seine Stimme zu hören. Er sprach leise und trotzdem deutlich. Vorsichtig drehte er den Toten auf die Seite, sodass die Wunde oben lag. Auch hier waren winzige Spuren von Farbe und Blattgold zu sehen. »Auf jeden Fall ist er nicht hier umgebracht worden.«

Mit knackenden Kniegelenken erhob sich Bruns schwerfällig. Sein Gesicht wurde wieder eine Spur röter von dieser Anstrengung. Er stemmte die Hände in die Seite und sah die Männer herausfordernd an. »Und wieso?«

»Nun, aus seinen Verwundungen kann man sehen, dass es einen Kampf gegeben hat. Aber hier sind keine Kampfspuren. Außerdem ist er wohl nicht an dieser Wunde gestorben, sondern sein Genick ist gebrochen. Da ist im Nacken eine Stelle. Die sieht aus, als wäre er auf einen harten Gegenstand gefallen. Vielleicht auf einen Stein. Ich glaube kaum, dass diese merkwürdige Waffe ihn umgebracht hat. Vielleicht sollte sie das ja auch gar nicht«, erklärte Renke Garrelts.

»Und hier liegt auch keine Waffe«, sagte Evert Bruns so betont beiläufig, als sei dies nur eine der vielen scharfsichtigen Beobachtungen, die er beizusteuern habe.

Rimberti blickte ihn für einen Moment freundlich und aufmerksam an. Damit schien ihm der Hinweis von Bruns ausreichend gewürdigt. »Naja«, sagte er, »eine Waffe mit Farbe und Blattgold lässt man hier auch nicht liegen. Das muss ein kostbarer Gegenstand gewesen sein, bestimmt keine richtige Waffe. Den hat unser Dieb sicherlich mitgenommen, wenn das überhaupt etwas mit einem Diebstahl zu tun hat. Wir wissen ja nicht, wer wem etwas weggenommen hat.«

»Also«, sagte Ibo Garrelts auf einmal sehr bedeutungsvoll, »das ist ein seltsames Verbrechen. Ein toter Schreiber ist nicht *der* tote Schreiber, eine Waffe ist *keine* Waffe, der Mörder ist vielleicht gar *kein* richtiger Mörder, und so ist der Dieb vielleicht auch *kein* Dieb ...«

»Aber eine Leiche ist eine Leiche, da lasse ich mir nix von Euch vormachen!«, sagt Evert Bruns und presste die Lippen aufeinander, als ob er nicht gewillt wäre, das noch weiter zu diskutieren. »Und jetzt geht es weiter nach Norden!«

Leise besprachen Renke und Ibo Garrelts etwas miteinander. »Mein Bruder reitet schon vor,« setzte Garrelts den stellvertretenden Amtmann kurz und bündig in Kenntnis. Der nickte, weil er dagegen schließlich nichts einwenden konnte.

Rimberti ging zu seinem Pferd und holte aus der Satteltasche einen Bogen Papier. Mit einem Bleistift zeichnete er das Gesicht des Toten. Das Aussehen des Mannes war genau getroffen, und jeder, der ihn kannte, würde ihn auf dieser Zeichnung auch sofort wiedererkennen. Rimberti faltete das Blatt zusammen und fertigte noch eine zweite Zeichnung an. Evert Bruns stand der Mund offen. »Wo habt Ihr das gelernt?«, fragte er erstaunt.

»Ich habe Euch doch gesagt, dass ich juristischer Rat bin. Ich stehe also in meiner Heimat noch über dem Amtmann. Und von einem Amtmann wird bei uns verlangt, dass er so etwas kann.«

Rimberti ging wieder zu seinem Pferd, während Bruns ihm verdutzt nachsah und Ibo und Renke Garrelts nur mit Mühe ein Lachen unterdrücken konnten.

Ibo ritt los, und als die kleine Reisegruppe sich langsam wieder auf den Weg machte, war er nur noch als kleiner unruhiger Fleck weit voraus zu sehen.

Rimberti erzählte Garrelts von seiner Kindheit und Jugendzeit in Ostfriesland. Er war oft bei seinem Onkel in der Nähe von Norden gewesen und kannte die Heimatstadt von Garrelts recht gut. Sein Heimatort war Dornum, das wenige Stunden von Norden entfernt lag. Das wiederum kannte Renke Garrelts von vielen geschäftlichen Reisen her gut, denn über Dornum waren sie oft ins Jeverland und dann weiter bis nach Oldenburg gereist.

Obwohl Renke Garrelts und Lübbert Rimberti erst seit einem Tag miteinander bekannt waren, fanden sie unterwegs in ihrem Gespräch doch eine Menge gemeinsamer Erinnerungen an verschiedene Menschen und Orte. Schon von weitem sahen sie den hohen Kirchturm von St. Andreas. Dieser höchste Kirchturm in der Region diente den Seeleuten als Zeichen. Mit ihren insgesamt drei Türmen war die Stadtkirche ein Wahrzeichen Nordens. Daneben erhob sich die dem heiligen Ludger geweihte Kirche – gebaut für die Einwohner des Norder Umlandes – mit ihrem Chor, den Graf Ulrich vor über siebzig Jahren hatte errichten lassen.

5

Rimberti und Garrelts sahen sich besonders den Norder Hafen an, in dem sich in den letzten Jahren viel verändert hatte. Sie waren so sehr in ihr Gespräch vertieft, dass sie es fast nicht bemerkt hätten, dass ihr kleiner Zug zum Stehen kam. Bruns war mit einem Soldaten im Gespräch, den Rimberti wiedererkannte. Er war in der Frühe losgeritten, um nach dem Verbleib Grüterings zu forschen. Rimberti verstand nicht, was die beiden redeten, aber dass der Soldat den Kopf schüttelte, konnte nichts Gutes bedeuten.

»Tja, edler Herr Rat ...«, sagte Bruns etwas spöttisch und schüttelte bedeutsam den Kopf. »Es sieht schlecht für Euch aus. Ihr drei habt mich vorhin mit Eurer Klugscheißerei geblendet. Von wegen *ein Mörder und kein Dieb*, oder was das sein sollte. Auf jeden Fall ist Euer Mann nicht hier. Wir haben in allen Gasthöfen nachgefragt und dort ist er niemals eingetroffen. Ich muss Euch leider festnehmen«

Rimberti gingen verschiedene Gedanken durch den Kopf: Der Tote war nicht Christoph Grütering, aber irgendetwas musste seinem Sekretär zugestoßen sein. Rimberti hatte von Evert Bruns keine hohe Meinung, aber eine Täuschung traute er ihm nun doch nicht zu.

Er bemerkte Renke Garrelts dicht neben sich. Der raunte ihm zu: »Keine Angst. Mein Bruder hat ganze Arbeit geleistet.« Jetzt sah auch Rimberti Ibo Garrelts in einiger Entfernung neben einem Offizier stehen.

Bruns bellte »Männer!« zu seinen Leuten und wollte sich eben auf sein Pferd schwingen – so weit seine Körperfülle das überhaupt zuließ.

Da ergriff Ibo Garrelts das Wort: »Mit Verlaub, Herr Amtmann, ich glaube, wir beide« – und dabei deutete er auf den in schillerndem Bunt gekleideten Mann neben sich – wir können den verlorenen Sohn wiederfinden. Wenn Ihr uns bitte folgen wollt.«

»Oh, der gestrenge und hochedle Herr Amtmann Bruns selbst und dazu noch höchstpersönlich!«, sagte der Offizier in seiner phantasievollen Kleidung und verbeugte sich übertrieben devot vor Bruns, wobei er belustigt grinste.

»Leider kann der hochmögende Herr Amtmann die heldenhafte Ergreifung eines Mörders nicht für sich reklamieren. Der arme Schreiber Grütering ist nicht einem Mörder zum Opfer gefallen, sondern einem anderen Tunichtgut, nämlich mir.« Mit gutmütigem Spott blinzelte der Fremde Evert Bruns und dessen Männer an, aber Bruns war zu einfältig, um das Gutmütige darin zu erkennen.

»Fockena!«, drohte er mit lauter Stimme. »Diesmal kann Euch der Graf nicht schützen. Diesmal habt Ihr es zu weit getrieben.«

Aber der Fremde schien gar nicht auf ihn zu hören. Der mit ›Fockena‹ angeredete Offizier, der wohl eine besondere Stellung bei Hof bekleidete, stolzierte durch die Straße und bog plötzlich in eine Nebengasse ein. Er trug einen roten Überwurf und darunter einen Rock in leuchtendem Blau. Die Federn auf seinem ausladenden Hut wippten bei seinem Gang, sodass er wirklich aussah wie ein Hahn. Und trotzdem imponierte Rimberti dieser eitle Gockel, weil er ein lustiger Vogel zu sein schien und keinerlei Respekt vor dem aufgeblasenen Stellvertreter des Amtmannes hatte.

Neben einer etwas heruntergekommenen Schänke gingen sie durch eine schmale Lohne, Fockena voran und die anderen wie ein treues Gefolge hinterher. Bruns trat bei diesem langen Fußmarsch schon der Schweiß auf die Stirn. »Wie lange soll das denn noch gehen?«, keuchte er. »Nur keine Sorge, Eure Korpulenz, wir sind sogleich am Ziel«, rief Fockena gut gelaunt und schlüpfte durch eine enge Seitentür.

Plötzlich befanden sie sich im Innenhof der Schänke. Etwas verlegen stand der Wirt da mit einem Wischtuch von wenig vertrauenswürdigem Aussehen in den Händen. »Im Stall«, sagte er. »Er ist im Stall. Mit Verlaub!« Er nickte den Herren zu und ging voran, um die Türen zu öffnen.

Da lag Grütering vor ihnen im Stroh, Arme und Beine weit von sich gestreckt – eine Gestalt des Jammers. Das linke Auge war blau und die rechte Wange war angeschwollen. Seine Kleidung schien etwas ramponiert, und er schnarchte so laut, dass ihm jeder den Schlaf sicher gegönnt hätte, wenn Grütering nicht im wachen Zustand sehr viel wichtiger gewesen wäre.

Mit einem Ledereimer holte Fockena Wasser, und mit einem kalten Guss holte er Christoph Grütering aus seinen Träumen in die rauhe und pitschnasse Wirklichkeit zurück. Der wollte gleich empört den Störenfried beschimpfen und schnappte nach Luft, als er blinzelnd die Gesellschaft bemerkte, die sich da um sein Lager versammelt hatte. Fast gleichzeitig wurde er blass und schamrot.

»Ist das Euer Mann?«, fragte Bruns. »Jawohl, das ist er«, antwortete Rimberti. »Na, dann habt Ihr ja noch einmal Glück gehabt!«, grunzte er. Und ohne Gruß gingen er und seine Leute davon.

Kurze Zeit später saßen die fünf Männer im Gasthof Zum Bären und lachten, dass andere Gäste sich verwundert nach ihnen umschauten.

»Es wird Zeit, dass ich mich mit den anderen drei Herren bekannt mache«, sagte Fockena. Er war ein Edelmann aus einer ostfriesischen Häuptlingsfamilie. Sein Bruder hatte das väterliche Gut übernommen, und so verdingte sich Ulfert Fockena als Offizier und militärischer Berater in verschiedenen Diensten. Sogar in den Nordländern und auf dem Balkan hatte er schon gekämpft.

Danach hatte er sich für ein etwas ruhigeres Leben entschieden und war vor etlichen Jahren in die Dienste des ostfriesischen Grafen getreten. Aber ruhige Zeiten hatte er bei Edzard durchaus nicht gehabt. Er war bei der Belagerung Groningens dabeigewesen und hatte auch noch tapfer auf Edzards Seite gekämpft, nachdem sich das Kriegsglück zugunsten der vielen Gegner des Grafen gewendet hatte.

Für seine Verdienste hatte ihm Graf Edzard ein Landgut geschenkt, und von seiner Leibrente konnte er nun ein gutes Leben führen. Edzards Sohn Enno war immerhin klug genug, diesen abenteuerlichen Vogel mit seiner Erfahrung in seinem Dienst zu belassen.

Lübbert Rimberti und Renke Garrelts hörten Ulfert Fockenas Ausführungen halb interessiert und halb ungeduldig zu, denn sie wollten vor allem wissen, was mit Grütering geschehen war, der mit waidwundem Blick bei ihnen saß und zwischendurch hörbar seufzte.

»Unser junger Freund wollte sich die Stadt anschauen und geriet unverschuldet in eine harmlose Prügelei stadtbekannter Tunichtgute. Dabei holte er sich sein blaues Auge. Mir gelang es, mit ein paar freundlichen Worten und Handgriffen die Schlägerei zu beenden. Daraufhin lud ich unseren lädierten Freund ein, etwas auf den Schrecken hin zu trinken. Nun, ich gebe zu, was für mich etwas war, war für ihn etwas zu viel. Und als ich einen Moment nicht Acht gab, hatte er sich auf ein Würfelspiel am Nachbartisch eingelassen. So betrunken war er nun doch nicht, dass er nicht merkte, dass bei diesem Glücksspiel mehr als Glück im Spiel war. Und als er seinen Mitspieler zur Rede stellen wollte, verpasste der ihm eine kleine Abreibung auf die bisher verschonte Gesichtshälfte. In seiner Betrübnis trank unser lieber Christoph weiter, bis der Inhalt einer großen Bierkanne erledigt war. Er war es dann wohl auch, denn er konnte überhaupt nichts mehr. Da ich nicht wusste, wo er sein Quartier hatte, haben wir ihm kurzerhand ein weiches Lager in der Scheune bereitet. Da sollte er seinen Rausch ausschlafen. Tja, und das hat er ja nun auch ausgiebig getan. Seid nicht zu streng mit ihm, ihr seht ja selber, wie unglücklich er ist.«

Grütering war das alles natürlich sehr peinlich. Aber als er merkte, dass die anderen mit gutmütigem Spott darüber lachten, lachte er auch mit.

Fockena wandte sich an Renke Garrelts. »Euren belesenen Bruder habe ich heute Morgen schon kennen gelernt. Vielleicht mögt Ihr uns auch etwas von Euch erzählen.«

Die beiden Garrelts-Brüder erzählten von ihrer Zeit in Bremen. Während Renke mit Leib und Seele ein Kaufmann war, hatte Ibo auf der Greifswalder Universität die Freien Künste studiert. Auf Wunsch des Vaters hatte er dann noch zwei Jahre gemeinsam mit dem Bruder im Handelshaus ihres Bremer Onkels gearbeitet. Wider Erwarten fand er Interesse und Freude an dieser Arbeit. Seine Bildung ermöglichte Ibo sogar den Zugang zu neuen Kundenkreisen, und viele Geschäftspartner schätzten ihn wegen seiner eher stillen und feinen Art. Und wenn sie dachten, dass er ein weltfremder Träumer sei, so hatten sie sich in ihm gründlich getäuscht. Ibo konnte seine Beobachtungsgabe und das Verständnis, das er für Texte aufbrachte, durchaus auch auf das Feld des menschlichen Lebens übertragen und erwies sich als guter Menschenkenner.

Die Familie Garrelts hatte an Nordens Aufstieg zu einer wichtigen Handelsstadt bedeutenden Anteil gehabt, und sie hatte natürlich auch erkleckliche Gewinne dadurch gemacht. Seit einiger Zeit wurden die Kontakte mit den Hansestädten und mit den Niederlanden und England intensiviert. Durch die schwindende Macht der Hanse würde es in einigen Jahren vielleicht sogar Aussicht auf einen lukrativen Ostseehandel geben. In den Tagen nach ihrer Ankunft würde ihr Vater sie nach Leer schicken, wo sie Verwandte hatten. Dieser Ort im Südwesten Ostfrieslands hatte neuerdings als Handelsort an Bedeutung gewonnen und war ebenfalls in den Interessenbereich der Familie Garrelts geraten.

Rimberti und Fockena hörten interessiert auf das, was die beiden Kaufleute erzählten, und viele der Beobachtungen und Erfahrungen, von denen die beiden berichteten, deckten sich mit ihren Wahrnehmungen auf dem Felde der Politik und des Rechtswesens.

Rimberti bemerkte, dass die anderen ihn gespannt ansahen, und dass es nun an ihm war, ebenfalls kurz von seiner Person und Lebensgeschichte zu berichten. Er sprach von seiner Kindheit und Jugend in Dornum. Durch einen Onkel, der einer der beiden Norder Bürgermeister war, wurde ihm der Weg zum Studium der Jurisprudenz in Leipzig geebnet. Durch häufige dienstliche Kontakte in Wittenberg hatte er die Anfangszeit der Reformation miterlebt. Mit leuchtenden Augen erzählte er, dass er dabei gewesen war, als Professor Karlstadt Weihnachten 1520 das erste Mal einen Gottesdienst in deutscher Sprache hielt und zum Abendmahl Hostien und Wein austeilte.

Nur kurz umriss er sein Studium in Wittenberg und die Zeit, in der er Pfarrer war, bevor er seinen Gefährten dann etwas ausführlicher von seinen Aufgaben in der Grafschaft Kringenberg berichtete.

Der sonst sehr mitteilsame Grütering hatte noch einen tüchtigen Kater, sodass er nur zuhörte. Schließlich fabulierte Fockena von seinen abenteuerlichen Kriegszügen und diplomatischen Missionen. Und er erzählte von seinen Vorfahren, von denen die meisten als Raubritter, Trunkenbolde und Streithähne bekannt geworden waren, von denen sich einige aber auch als mutige Kämpfer und besonnene Männer hervorgetan hatten.

»So wurde die Dynastie doch fortgesetzt, und ...« – so erklärte Ulfert und hob die Augenbrauen – »in meiner Person seht Ihr die besten und die schlechtesten Eigenschaften meines Stammbaumes vereinigt, während mein Bruder ein braver und harmloser Landedelmann ist.«

Nun meldete sich Grütering sich zu Wort. »Der!«, sagte er leise und geheimnisvoll, während er vorsichtig zum Nachbartisch hinüberschielte. »Das ist er. Der Betrüger, der mich gestern ausgenommen und verprügelt hat!«

Fockena schien den Mann zu kennen. »Ein Berufskollege von dir. Eilert Hobben ist Schreiber beim hoch gelehrten Notarius Magister Redenius Ulbrandi. Ein genauso ehrbarer Mann wie sein Herr. Nun, ich denke, meine Ehrbarkeit wird ihn wohl noch übertreffen.« Mit diesen Worten erhob er sich.

Bevor er zu Eilert Hobbens Tisch ging, beugte er sich zu Christoph Grütering und flüsterte ihm etwas zu, worauf dieser diensteifrig nickte.

Gerade war Hobbens Mitspieler nach dem Verlust einer größeren Summe aufgestanden. Sein Gesicht drückte Ärger und auch Hilflosigkeit aus. Eilert Hobben schob die Geldmünzen zusammen, als er plötzlich gewahr wurde, dass ein neuer Mitspieler Platz genommen hatte, dessen Kleidung auf ein gewisses Vermögen und dessen Gehabe auf ausgeprägten Leichtsinn schließen ließ.

Von ferne betrachteten die anderen das Spiel. Zuerst verlor Fockena eine Runde nach der anderen, bis Grütering polternd seinen Becher fallen ließ und für einen Augenblick alle einschließlich Hobben den Blick zu ihm hinüberwandten.

Scheinbar hatte Fockena diese Schrecksekunde genutzt, denn nun gewann er am laufenden Band, während Eilert Hobben vor jedem Wurf mit einem befremdenden Gesichtsausdruck seine Würfel und mit saurer Miene sein Gegenüber ansah. Zwischendurch gewann auch Hobben, aber auf jede seiner Gewinnrunden kamen mindestens zwei oder drei, in denen Fockena die Geldmünzen vor sich auftürmen konnte. Schließlich hatte Eilert Hobben sein gesamtes Geld verloren.

»Oh, Ihr wollt doch wohl noch nicht aufgeben, Ihr habt doch gewiss ein gutes Pferd im Stall – auf eine letzte Runde?« »Ich weiß nicht«, sagte Hobben, der seinem Gegner stocksteif gegenüber saß und keine Miene verzog. »Traut Ihr Eurem Würfelglück nicht, oder glaubt Ihr etwa, meine Würfel sind falsch?« Grinsend hielt ihm Fockena die Würfel hin.

Hobben lief rot an, er nickte und presste hervor: »In Ordnung, ein letztes Spiel, alles oder nichts.« Natürlich verlor er, und nachdem man sich wegen des Pferdes einig geworden war, verließ er schnell den Gasthof, ohne sich noch einmal umzusehen.

Freudestrahlend setzte sich Fockena wieder zu seinen Freunden. »Ein Betrüger kann wohl einen ehrlichen Mann übers Ohr hauen, aber keinen, der ein noch größerer Lump ist. Als du den Becher fallen ließest – wie wir verabredet hatten, tauschte ich schnell die Würfel aus und nahm seine Würfel an mich. Natürlich waren seine Würfel gefälscht – genauso wie meine. Aber wenn er mich verdächtigt oder das Spiel abgebrochen hätte, wäre ich mit seinen Würfeln als Falschspieler überrascht worden. Nun hat er ein tüchtiges Lehrgeld bezahlt, und Euch die Reisekasse mit Zinsen erstattet. Und ich werde für meine Aufwendungen das Pferd in Zahlung nehmen«, verkündete Fockena. Damit hatte er nun endgültig seinen Einstand unter den Gefährten gegeben.

Am nächsten Morgen hatten sich Rimberti und sein Schreiber wieder einigermaßen von den Erlebnissen des Vortages erholt. Sie besuchten zwei Pächter, um mit ihnen die Abrechnungen durchzugehen und die Erträge einzunehmen. Rimberti konnte nach wie vor nur sehr langsam reiten und so kamen sie erst am späten Nachmittag wieder in ihrem Gasthof an.

Dort wartete schon jemand auf sie. Evert Bruns, dessen Gesicht man ansehen konnte, dass er schon mehrere Becher Bier lang ungeduldig auf sie gewartet hatte, stand schnell und etwas schwankend von seinem Tisch auf. »Ihr müsst sofort mit mir kommen und die beiden Kaufleute auch. Graf Enno will Euch sprechen. Kommt sofort mit!« So beeindruckt von seiner eigenen Würde stand er da, dass der Graf selbst sich sicherlich bescheiden neben ihm ausmachen würde.

6

Redenius Ulbrandi erhob sein Glas: »Meine Gnädigste, auf Euer Wohl trinken wir.« Die alte Dame führte ihr Glas mit zittrigen Händen zum Munde. Sie saß auf ihrem Bett, von warmen Decken und Kissen umgeben. An der Stirn und an den Schläfen konnte man sehen, wie ihr Haar unter der Haube am schweißnassen Kopf klebte. Sie trank das Glas mit heftigen Schlucken aus. Der Magister nahm es aus ihren Händen, um es auf den kleinen Tisch zu stellen.

»Ich habe diese Nacht schlecht geträumt – von meinem Neffen. Ich weiß nicht, ob das richtig ist, was wir vorhaben.« Ihre Stimme war genau so zittrig wie ihre Hände.

»Aber meine Gnädigste«, beruhigte Ulbrandi sie, »auf jeden Fall ist das, was Euer Neffe Euch angetan hat, nicht richtig. Und Ihr müsst ihm zeigen, dass Ihr noch selbst Herrin Eurer Güter seid. Ihr werdet genau das durchzusetzen, was Euer eigener Wille und Entschluss ist. Und ich werde Euch dabei helfen. Wir beide wissen doch, was wir von einander zu halten haben.«

»O, ja, mein guter Ulbrandi«, sagte sie und lehnte sich in ihre Kissen zurück. Für einen Moment entspannte sich ihr Gesicht, und man konnte einzelne Gesichtszüge erkennen; der Ausdruck einer Frau, die einmal eine starke und selbstbewusste Persönlichkeit gewesen sein musste. »Was wäre ich ohne Euch. Aber nun geht, ich muss schlafen. Sagt Meike, dass sie mich in der Mittagszeit wieder wecken soll. Dann will ich versuchen, wieder aufzustehen.«

»Gewiss«, antwortete Ulbrandi. Auch er war nicht mehr der Jüngste, kam nun langsam an die Mitte der fünfziger Jahre heran. Aber er war immer noch ein stattlicher Mann und sah viel jünger aus, als er es tatsächlich war. Er ließ seine dunklen Augen blitzen und schenkte der alten Dame eine gewinnendes Lächeln.

Als er die Türe zur Kammer hinter sich geschlossen hatte, verschwand das Lächeln. Schnell eilte er in die Küche. »Meike, wenn jemand kommt ...«

»Ja, hoher Herr, ich weiß Bescheid. Ihr könnt Euch voll auf mich verlassen!«

»Das tu ich. Du weißt ja, was du mir schuldig bist.« Einen Augenblick sah er sie streng an, dann verschwand er.

»Ich weiß auch, was du mir schuldig bist. Und wenn du es vergisst, dann werde ich dich daran erinnern«, sagte Meike leise vor sich hin, nachdem sie die Tür ins Schloss hatte fallen hören. Magister Redenius hatte ihr diese Anstellung vor ein paar Monaten besorgt. Und er versprach, als Rechtsbeistand und persönlicher Freund der alten Dame dafür zu sorgen, dass sie bei deren Ableben auch gut bedacht würde, wenn sie ihm hin und wieder einen Gefallen täte – der natürlich immer nur zum Besten ihrer Herrin wäre.

Vor allem hatte sie die Aufgabe, ihre Herrin von Besuchen aller Art abzuschirmen und alle Briefe an Ulbrandi weiterzugeben, damit sie sich nicht unnötig aufrege. Und das tat Meike. In der ersten Zeit tat sie das mit einem schlechten Gewissen, weil ihre Herrin, Gesa von Kringenberg, sich fast jeden Tag nach ihren Freunden oder nach einem Brief von ihrem Neffen erkundigte. Besonders seit sie sich sehr langsam wieder von ihrer schweren Erkrankung erholte. Aber ihr immer noch schlechter Gesundheitszustand und die guten Taler von Magister Redenius Ulbrandi ließen Meikes Gewissensbisse nicht so schwer ins Gewicht fallen. Es würde wohl alles recht so sein.

Bei Graf Enno ließ man Rimberti, Grütering und die Brüder Garrelts lange warten. Während Rimberti ungeduldig hin und her ging und aus dem Fenster in die beginnende Dämmerung sah, sprachen Renke und Ibo Garrelts in aller Ruhe miteinander.

»Was mag er von uns wollen?«, fragte Rimberti in leisem Ton.

»Etwas sehr Wichtiges!«, sagte Renke Garrelts ganz ruhig.

»Und warum lässt er uns dann so lange warten?«

»Eben darum«, antworte Garrelts wieder ganz ruhig. »Er will, dass wir etwas für ihn tun. Er ist auf uns angewiesen, und das ist ihm unangenehm. Darum will er uns zeigen, wer auf wen angewiesen ist. Nur kann ich mir nicht vorstellen, wie wir auf ihn angewiesen sein sollen und was er von uns will. Aber das werden wir gleich erfahren, denn so langsam wird es Zeit.«

Es dauerte noch ein paar Minuten, dann wurden sie von einem Bediensteten des Grafen hineingeholt.

Ein junger, blasser und unscheinbar aussehender Mann saß auf einem schweren Stuhl von wertvoller Schnitzarbeit. Neben ihm saßen und standen einige Männer, die wohl seine Ratgeber sein mochten. »Wir danken Euch, dass Ihr gekommen seid«, sagte der junge Mann mit etwas schleppender Stimme. »Ihr seid Gäste in unserem Land und tätigt wichtige Geschäfte?«

Kurz informierten Rimberti und Garrelts über ihre Personen und ihre Tätigkeit in Ostfriesland, wobei Garrelts den außerordentlichen Reichtum und Einfluss seiner Familie mit ihren vielen Verbindungen und Rimberti den Wohlstand und die Bedeutung seiner kleinen Grafschaft besonders absichtsvoll andeuteten. Aufmerksam hörte Enno ihnen zu.

»Nun, bei all diesen wichtigen Geschäften mögt Ihr unserer Freundschaft und Hilfe sicher sein, zumal unser kleines Land gute Verbindungen braucht in diesen Zeiten. Ihr wisst vielleicht, dass ein Krieg mit Balthasar droht, und er ist dabei, mächtige Verbündete zu finden.«

Rimberti achtete genau auf seine Ausführungen, während Renke Garrelts unauffällig die anwesenden Männer betrachtete. Besonders einer fiel ihm auf. Er stand ein wenig abseits von den anderen. Er schien sich nicht sehr wohl in diesem Raum und in dieser Gesellschaft zu fühlen, obschon er wohl mit dazugehörte. Als sich dieser Mann den Gästen zuwandte und sie beobachtete, blickte Garrelts beiseite, aber er bemerkte, dass nun er aufmerksam gemustert wurde.

Enno war am Ende seiner Ausführungen angekommen.

»Nun seid Ihr in eine blutige Geschichte verwickelt worden, die für mich von nicht unerheblichem Interesse ist. Mein stellvertretender Amtmann hat Euch versehentlich dieser Tat verdächtigt. Es ist nun so ...« Enno schien nach Worten zu suchen, und an der Art, wie er das tat, spürte Garrelts genau, dass der Graf nicht ganz die Wahrheit sagte.

Enno sprach weiter: »Es ist nun so, dass der aufgefundene Tote einer meiner getreuen Diener war. Er war betraut mit einer geheimen und höchst wichtigen Aufgabe. Er sollte einen wichtigen Brief in meine Festung Leerort bringen und mit der Antwort zurückkommen. Ich habe nicht die Mittel und Möglichkeiten, den Täter ausfindig zu machen, und Bruns bestätigte mir, dass Ihr aufmerksame und kluge Beobachter und außerdem unerschrockene und entschlossene Männer seid.«

Er hielt einen Moment inne, weil ihm klar wurde, dass seine Schmeichelei nicht auf fruchtbaren Boden gefallen war. Er räusperte und kam zur Sache: »Ich bitte Euch, den Mann zu finden, der meinen treuen Diener auf dem Gewissen hat. Es soll Euer Schade nicht sein, und ich will Euch Eure Zeit und Eure Kosten gerne erstatten und Euch außerdem ausdrücklich meinen Dank erweisen. Außerdem wird Euch das von jedem Anflug des Verdachts reinwaschen, den mein übereifriger Bruns und vielleicht noch einige andere gegen Euch hegen. Ich stelle Euch Vollmachten für Eure Aufgabe aus.«

Rimberti spürte eine Unredlichkeit, wusste aber nicht recht, wie man das zur Sprache bringen könne, ohne Graf Enno zu brüskieren.

Da ergriff Garrelts das Wort. Er begann seine Rede gedämpft, bewusst zögerlich formuliert.

»Ich danke Euer Gnaden für das Wohlwollen und für das Vertrauen, das Ihr uns entgegenbringt. Gerne wollen wir Euch den Dienst erweisen, sofern es in unseren Möglichkeiten steht. Bedenkt aber bitte auch, dass unsere Geschäfte und Aufträge von großer Dringlichkeit sind und eine Reihe bedeutender Handelshäuser und Landesherren auf eine rasche Abwicklung ihrer Angelegenheiten warten.«

Rimberti war überrascht, wie diensteifrig Renke Garrelts auf

Graf Ennos Wunsch einging. Er würde ihn später zur Rede stellen.

Enno verzog das Gesicht wie ein beleidigtes Kind. Er überlegte einen Moment, dann sprach er schnell und unüberlegt: »Diese Angelegenheit duldet keinen Aufschub. Es soll Euer Nachteil nicht sein, wenn Ihr mir helft. Ich werde Euch dafür in den hiesigen Angelegenheiten unterstützen. Lasst Euch die Wohlfahrt und Sicherheit unseres Landes angelegen sein. Und bitte: Lasst niemanden erfahren, in wessen Dienst Ihr den Mörder sucht. Sonst werden meine Gegner schnell auf Euch aufmerksam werden. Meine Leute werden zusammenstellen und aufschreiben, was sie über den Toten wissen. Bitte schickt morgen Euren Sekretär, dass er die Schreiben abholt.«

»Wir sind dankbar, dass wir Euch diesen Dienst erweisen können, Euer Gnaden«, antwortete Renke Garrelts. Enno versuchte, huldvoll zu lächeln, aber man merkte ihm die innere Unruhe stark an. Schließlich durften Garrelts und die anderen sich zurückziehen.

7

»Seid Ihr noch ganz bei Trost?«, begann Rimberti auf dem Nachhauseweg mit Renke Garrelts zu schimpfen.

»Pssst – stellt Euch nicht dumm an. Wir haben keine andere Möglichkeit. Als mit diplomatischen Geschäften vertrauter Mann müsst Ihr doch eindeutig herausgehört haben, dass wir keine andere Wahl haben.«

»Ihr meint, Graf Enno kann uns dazu zwingen?«

»Ein bisschen kann er das«, sagte Ibo. »Entweder wir finden den Mörder oder Enno lässt alle Beziehungen spielen, um unsere Geschäfte zu hintertreiben und zu verzögern. Oder er macht sie sogar unmöglich. Mit einem feindlich gesinnten Grafen können wir keine Geschäfte und Ihr keine Inspektionsreisen machen. Wir brauchen Privilegien, Genehmigungen und Ennos Wohlwollen. Außerdem deutete er an, dass Ihr immer noch als Verdächtiger geltet und er die Möglichkeit hat, Euch gefangen zu setzen. Nicht, dass er Euch im Ernst für verdächtig hält. Aber es ist ein gutes Druckmittel, und er kann Eure Geschäfte zumindest sehr verzögern.«

»Gewiss«, gab Rimberti Ibo Recht, »wir sind wohl auf ihn angewiesen, wenn wir öfter in seinem Land zu tun haben werden. Aber warum schickt er nicht seine eigenen Leute, sondern uns auf die Jagd? Denkt er wirklich, dass er seinen Leuten nicht trauen kann?«

»Wenn seine anderen Leute von solchem Schlage wie Bruns sind, dann wird man nie den Täter finden. Vielleicht glaubt er, dass wir die richtigen Männer sind. Aber wo sollen wir anfangen?«

»Ich glaube«, gab Renke Garrelts ruhig zu bedenken, »dass an der Sache etwas faul ist. Er will, dass wir in einer heiklen Sache die Kastanien aus dem Feuer holen und uns am Ende die Finger verbrennen, während er den Nutzen hat. Es kann sein, dass seine Leute scheinen zu wissen, worum es geht. Vielleicht ist das der Grund, warum wir damit beauftragt werden.«

»Oder seine Leute sollen nicht erfahren, worum es geht und warum der Mann erschlagen wurde«, überlegte Ibo weiter. »Das werden wir herausfinden.«

Bei diesem Gedanken war Ibo selbst nicht wohl. Er fühlte sich als Beobachter des Lebens immer am sichersten. Er griff nur da in ein Geschehen ein, wo es absolut nötig war. Ein Leser verändert nicht den Text eines Buches, sondern nimmt ihn auf, beobachtet, sieht genau hin und interpretiert. Und diese Rolle nahm Ibo Garrelts auch am liebsten dem Leben gegenüber ein. Aber er wusste, dass er diese Beobachterrolle aufgeben musste.

Meike schlug die dicken Vorhänge zurück, und die Sonne schien hell durch die in Blei gefassten Fensterscheiben. Gesa fühlte sich schwach, aber trotzdem wollte sie aufstehen. Wenn ihre Magd Kea noch hier wäre ... Doch an sie dachte Gesa nicht gern. War Kea doch von Magister Redenius und seinem Schreiber als Diebin entlarvt worden. Eigentlich konnte sie sich dies immer noch nicht vorstellen. Aber die Beweise lagen klar auf der Hand. Schließlich war ihre kostbare Halskette nie wieder aufgetaucht und Kea seitdem nicht mehr zurückgekommen.

Gesa richtete sich auf und setzte die Füße auf den Boden.

»Einen Moment, Gnädige Frau!« Meike kam zu ihr und gab ihr den Arm. Mit großer Mühe zog sich Gesa hoch und stand für einen Moment wackelig auf ihren Beinen. Sie machte ein paar Schritte vorwärts und lehnte sich an Meike. Der Schweiß brach ihr aus. Meike umklammerte sie fest und sagt zu ihr: »So, nun ist es genug, Gnädige Frau. Bitte, hört auf mich und legt Euch wieder hin.«

Als sie ihre Herrin wieder zu Bett gebracht hatte, klopfte es unten. »Hat es geklopft?«, fragte Gesa. »Ich glaube, das kommt von draußen, ich schau einmal nach.« Und sie ging aus dem Zimmer und machte die Tür fest hinter sich zu. Sie ging durch den kalten Flur nach unten und öffnete die Haustür.

Unten standen zwei Männer, der eine ein hoch gewachsener Herr, würdig gekleidet und der andere war vermutlich sein Diener, der sie liebenswürdig anlächelte. Flachsblondes Haar hatte er, das nach allen Seiten abstand, und ein jungenhaftes Lächeln. Trotzdem strahlte er etwas Männliches aus. Meike wusste, dass sie sich in diesem Augenblick in ihn verliebte.

Rimberti räusperte sich: »O, ich hatte eigentlich damit gerechnet, dass Kea uns die Tür öffnet. Ist sie nicht mehr hier im Haus? Wir müssen mit deiner Herrin sprechen. Bitte melde uns. Ich bin Doktor Lübbert Rimberti und das ist mein Schreiber.«

»Bedaure«, sagte Meike, »sie ist zur Zeit nicht im Haus und wird erst morgen wiederkommen. Kann ich etwas bestellen?«

»Gewiss«, sagte Rimberti, und er merkte, dass das Gesicht der Magd rot anlief. »Richtet ihr bitte aus, dass ich hier gewesen bin. Die Gnädige Frau hat uns zu sich bestellt. Außerdem haben wir Briefe von ihrem Neffen, Graf August.«

»Oh ja, das will ich gerne tun«, sagte Meike, und sie konnte die Augen nicht von dem Schreiber abwenden. »Auf Wiedersehen, Ihr Herren.« Sie machte einen Knicks und verschloss die Tür schnell wieder. Am liebsten hätte sie die beiden, besonders den Schreiber hereingelassen, aber ihre Angst war noch größer als ihre Neugierde und ihre plötzliche Verliebtheit.

Das mussten die beiden sein, vor denen Magister Redenius sie gewarnt hatte. Einen Augenblick stand Meike mit dem Rücken an die Flurwand gelehnt da, um ihre Gedanken zu ordnen. Sie ging zu Frau Gesa, um ihr zu sagen, dass niemand an der Tür gewesen wäre und dass sie ein paar Besorgungen machen wolle. Dann schlug sie sich ein Tuch um und lief zu Redenius Ulbrandi.

8

Renke und Ibo Garrelts trafen im Bären-Gasthof Rimberti und seinen Schreiber. Der Wirt hatte ihnen ein Hinterzimmer zur Verfügung gestellt, wo sie ungestört und unbelauscht reden konnten.

Ihnen war klar, dass Graf Enno nur den Teil der Wahrheit offenbart hatte, den sie kennen durften. Mit dem Toten musste es mehr auf sich haben. Ging es wirklich nur um einen Brief? Rimberti beschloss, dieser Sache nachzugehen, während Grütering sich umhören sollte, was über den Toten bekannt sei. Da die Finger des Toten dunkle Flecken aufwiesen, konnte er als Schreiber beim Grafen gearbeitet haben. Sie hielten das nicht für wahrscheinlich, aber bei den wenigen Hinweisen mussten sie jede Spur verfolgen.

Eine Frage stand besonders im Raum, und Ibo sprach sie für alle aus: »Wenn Graf Enno so sehr daran gelegen ist, den

Mörder seines Dieners zu finden, warum gibt er uns so spärliche Informationen. Es sieht so aus, als sollten wir den Mörder finden, und der Grund für den Mord soll unentdeckt bleiben. Wir müssen Graf Enno um nähere Auskünfte bitten!«

Die Brüder Garrelts hatten für die nächsten Tage ihre Reise zu ihren Angehörigen nach Leer geplant. Sie würden sich bei dieser Gelegenheit auf der Festung Leerort nach dem Brief erkundigen. Am dritten oder vierten Tag würden sie wieder in Norden sein.

Grütering ging am Nachmittag zur gräflichen Residenz. Er überbrachte ein Schreiben von Rimberti, der um einige nähere Informationen und Vollmachten bat. Aber das war natürlich nur ein Anlass für Grütering, sich beim Personal des Grafen ein wenig umzuhören. Als er mit einem Schreiber des Grafen allein gelassen wurde, suchte er das Gespräch.

»Hier leben die Schreiber gefährlich, nicht wahr?«

Der andere runzelte die Stirn und sah ihn fragend an. Er machte einen müden, schlecht gelaunten Eindruck und war wohl etwas mundfaul.

»Hmmm«, brummte er nur.

Kein leichter Fall, dachte Grütering. Er stellte sich vor dem Tisch in Positur.

»Christian Grütering, Erster Sekretär des Grafen von Kringenberg.«

Der mürrische Schreiber sah ein wenig neugieriger auf.

»Werden bei Euch die Schreiber auch so gut bezahlt wie bei uns?«, fragte Grütering mit unschuldiger Miene. In der Tat bekam er wie alle Bediensteten am gräflichen Hof ein recht gutes Gehalt, da Graf August den vernünftigen Standpunkt einnahm, dass nur Arbeit, die anständig bezahlt wird, auch anständig gemacht wird. Er hatte den übellaunigen Schreiber durchschaut und wusste, dass er ihn schnell in ein Gespräch verwickeln könne, wenn die Rede auf ungerechte Behandlung und schlechte Bezahlung käme.

»Seit der neue Graf da ist, wird das Geld knapp. Er gibt es ja mit beiden Händen aus und muss an den kleinen Leuten sparen, die treu für ihn arbeiten und gewissenhaft ihre Pflicht tun.«

»Tja«, seufzte Grütering verständnisvoll, »schwer ist es in diesen Tagen für zuverlässige und pflichtbewusste Männer. Man muss ja sogar um sein Leben fürchten, wenn man ein aufrechter Kerl ist und seinem Grafen ergeben dient – so wie jener Unglückliche, der wohl auch ein Kollege von Euch war und nun erschlagen wurde.«

»Nein, das ist keiner von uns. Ich habe gesehen, wie Bruns' Leute den Toten in die Kapelle gebracht haben. Der war 'mal hier und hatte eine lange Unterhaltung mit dem Grafen. Aber er arbeitete nicht am Hof.«

»Aber er hatte doch als Kurier einen Brief des Grafen nach Leerort bringen wollen.«

»Nein, an dem Tage haben wir keinen Brief geschrieben, und der Graf hat weder Tinte noch Papier in seinen Räumen. Wenn etwas zu schreiben ist, ruft er einen von uns, und an jenem Tage hatte ich hier Dienst.«

»Was hat er dann hier gewollt?«

»Keine Ahnung! Aber warum fragt Ihr mich nach ihm aus, was führt Ihr im Schilde?« Der Schreiber sah ihn misstrauisch an.

Grütering erklärte ihm, dass sein Herr und er den Toten gefunden hätten und ihn wegen seiner Finger als des Schreibens kundigen Mann identifiziert hätten. Und da sie den Toten gewissermaßen entdeckt und sogar des Mordes an ihm verdächtigt worden wären, hätten sie natürlich ein Interesse, viel über den unglücklichen Mann zu erfahren. Ihre Unschuld sei zwar erwiesen, aber das Schicksal dieses armen Mannes jammere sie doch sehr. Sie wollten ihm ein anständiges, christliches Begräbnis zahlen und wüssten darum natürlich gern mehr über ihn, damit man seine Familie verständigen könne. Dabei senkte

Grütering die Stimme und tat sehr vertraulich mit dem Schreiber, dessen Namen er nun immer noch nicht kannte. Und er legte ihm eine blitzende Münze auf den Tisch.

»Mein Herr ist nicht arm. Und wer ihm hilft, einem unglücklichem Manne ein christliches Begräbnis zu ermöglichen, dem soll es nicht zum Nachteil gereichen.« Der Schreiber sah sich schnell nach hinten um, nahm das Geld eben so schnell vom Tisch und steckte es in seine Tasche. Noch einmal sah er sich um. Grütering wusste, dass der Schreiber von ihrem Gespräch nichts weitererzählen würde. Sonst würde er ja als Mann dastehen, der gegen Bestechung vertrauliche Informationen preisgab.

Er hatte zu Grütering Vertrauen gefasst und hoffte vielleicht sogar noch auf eine weitere Münze.

»Hör zu, als dieser Mann damals hier war, muss er kurz zuvor Mönch gewesen sein. Er war zwar nicht wie ein Mönch gekleidet, aber man konnte sehen, dass die Tonsur erst ganz spärlich zugewachsen war. Man konnte noch die Glatze durch die kurzen Haare erkennen. Eine lange Zeit war er drinnen, und dann ging er ganz geheimnisvoll wieder davon. Aber einen Brief habe ich für ihn nicht geschrieben und – wie gesagt – Graf Enno kann eigentlich auch keinen geschrieben haben, weil die Schreibsachen alle hier sind.«

Er tippte ein paar Mal mit dem Finger auf den Briefbogen, der vor ihm lag, so, als wolle er seine Aussage damit bekräftigen.

Grütering lenkte das Gespräch wieder auf unverbindliche Dinge und erzählte aus seiner Heimat, wobei er seine eigene Bedeutung am gräflichen Hof natürlich sehr stark hervorhob.

Schließlich wurde der Schreiber zum Grafen hineingerufen und kam erst nach einer Weile zurück. Er übergab Grütering einen Brief des Grafen und Grütering drückte ihm eine weitere Münze in die Hand. ›Wer weiß, ob wir ihn noch einmal brauchen‹, dachte er. Außerdem war das Geld aus der Reisekasse von Rimberti, und mit dem Geld anderer Leute kann man schließlich großzügig sein.

9

Am nächsten Vormittag trieb ein stürmischer Wind dunkelgraue Wolken über den ostfriesischen Himmel, und trotzdem schien zwischendurch die Sonne. Renke und Ibo Garrelts hatten sich auf den Weg nach Leer gemacht, und Rimberti und Grütering waren zu Fuß durch Nordens Straßen unterwegs. Rimberti hatte in einer Mappe alle Unterlagen bei sich.

Er erinnerte sich noch gut an Frau Gesa. Als er im letzten Jahr im Land gewesen war, hatte er ihr Grüße und Briefe vom Grafen mitgebracht. Frau Gesa war die jüngste Schwester des Großvaters von Graf August. Sie war durch die Heirat mit einem Häuptling nach Ostfriesland gekommen. Aber schon bald war ihr Mann gestorben. Sie hatte allein die Zügel in die Hand nehmen müssen. Nach kurzer Zeit hatte sie die Güter so gut verwaltet und so fähige Leute eingestellt, dass sie eine reiche Frau geworden war. Zu ihrem Neffen, dem Grafen August von Kringenberg, hatte sie immer ein enges Verhältnis. Und als sie vor einigen Monaten schwer erkrankt war, hatte sie August um einen Besuch seines Rechtsgelehrten gebeten, um das Testament für den Fall der Fälle zugunsten ihres Neffen aufsetzen zu lassen.

Und das hatte Rimberti nun vor. Er freute sich, Frau Gesa wiederzusehen und hoffte, dass sie nach überstandener Krankheit noch immer die energische, kluge und humorvolle Frau sein würde.

Mit übertriebener Höflichkeit ließ Meike die beiden Besucher ein, wobei sie besonders Grütering verstohlene Blicke zuwarf. Der spürte das, ließ es sich aber nicht anmerken. Er spürte auch die Unsicherheit in Meikes Auftreten.

Sie wurden in ein abgedunkeltes, muffig riechendes Zimmer vorgelassen. Meike stand im Hintergrund, und die alte Dame saß aufrecht in ihrem Bett. Argwöhnisch beäugte sie die beiden Männer. Sodann schien sie sie wiederzuerkennen. Rimberti ging auf sie zu: »Gnädige Frau, ich freue mich sehr, Euch wiederzusehen und habe Euch Briefe und Grüße Eures Neffen mitgebracht.«

Abschätzend musterte Gesa ihn. »So, von ihm kommt Er also. Ist letztes Jahr auch schon hiergewesen.« Rimberti zögerte. Das war die Frau, die er vor einem Jahr gesehen hatte, und sie war es doch nicht. Die Krankheit hatte einen verwirrten und misstrauischen Menschen aus ihr gemacht. Rimberti sprach freimütig: »Gnädige Frau, ich habe die Unterlagen mitgebracht, die Ihr wünscht. Ihr habt vor einiger Zeit ausdrücklich um meinen Besuch gebeten, damit ich Euch beim Aufsetzen des Testaments helfe.«

»So, meine Häuser und Höfe möchte mein lieber Neffe gern haben, und der gelehrte Herr Doktor soll sie ihm in die Hände spielen. Das ist ja ein feines Spiel, dass Ihr mit einer sterbenskranken Frau spielt.«

Rimberti wusste nicht, wie er sich verhalten sollte. »Gnädige Frau, erinnert Euch an unseren Besuch im letzten August. Wir haben hier gesessen und geredet, und Ihr habt uns aus der Kinderzeit unseres gnädigen Herrn Grafen erzählt. Wie eine Mutter wart Ihr für ihn.«

Für einen Augenblick war Frau Gesa ganz still. Eine Träne lief über ihre Wange. Sie nickte mit dem Kopf und schloss die Augen.

Da wurde Meike plötzlich unruhig. »Gnädige Frau, soll ich den Herrn Magister holen lassen?« Die Erwähnung des Magisters holte die alte Frau aus ihren Erinnerungen heraus. »Verlasst sofort mein Haus! Und schämt Euch, dass Ihr eine alte kranke Frau betrügen wollt. Ich will Euch hier nie wieder sehen.« Grußlos drehte sie sich um und sah zum verhängten

Fenster hin.

Rimberti und Grütering hörten Meikes feindselige Stimme: »Ihr habt gehört, was die Gnädige Frau gesagt hat. Darf ich also bitten?«

Als Grütering sie ansah, klang ihre Stimme plötzlich nicht mehr so feindselig. »Bitte geht, Ihr Herren. Es ist besser so.«

Meike schloss die Schlafzimmertür und begleitete die beiden nach unten. Etwas begütigend sagte sie: »Nehmt es ihr nicht übel. Sie ist krank und ein wenig verwirrt. Und sie hat Angst, dass man ihr nehmen will, was sie zum Leben braucht. Sie klammert sich an ihr Leben. Tut ihr den Gefallen und kommt nicht wieder.« Rimberti nickte und sie gingen. Als Meike wieder in das Gemach ihrer Herrin kam, merkte sie, dass Frau Gesa bitterlich geweint hatte. Und Meike wusste auf einmal, dass sie Unrecht tat.

10

Am nächsten Tag machten die Brüder Garrelts zwei Besuche in Leer. Der Ort hatte sich gut entwickelt. Vor 20 Jahren hatte Leer von Graf Edzard das Recht bekommen, einmal im Jahr am 16. Oktober, dem Tag des Heiligen Gallus, einen Markt abzuhalten. Vor einem Jahr noch hatte Graf Edzard einen zweiten Markt am Tag der Kreuzerhebung, dem 14. September, erlaubt. Regelmäßige Wochenmärkte sollten ein Übriges tun, um dem Ort eine weitere günstige wirtschaftliche Entwicklung zu bescheren. Der Ort sollte zu einer Konkurrenz für Groningen werden, das längst ein friesischer Handelsmittelpunkt geworden war.

Renke überzeugte sich davon, dass die kleine Firma seiner Angehörigen solide war. Nach dem Tod des alten Albert Behrends hatte der Sohn fleißig gearbeitet und dessen Spielschulden abgezahlt. Nun sollte die Familie wieder im Geschäftsleben Fuß fassen. Neben Käse und Speck, die nach Münster verkauft und geliefert werden sollten, sah Behrend Albers junior gute Möglichkeiten im Handel mit Flachs, der erfolgreich in der Umgebung angepflanzt wurde und in Leer verarbeitet werden konnte. Es gab die Gelegenheit, eine Reihe von Anbaufeldern in der Nähe des Ortes zu kaufen, aber die Kaufsumme überstieg Behrend Albers' Möglichkeiten. Schnell wurde man sich einig, und Renke war nicht wenig beeindruckt von seinem jungen Vetter, den er mit der Zusage einer großen Investition und guter Zusammenarbeit zurückließ.

In Leerort trafen Renke und Ibo Garrelts einen guten Bekannten. Schon von weitem erkannten sie Ulfert Fockena an seinem leuchtend roten Rock. Freudestrahlend und mit ausgebreiteten Armen lief er auf sie zu und schubste alle beiseite, die es wagten, ihm den Weg zu seinen neuen Freunden zu versperren. Seine Stimme übertönte und überdröhnte allen Lärm auf der Straße.

»Ihr Herren, ehrenwerte Kaufmänner, welche Freude, Euch hier zu sehen!« Herzlich schüttelte er ihnen die Hände und klopfte ihnen abwechselnd auf Schultern und Oberarme.

Renke Garrelts war kein Mann von großen Worten und Gefühlen, aber er freute sich, diesen Mann hier zu sehen. Vielleicht könnte der ja sogar helfen. Sie gingen gemeinsam ein Stück in den Ort Leer hinein, der gleich an die Burg anschloss.

Sie ließen sich dem Amtmann melden und gaben dem Sekretär einen Brief des Grafen. In diesem Brief wurde ihnen bescheinigt, dass sie in wichtigen gräflichen Geschäften unterwegs seien und der Unterstützung und Hilfe aller, die in des Grafen Dienstes standen, bedürften und sicher sein müssten.

»Der Drost wird noch nicht zurück sein«, sagte Ulfert Fockena, »Eggerik Beninga wird Euch gefallen. Er ist ein sehr gebildeter und fähiger Mann. Er leitet zur Zeit den Ausbau der Festung, und zwischendurch ist er immer als Ratgeber gefragt.

Auch wenn er ein ehrlicher und kluger Mann ist«, Ulfert machte eine viel sagende Pause und verzog den Mund, »wird er dennoch von unserem hochwohlgeborenen Grafen geschätzt und als Ratgeber gebraucht.«

Auch hier in Leerort hatte der Amtmann einen Stellvertreter. Derk Holthuis, ein Mann um die Fünfzig in eleganter Kleidung, empfing sie mit saurer Miene. Herablassend begrüßte er sie.

»Ihr versteht, ich kann nicht viel Zeit erübrigen. Und für solche Dinge bin ich nicht zuständig. Ich habe schließlich den Ausbau der Befestigungsanlagen zu leiten und zu beaufsichtigen.«

»Der ist noch eitler als Fockena«, dachte Rimberti. Jedoch fehlte ihm Fockenas Humor und Verstand.

Holthuis sprach so, als ob er sich selbst dabei genüsslich zuhöre und stolzierte im Raum herum, als seien die drei sein Publikum.

Während Renke das Gespräch führte, sah sich Ibo den Offizier und die Amtsstube etwas gründlicher an. Es war ein großer heller Raum, in dessen Mitte ein Tisch mit Bauzeichnungen bedeckt war. Auf einem großen Tisch an der Wand vor dem Fenster lagen und standen ein gutes Dutzend Bücher. Das war sehr erstaunlich. Es gab nur sehr wenige Offiziere oder Verwaltungsbeamte, die eine so umfangreiche eigene Bibliothek besaßen. Der hier residierende Drost musste in der Tat ein belesener Mann sein, wie Fockena es gesagt hatte.

Holthuis wusste nichts von einem Brief, aber die Frage nach einem besonderen Brief des Grafen an den Drost hatte ihm einen gehörigen Schrecken eingejagt. Vielleicht war ihm etwas anderes, dass der Graf vor ihnen verbergen wollte, bekannt. Renke Garrelts legte sich nun, während er umständlich von ihrer Reise erzählte, einen Plan für das Gespräch zurecht.

Er musste so tun, als sei er über den Inhalt dieses Briefes im Groben informiert und gleichzeitig musste er vorsichtig erfragen, was Holthuis darüber wissen konnte. »Nein, ich weiß nichts davon. Ich kann mich auch nicht an einen Boten erinnern.

Ihr seid über den Inhalt des Briefes informiert?«, fragte Holthuis seine Besucher unvermittelt.

»Nun«, antwortete Renke ausweichend und nicht sehr überzeugend, »der Graf bittet in einer wichtigen Mission um ein Gutachten, und Euer Drost wird ihm daraufhin geschrieben haben.«

Holthuis verzog den Mund zu ironischem Grinsen. »Dann seid Ihr ja bestens informiert – mindestens genauso gut wie der Drost, der ja seit einer Woche beim Grafen ist. Ihr entschuldigt mich, aber ich habe wichtigere Dinge zu tun, als Kaufleuten Rede und Antwort zu stehen, die noch nicht einmal wissen, was sie wissen wollen.«

»Kennt Ihr diesen Mann?«, fragte Renke plötzlich, und legte ihm die Bleistiftzeichnung vor, die Rimberti bei der Fundstelle der Leiche angefertigt hatte. »Er war der Kurier, der zu Euch kommen sollte. Nun liegt er tot aufgebahrt in einer Kapelle der Norder Andreaskirche, wenn er nicht schon seinen Platz auf dem Gottesacker gefunden hat. Er wurde ermordet.«

Für einen Moment verlor Holthuis seine Fassung. Er erkannte den Toten sofort, und sie merkten ihm an, dass er seine Bestürzung verbergen wollte. Abwechselnd sah Holthuis auf die Zeichnung und auf die beiden Brüder. Er wusste, dass sie sein Erschrecken bemerkt hatten.

»Oh, ja, gewiss kenne ich ihn.« Holthuis räusperte sich. Mit unruhigen Augen sah er sich im Raum um. Er musste Zeit gewinnen und sich eine gute Erklärung zurechtlegen. Ibo und Renke tauschten kurz einen Blick aus. Sie hatten sein Manöver durchschaut und wussten, dass in dem, was Holthuis nun von sich gab, nur flüchtige Spuren von Wahrheit enthalten sein konnten.

»Er war schon einige Male bei mir und ist ein treuer Diener des Grafen. Ein zuverlässiger Mann. Was ist ihm zugestoßen? Wie ist er gestorben?«

Renke wusste, dass Fragen immer ein gutes Mittel waren,

nicht selbst Antwort geben zu müssen. Trotzdem gab er die gewünschte Auskunft. »Er wurde erschlagen aufgefunden, auf dem Weg nach Norden, am Moorrand zwischen Aurich und Victorbur. Er hatte nichts bei sich, und wir wissen nicht einmal seinen Namen.« Hier wurde Renke bewusst, dass noch nicht einmal der Graf ihnen den Namen des Toten genannt hatte. Zu dumm, dass sie nicht gleich danach gefragt hatten.

»Ich denke, das Beste ist, Ihr sucht die Mörder bei den Feinden des Grafen. Ich bin hier sozusagen die rechte Hand des Grafen, für Fremde ist der Drost zuständig. Er wird vermutlich morgen wieder eintreffen. Dann wird er Euch sicher empfangen.«

Holthuis Stimme schwankte. Seine Arroganz war jetzt nur mehr eine bröckelige Fassade. Leicht hätte Renke Garrelts sie zum Einsturz bringen können, aber das würde nicht weiterhelfen. Holthuis würde dann nichts mehr preisgeben, und sie hatten nichts gegen ihn in der Hand. Garrelts wollte es vorerst dabei belassen.

»Bitte, lasst mir Tinte und Papier geben und schickt einen Boten zum Grafen. Er wartet auf Antwort und wird Euch für Euren gehorsamen Dienst dankbar sein«, sagt er zu Holthuis. Der antwortete nichts, denn er wusste, dass es galt aufzupassen. Er neigte den Kopf nach links, wo auf dem Büchertisch Papier, Tinte und ein Gänsekiel lagen. Holthuis und Ibo standen stumm nebeneinander, während Renke einige Zeilen aufs Papier kratzte.

»Wollt Ihr so freundlich sein, und diesen Brief, so schnell es Euch möglich ist, zum Grafen bringen lassen?«

»Zu Diensten«, antwortete Holthuis knapp. Obwohl er durch die Wende im Gespräch wieder etwas mehr Sicherheit hatte, gab es etwas, vor dem er Angst hatte, und die Verbindung, die diese beiden zum Grafen hatten, ließ ihn vorsichtig sein.

»Was hast du ihm geschrieben?«, fragte Ibo seinen Bruder, als sie im Gasthaus saßen und sich ein gutes Abendessen schmecken ließen.

»Um die Sache weiter verfolgen zu können, müssen wir wissen, was der Graf an wen geschrieben hat.«

»Und denkst du, dass du darauf eine Antwort bekommst?«

»Bestimmt! Entweder die Wahrheit oder eine Lüge. Beides kann uns helfen.«

»Aber du hast den Brief offen liegen gelassen.«

»Mit Absicht. Holthuis darf doch nicht denken, dass wir ihn verdächtigen. Er muss das Gefühl haben, dass er uns gegenüber wohl vorsichtig sein müsse, aber er soll auch denken, dass er uns einen Schritt voraus ist.«

Renke setzte einen großen Becher Bier an und trank in großen Schlucken. Zufrieden mit sich, mit seinem Bruder und mit der Welt wischte er sich den Mund ab. Irgendwie fing die Sache an, ihm Spaß zu machen.

11

Rimberti und Grütering sahen schon von weitem den hohen Turm der Hager Kirche, die dem heiligen Ansgar geweiht war. Hier war Magister Heddo Kankena, ein Verwandter seiner Mutter, Pfarrer. Rimberti musste an seine vielen Besuche dort zurückdenken.

Sein Onkel hatte ihn stets interessiert ausgefragt, wenn er einmal im Jahr nach Dornum und Hage kam. Es hatte ihn sehr gefreut, dass sein Onkel an seiner ungewöhnlichen Laufbahn so viel Anteil nahm und ihn ermunterte, diesen Weg weiterzugehen. Und auch wenn sein Onkel sich damals noch in der päpstlichen Lehre zu Hause wusste, so war er doch sehr interessiert an Gedanken und Einsichten, die sein Neffe von der Universität mitbrachte.

Einmal gab er ihm sogar einen Gulden mit, damit er ihm eine Ausgabe von Luthers Übersetzung des Neuen Testamentes mit den Holzschnitten von Lukas Cranach mitbringe. Und ein Jahr später übergab ihm Rimberti dieses kostbare Buch sowie einige Wittenberger Flugschriften.

Viele Gespräche, besonders mit Johannes Stevens in Norden, und die Beschäftigung mit der Bibel hatten den bedächtigen und besonnenen Magister Heddo dann doch auf die Seite der Reformation gebracht. Er hielt sich eher an Luther als an Zwingli oder gar Karlstadt, dessen Schriften seit einiger Zeit eifrig im Land gelesen wurden. Für den konservativen Heddo Kankena waren Karlstadt und seine Mitstreiter Schwarmgeister, die die Menschen verwirrten. Und es blieb für ihn immer ein Makel der neuen evangelischen Bewegung, dass sie neben dem Licht des Evangeliums auch viele Irrlichter mitgebracht hatte.

Rimberti erinnerte sich an viele Diskussionen, die sie miteinander geführt hatten. In der Zeit, in der Rimberti selbst für eine Pfarrgemeinde verantwortlich war, hatten sie sich nicht gesehen, aber sie hatten einander oft geschrieben, und so hatte sein Onkel auch die Entscheidung Rimbertis, in seinen alten Beruf zurückzukehren, gut verstanden – anders als manche der Wittenberger Freunde und besonders Luther.

Rimberti dachte ungern daran, auch wenn sich das Verhältnis zu Martin Luther inzwischen wieder normalisiert hatte. Er hatte Luther seinen Entwurf einer Kirchenordnung für die Grafschaft Kringenberg zugeschickt und bekam ein Schreiben mit lobenden Worten zurück. Immerhin wurde sein Entwurf sogar eine gute Vorlage für eine Reihe weiterer Kirchenordnungen. Er dachte ungern an seine Zeit als Pfarrer zurück und glaubte, dass er Gott und den Menschen besser in seinem Beruf als Rechtsgelehrter dienen könnte.

Zwei Reiter kamen ihnen entgegen und grüßten. Sie holten Lübbert Rimberti aus seinen Erinnerungen. Er freute sich darauf, gleich seinem Onkel gegenüberzustehen.

Hage war ein Straßendorf. Die Häuser säumten die einzige Straße, die von Westen nach Osten durch den Ort lief, und von der zu beiden Seiten Wege abgingen. In der Nähe der Kirche lag die Pastorei, ein festes Steinhaus, eines der wenigen im Ort.

Auch der zweite Pfarrer von Hage wohnte in einem Steinhaus, in der so genannten Hinkenaburg, einer früheren Burgstätte. Eine fromme Witwe hatte sie der Kirche samt Landbesitz vermacht, damit hier ein zweiter Pfarrer Wohnung und Unterhalt bekam.

Als sie sich dem Pfarrhaus näherten, erkannte Lübbert Rimberti schon von weitem Dini, die Magd des Pfarrers, die die Stufen vor dem Eingang gründlich schrubbte. Viele Blumen blühten im Garten, das Laub der Bäume war vom zarten Hellgrün des Frühlings in ein volles dunkleres Grün übergegangen. Oft hatte er im Gras gesessen, wenn er ein paar Tage oder Wochen hier zu Gast war. Ihn beschlich das etwas traurige und trotzdem unbeschreiblich schöne Gefühl, in ein Zuhause zurückzukehren.

Rimberti und Grütering waren leise an Dini herangeschlichen, die so in ihre Arbeit vertieft war, dass sie sie gar nicht bemerkt hatte.

»Ist der hochwürdige Herr Pfarrer zu sprechen?«, fragte Rimberti mit tiefer, verstellter Stimme.

Dini erschrak, fuhr auf, drehte sich um, war empört über den Schabernack und freute sich endlich doch, ein bekanntes Gesicht, Lübbert Rimberti, wiederzusehen – und all diese Gemütsbewegungen spielten sich in einem einzigen Augenblick ab. Schnell hatte sie ihr fixes Mundwerk wiedergefunden.

»Also nee, wie schön, dass man Euch auch einmal wieder ..., aber was fällt Euch ein, eine alte ... so, nun iss aber Schluss, also erst mal herzlich willkommen ...«

Sie drückte beiden kräftig die Hand und vollendete einen der angefangenen Sätze »... so zu erschrecken, also wirklich!«

Wenige Momente später saßen Rimberti und Grütering schon in der Küche und bekamen einen ordentlichen Eintopf mit Bohnen und Rindfleisch vorgesetzt, dazu ein Brot mit dicker goldgelber Butter und einen großen Becher frischer Milch.

»Der Herr Pfarrer hat vorhin Mittag gegessen, er ruht sich nun erst einmal aus«, sagte Dini. Und damit war klar, dass die Mittagsstunde ihres Pfarrers ein so kostbares Gut war, dass auch zwei willkommene Gäste sie nicht dazu bringen konnten, Heddo Kankena zu stören. Ihr Leben lang arbeitete sie schon in der Familie, und so lange Magister Heddo Pfarrer war, führte sie ihm auch den Haushalt.

Nachdem sie gegessen hatten, kam Magister Heddo herein. Er hatte sich fast nicht verändert seit dem letzten Besuch. Er musste jetzt um die fünfzig sein. Der Anteil der grauen Haare hatte sich vermehrt, die Anzahl der Haare insgesamt mochte sich wohl verringert haben. Sein Gesicht war frisch, und er strahlte immer noch Kraft aus, ein kluger und verantwortungsvoller Hirte seiner Gemeinde. Schnell kamen sie nach der Begrüßung auf ihre Themen zu sprechen, und Kankena erzählte.

»Ich war dabei, als Aportanus in der Kirche von Oldersum gegen den Dominikaner Laurensen aus Groningen gesprochen hat. Er hat gut gesprochen und er hatte wirklich die stärkeren Argumente für sich. Aber ich war auch am 1. Januar des letzten Jahres dabei, als Hinrich Reese in der Norder Dominikanerkirche mit den Vertretern der päpstlichen Lehre abrechnete. Es war eine öffentliche Disputation, und Reese hatte mit Plakaten dazu eingeladen. Viele, die Reese noch als Mönchspriester kannten, waren natürlich gekommen, um die Bekehrung des Saulus in einen Paulus mitzuerleben. Aber dann zog er auf der Kanzel vor aller Augen seine Mönchskutte aus und beschimpfte die Anhänger des Papstes. Sie würden Gott lästern, weil sie die Ohrenbeichte abnehmen und die Heiligen verehren. Die Orden bezeichnete er sogar als vermaledeite Sekten.«

Magister Heddo schwieg einen Moment. Er war immer ein

Mann des Ausgleichs und radikale Äußerungen und Forderungen gefielen ihm nicht. Er machte sich Sorgen um den Erhalt der Frömmigkeit und des kirchlichen Lebens. Dann erzählte er weiter.

»In Wittenberg haben sie ein neues Licht angezündet, das Licht der Wahrheit. Hoffen wir, dass sie damit das Haus nicht abbrennen. Prediger ziehen durchs Land. Sie predigen Aufruhr gegen jede Obrigkeit. Sie predigen, dass man die Kinder nicht mehr taufen soll und dass das innere Licht wichtiger ist als Gottes Wort. Sie treffen sich in Häusern und Scheunen und meiden die Kirche.«

Heddo Kankena war froh, seine Sorgen einmal offen aussprechen zu können. Auch der Schreiber seines Neffen schien ein aufgeweckter Bursche zu sein, bei dem hinter der Fröhlichkeit ein zuverlässiger Mann stecken musste. Er hatte bemerkt, dass Grütering aufmerksam zuhörte.

Heddo Kankena seufzte. »Unruhe herrscht im Land, seitdem der Graf tot ist. Enno ist ein unreifer Bursche, der sich viel zutraut, aber nichts zustande bringt. Er ist zu sehr auf den kleinen Vorteil bedacht, der direkt vor Augen liegt. Und darum hat er das Wohl des Landes nicht im Blick. Enno kann noch nicht einmal für sich selbst Verantwortung übernehmen, wie soll er dann Verantwortung für Ostfriesland tragen können?«

»Lieber Onkel, wir hatten jetzt selber Gelegenheit, Graf Enno einmal kennen zu lernen und näher zu besehen. Er hat uns sogar eine delikate Aufgabe anvertraut.«

Überrascht sah Heddo Kankena seinen Neffen an. Rimberti erzählte ihm von dem einsamen Toten im Moor, dessen Mörder sie ausfindig machen sollten.

Heddo wurde hellhörig. »Wie ein Mönch sah er aus? Viele Mönche verlassen jetzt ihre Klöster. Glücklicherweise lässt Enno noch viele Klöster bestehen, aber einige hat auch er schon aufgelöst. Für manche Männer und Frauen ist es gut, dass sie ein neues Leben anfangen können, aber viele müssen ein Dasein aufgeben, das sie für sich erwählt haben. Die Klostergüter und Gebäude führt Enno in seinen Privatbesitz über oder er gibt sie an die Häuptlinge.«

Heddo Kankena machte ein sorgenvolles Gesicht und erzählte weiter. »Es wird erzählt, dass seit Pfingsten in einigen Kirchen die Kelche, Monstranzen und Abendmahlsteller eingezogen wurden. Enno plündert die Kirchen systematisch aus. Es soll im Verborgenen geschehen, aber eine ganze Reihe von Fällen ist schon bekannt. Bei meinem Vetter, Magister Onno, stand eines Sonntags ein gräflicher Offizier vor der Tür mit einem amtlichen Schreiben, dass man ihm alle silbernen und goldenen Kelche, Teller, Leuchter und alles andere von Wert auszuhändigen habe. Und gegen eine Art Quittung nahm er all die wertvollen heiligen Geräte in einem Sack mit. Er bedankte sich sogar höflich.«

»Dann kann es jedenfalls nicht Evert Bruns gewesen sein«, murmelte Rimberti, und Grütering grinste.

Heddo sah die beiden einen Moment fragend an, aber er ging nicht darauf ein und sprach weiter. »Der Graf lässt das so geheim wie irgend möglich durchführen. Kein Pfarrer soll vorher gewarnt werden, damit nicht rechtzeitig etwas in Sicherheit gebracht wird. Aber das Schlimmste sind die Leute des Grafen selber. Einige zweigen dabei einen gehörigen Anteil für sich ab. Nun ja, ungetreuer Herr – ungetreue Knechte.«

Rimberti unterbrach ihn: »Und du meinst, der Tote im Moor ist so ein ehemaliger Mönch, der einen wertvollen Abendmahlskelch vor den Häschern des Grafen versteckt hat?«

Heddo Kankena dachte laut weiter: »Wer soll ihn denn sonst erschlagen haben? Soll Graf Enno selbst einen seiner Männer mit dem Mord beauftragt haben, um an die heiligen Gefäße zu kommen? Nein, sein Tod passt Enno überhaupt nicht in den Plan, und der Tote hat ein Geheimnis mit ins Grab genommen, das Ihr nun lösen sollt. Vielleicht wusste der Tote, dass einer von Ennos Leuten sich reich bedient hatte, und er musste sterben, damit er den Dieb nicht beim obersten Dieb anschwärzte, nämlich bei Enno selber.«

Für einen Augenblick hielt Heddo inne, denn es geschah selten, dass er so hart urteilte. »Ihr müsst herausbekommen, wo der Mann vorher Mönch war und was aus dem Kirchenschatz geworden ist. Vielleicht ist es eines der Klöster zwischen Norden, Marienhafe und Aurich, die ganz in der Nähe der Stelle liegen, wo man den Toten gefunden hat.«

»An welche Klöster denkst du?«, fragte Rimberti.

»In den meisten Klöstern waren Nonnen, wie zum Beispiel in Coldinne, Marienthal, Dykhusen und Aland. In Sielmönken sind Augustiner-Chorherren. Heiselhusen und das Dominikanerkloster in Norden werden aufgelöst, und in Bendiktshusen sind einige der Mönche schon fortgegangen. Vielleicht solltet ihr euch an die vier halten. Ein Empfehlungsschreiben könnte dir viele Türen öffnen, aber Augen und Ohren aufsperren musst du schon selbst. Wenn ihr beide bis morgen Zeit habt, kann euch mein Freund, der Abt Gerhard Synellius eine Empfehlung schreiben. Er besucht mich morgen und will einige Dinge mit mir bereden. Vermutlich will er mich lutherischen Ketzer von der Wahrheit des Papsttums überzeugen.«

Der Schalk blitzte Kankena aus den Augen. Er gehörte zu den wenigen Männern, die auch denen die Hand reichen konnten, die mit Überzeugung einen völlig anderen Standpunkt vertraten. Er erwartete nur, dass andere genau so durchdacht und überzeugt dafür einstanden, wie er seine Sache vertrat.

»Synellius wird euch einen Brief mitgeben, der euch sicher nützen wird.«

Ein neuer Gedanke kam ihm, der ihm scheinbar große Sorgen machte, denn seine Augenbrauen zogen sich zusammen.

»Habt ihr beide schon der Freifrau Gesa euren Besuch gemacht? Ich habe ...« – da unterbrach ihn ein Klopfen an der Tür.

Dini riss die Tür auf und rief aufgeregt: »Mester Hidde, kommt schnell! Janna iss hier.« Heddo Kankena ging sofort mit.

Sie hörten von der Diele her das Schluchzen einer Frau. Nach einigen Augenblicken war es wieder ruhig.

Dini kam zurück. »Der alte Siebo liegt im Sterben und will noch einmal das Sakrament empfangen. Es wird bestimmt spät, bis euer Onkel wieder zurück ist. Ihr bleibt doch sicher über Nacht. Morgen Mittag kommt hoher Besuch. Abt Synellius aus Norden macht seinen Besuch bei uns. Die beiden sind doch gute Freunde. Wie mag das wohl alles weitergehen?«, fragte Dini besorgt.

Aber auf diese Frage wussten Rimberti und Grütering natürlich auch keine Antwort. Sie entschlossen sich, über Nacht zu bleiben, um die leidige Sache mit Frau Gesa zu bereden und den hohen Besuch kennen zu lernen, wenngleich sie sich von dem Empfehlungsschreiben nicht so viel versprachen. Aber immerhin würde ein Brief von einem Abt in den Augen der Mönche sicher mehr Vertrauen erwecken als das Schreiben von Graf Enno.

Den restlichen Nachmittag verbrachte Rimberti damit, die Unterlagen und Briefe von Freifrau Gesa durchzusehen. Die wichtigsten Papiere hatte er immer bei sich. Er musste an ihren Besuch bei Gesa im letzten Jahr denken.

Er hatte davon gehört, dass Menschen, die ein hohes Alter erreichten, ihrer Umwelt mit tiefem Misstrauen begegneten. Er fürchtete sich, im Alter auch einmal in einer solchen Finsternis leben zu müssen. Er war wieder umfangen von seinen schweren Gedanken.

Grüterings Feder kratzte munter über Papier, während er ebenfalls an den Besuch bei der alten Dame dachte. Doch es war die junge Magd, die ihm nicht aus dem Sinn wollte. Sie machte den Eindruck, als belastete sie ein Geheimnis, das niemand erfahren durfte und wünsche sich zugleich nichts mehr, als dass endlich jemand hinter die Sache käme. Beim Abschied an der

Haustür war sie nahe daran gewesen zu reden. Sie wusste vielleicht, was es mit der Krankheit der alten Frau auf sich hatte.

Grütering hatte das unglückliche Gesicht der Magd vor Augen. Ihr Gesicht war auch das Letzte, was er in seinen Gedanken sah, als er später endlich im Bett lag und einschlief.

12

Renke und Ibo Garrelts nutzten den Tag, um Leer besser kennen zu lernen. Ihr Vetter Albers mit seinem Sachverstand und seiner Ernsthaftigkeit gefiel ihnen sehr gut. Sie besichtigten die Flachsfelder in der Umgebung Leers und besuchten den Nachmittagsgottesdienst in der Ludgerikirche, in der seit mehreren Jahren evangelisch gepredigt wurde.

Hier hörten sie das erste Mal davon, dass einige Pfarrer im Bauernrock im Altarraum standen und den Altar und die Bilder entfernt hatten. Es war unruhig im Land, das merkte man. Das kirchliche Leben war in Unordnung geraten, und viele Menschen wussten nicht mehr, woran sie sich halten und was sie glauben sollten. Am Abend waren sie bei Ulfert Fockena eingeladen, der in einem Gasthaus wohnte und übermorgen auf seinen Landsitz zwischen Emden und Norden zurück wollte.

Abends saßen sie mit Fockena zusammen, der spannende, witzige und auch ein wenig prahlerische Geschichten aus seinem abenteuerlichen Leben zum Besten gab. Allerdings erzählte er immer mit einem Augenzwinkern, sodass seine Zuhörer sich nicht verpflichtet fühlten, alles zu ernst zu nehmen und darum den schönen Abend genießen konnten.

Schließlich machten die Brüder sich auf den Weg in ihr Quartier. Ibo merkte, wie müde er war. Er hatte etwas zu viel von dem schweren Rotwein getrunken. Sein Bruder war aufgeräumt wie immer. Ibo war noch ganz erfüllt von den abenteuerlichen Geschichten, die Ulfert Fockena ihnen erzählte hatte.

»Weißt du, Ulfert erinnert mich ...«

»Psst«, unterbrach ihn sein Bruder. »Da ist jemand hinter uns.«

Ibo sah sich um. Es war schon schummrig, aber er erkannte deutlich einen vermummten Mann mit einer Art Wanderstock, der hinter ihnen ging.

Die beiden gingen weiter. »Es kann ja Zufall sein. Vielleicht ist ja noch jemand unterwegs«, beruhigte Ibo seinen Bruder und vor allem sich selbst. Da tauchten vor ihnen zwei weitere Gestalten auf, die Kapuzen tief im Gesicht. Die Brüder blieben stehen. Nun war es ihnen doch etwas unheimlich. Ibo sah sich um. Da war eine kleine Nebenstraße, aber das war eine Sackgasse. Die beiden hatten keine Waffe bei sich.

»Was wollt ihr?«, schnauzte Renke die drei Männer an, die nun keine zehn Meter mehr von ihnen entfernt waren.

Der größte der drei nahm seinen Stock in beide Hände und ging entschlossen auf sie zu. Bevor er zum Angriff übergehen konnte, trat Renke ihm entgegen. Blitzschnell warf er ihm eine Hand voll Münzen vor die Füße, die klimpernd auf dem Pflaster landeten. Der Vermummte machte keine Anstalten, sich danach zu bücken, aber für einen Moment war er abgelenkt. Und diesen Moment benutzte Renke, um ihm mit seiner Faust ins Gesicht zu schlagen.

Der Mann stolperte rückwärts und fiel auf das Straßenpflaster. Die beiden anderen erhoben ihre Stöcke und griffen an.

Ibo war alles andere als ein geübter Kämpfer. Immerhin war er doch etwas geschickter und stärker, als seine schmächtige Erscheinung den Gegner glauben ließ. Es gelang Ibo, seinem Gegner in den Arm zu fallen, bevor dieser zuschlagen konnte. Er rang ihn zu Boden, aber er merkte, dass sein Gegner kräftiger war und bald die Oberhand erringen würde. Als der wieder nach dem Stock griff, biss Ibo ihm entschlossen in die Hand. Sein Gegner schrie laut auf und schlug nach ihm. Ibo sprang auf, bereit zu weiterem Kampf.

Plötzlich war alles zu Ende. Regungslos kauerte Ibos Gegner vor ihm. Ibo begriff nicht, was geschehen war. Hatte er seinen Gegner verletzt?

»So, Bursche, nun mal schön langsam aufstehen!«, dröhnte eine bekannte Stimme im Hintergrund. Jetzt erst bemerkte er, dass Ulfert Fockena mit dem gezogenen Schwert hinter seinem Gegner stand und ihm die Spitze seiner Waffe ins Kreuz bohrte. Zwei Männer aus Ulferts Gefolge hatten inzwischen Renke Garrelts befreit, während der dritte wimmernd am Boden kroch. Er war nach Renkes Faustschlag so unglücklich gefallen, dass er sich verletzt haben musste.

Renke hatte sich wacker geschlagen. Aber auch ihn hatte der Kampf angestrengt. Er schöpfte Luft.

Kurze Zeit später saßen die drei wieder zusammen. Die Wunden waren versorgt worden, außer ein paar Schürfwunden und blauen Flecken hatten sie keine wirklichen Verletzungen davongetragen. Die ramponierten Straßenräuber hatte man bei Holthuis in Gewahrsam gegeben.

Fockena hörte sich in Ruhe an, was die Brüder ihm zu erzählen hatten. Er stellte einige genaue Nachfragen, sodass sie merkten, dass Fockena ein aufmerksamer Zuhörer und Beobachter war, der viel mehr aufnahm, als man ihm zutraute.

»Da stimmt etwas nicht«, lautete sein abschließendes Urteil.

Auf den verwunderten Blick der Nordener erklärte er: »Was sind das für Räuber? Sie machen erst gar nicht den Versuch, Euch zu bedrohen und Eure Geldbörse zu verlangen? Und auch nach dem Geld auf der Straße bücken sie sich nicht? Was sind das für drei Räuber, die mit Knüppeln bewaffnet nicht in der Lage sind, zwei unbewaffnete Kaufleute zu besiegen, die alles andere als geübte Kämpfer sind? Ich will Euch damit nicht zu nahe treten.«

»Ist schon gut«, winkte Renke ab. »Das sind wir auch nicht. Aber sie waren auch keine geübten Kämpfer. Zu dritt hätten sie uns beide wohl dennoch untergekriegt, wenn Ihr nicht ...«

Plötzlich kam Renke eine Frage in den Sinn, die auf der Hand lag. »Woher wusstet Ihr eigentlich von unserer Notlage? Wieso wart Ihr auf einmal zur Stelle?«

Grinsend antwortete Fockena: »Meine Diener haben bemerkt, dass jemand unseren Gasthof beobachtete, während Ihr meine Gäste wart. Und sie sahen, dass jemand hinter Euch herging.«

»Und warum habt Ihr uns nicht gleich gewarnt oder begleitet?«

»Wir wollten die Männer gerne haben!«

Renke Garrelts war empört: »Wir waren Eure Lockvögel! Wie konntet Ihr unser Leben ...«

»Nun mal nicht so schnell!«, fiel ihm Ulfert Fockena ins Wort. »Schneller konnten wir wirklich nicht in das Geschehen eingreifen. Ich bin sofort aufgebrochen, als meine Knechte mir Bescheid gegeben haben. Und wir mussten die Leute schnappen. Denn wenn es Räuber waren, so hätten sie noch länger ihr Unwesen getrieben, und andere wären nicht so glimpflich davon gekommen wie Ihr. Und wenn es keine Räuber waren, so hätten sie Euch bei günstigerer Gelegenheit abgepasst und dann ...!«

Fockena vollendete den Satz nicht, aber die Brüder wussten, was er meinte.

»Schon gut«, murmelte Renke. »Ihr habt sicher Recht – auch mit dem, was Ihr vorhin sagtet. Richtige geübte Kämpfer lassen sich nicht von zwei unbewaffneten und ungeübten Männern übertölpeln. Und wenn sie uns wirklich ans Leder gewollt hätten, dann wären sie mit Messern oder Schwertern bewaffnet gewesen und nicht mit Knüppeln. Die wollten uns verprügeln, aber die hatten überhaupt keine Ahnung, wie man jemanden verprügelt.«

»Vielleicht habt Ihr durch Eure Geschäfte Konkurrenten geweckt, die Euch eine Abreibung erteilen wollten? Wer ist Euer Verwandter hier in Leer?«

»Der macht einen sehr ehrlichen Eindruck. Außerdem ist er dringend auf unsere Zusammenarbeit angewiesen, und hat uns selber hierher eingeladen.«

»Morgen wird der Drost wieder zurückkommen, und dann werden wir hören, was die drei zu sagen haben«, schloss Fockena das Gespräch ab. »Es ist Zeit für Euch, zur Ruhe zu kommen. Verschiebt Eure Reise nach Norden auf übermorgen. Dann werde ich Euch begleiten und Euch unterwegs in mein bescheidenes Domizil einladen.«

Renke Garrelts dachte vor dem Einschlafen lange über die Sache nach. Noch nie hatte ihn jemand mit Gewalt angegriffen. Im Geschäftsleben war er durchaus bereit, auszuteilen und einzustecken. Aber dass jemand mit einem Knüppel auf ihn losging, das beschäftigte ihn doch sehr – zumal ihm einleuchtete, dass noch mehr dahinterstecken musste. Das Wissen, plötzlich persönliche Feinde zu haben, bedrückte ihn und machte ihm Angst. Nur langsam fand er in einen unruhigen Schlaf.

13

Am Vormittag war Gerhard Synellius in Begleitung eines Bruders gekommen, der weiter nach Coldinne wollte, um Briefe im dortigen Augustinerinnen-Kloster abzugeben. Synellius saß mit Heddo Kankena und Lübbert Rimberti in der Wohnstube des Pfarrhauses. Gerhard Synellius war ein hoch gewachsener, schlanker Mann. Er trug die braune Benediktinerkutte und verbarg seine Hände meist in deren weiten Ärmeln. Er sprach mit einem leichten niederländischen Akzent.

Er war Abt des Klosters Marienthal in Norden, in dem fast einhundert Nonnen lebten. Viele kamen aus den höher gestellten Familien Ostfrieslands. Hier wurden seit dem Tod Ulrichs I. alle Cirksenas beigesetzt, so war das Kloster wohl das angesehenste in Ostfriesland, und die Position seines Abtes war nicht weniger bedeutend. Gerhard Synellius war vor sechzehn Jahren nach Norden gekommen. Davor war er Abt des Benediktinerklosters auf der Insel Rottum gewesen.

Als Reese vor anderthalb Jahren in der Norder Dominikanerkirche gegen die Gebräuche der Römischen Kirche und gegen die Orden wetterte, um dann demonstrativ auf der Kanzel seine Mönchskleidung auszuziehen, war Synellius der Einzige gewesen, der das Wort gegen ihn ergriff. Aber er hatte so umständlich argumentiert, dass Reese ein leichtes Spiel mit ihm hatte und ihn vor allen blamierte. Als die evangelische Bewegung immer mehr Raum gewann, verließ er Norden, kam aber nach kurzer Zeit wieder. Zu Graf Edzard hatte er immer eine gute Verbindung gehabt und hatte ihm oft als Berater und Seelsorger gedient.

Kankena und Synellius waren seit Jahren Freunde. Die Reformation hatte sie nicht getrennt, und lange hegten beide die Hoffnung, den anderen ins eigene Lager herüberzuziehen. Inzwischen hatten sie diese Hoffnung aufgegeben, und das hatte auch manches im freundschaftlichen Umgang wieder leichter gemacht.

Synellius hatte in den letzten Wochen die anderen Benediktinerklöster besucht und die Veränderungen in den Kirchengemeinden beobachtet. Er seufzte und schob den Weinbecher zurück.

»So früh am Tage ist mir noch nicht danach«, sagte er. Er begann von seinen Reiseeindrücken zu erzählen.

»Was dort in einigen Pfarrgemeinden geschieht, das ist keine Reformation der Kirche, das ist Abschaffung von Kirche, Religion und Frömmigkeit. Im Kloster Uiterwarf lebten noch bis vor sechs Wochen über 40 Mönche. Einige von ihnen waren gelehrte Wissenschaftler, die gehaltvolle Kommentare geschrieben haben. Viele der Laienbrüder waren gute und geschickte Handwerker. Zu Ehren Gottes haben sie gelebt und gearbeitet und die Menschen in den benachbarten Dörfern haben viel von ihnen gehabt. Jetzt hat Graf Enno das Kloster eingezogen und es einem seiner trunksüchtigen Junker verkauft, der eine Kanne Bier nach der anderen in seinen Wanst gießt.«

Synellius wurde heftiger: »Wo vorher die Schriften der Väter studiert und die Psalmen gesungen wurden, da hört man jetzt Häuptling Hero Tomminga grölen. Der Ehrwürdige Pfarrer von Jeltendörp gibt zum Abendmahl Roggenbrot und Bier aus, und Hochwürden Tebbo Hicken in seinem Nachbardorf predigt, dass man überhaupt nicht mehr zur Messe gehen soll. Vermutlich wird er nun in seiner Kirche Bier ausschenken.«

Kankena widersprach: »Denkt doch daran, was vorher war. Erinnert Ihr Euch an den Priester, der aus dem Bremischen hierher kam, weil er in seinen bisherigen vier Pfarrgemeinden Vater von insgesamt vierzehn Kindern war. Ihr wisst, wie die Lehre Christi von Irrglauben und Missbrauch entstellt war. Was jetzt geschieht, das ist die Saat der Päpste und Bischöfe, die aufgeht. Hätte man die Menschen statt Papsttum und Zeremonien den wahren Glauben gelehrt, dann wäre das alles nicht geschehen.« Auch Kankena war laut geworden, und die anderen merkten, dass auch er nicht mit dem einverstanden war, was sich da in einigen Kirchen abspielte.

Synellius wurde wieder leise. »Ich habe einiges von Martin Luther gelesen. Ich stimme mit Erasmus überein, dass er in vielem zu grob und zu heftig ist. Gleichwohl sehe ich, dass er die Lehre der Apostel wieder neu zum Leuchten gebracht hat. Aber außerhalb der Kirche wird dieses Licht zu einem Feuer, das alles verzehrt.«

»Und in der Papstkirche habt Ihr dieses Licht schnell wieder ausgelöscht,« sagte Kankena ernst.

Rimberti hatte dem Gespräch zugehört. Er mochte den Abt aus Norden auf Anhieb. Synellius sah wie viele andere Männer die Notwendigkeit einer Kirchenreform und wurde dafür von Kirchenoberen angegriffen. Trotzdem stand er treu zur Papstkirche, weil ihm das Neue nicht geheuer war. So ähnlich erging es auch anderen, die sich Erasmus von Rotterdam verpflichtet fühlten.

Als das Gespräch auf die beiden Gäste kam und Kankena seinen Neffen etwas ausführlicher vorstellte, erzählte Rimberti von dem Toten und dem merkwürdigen Auftrag des Grafen. Er hatte das Gefühl, Synellius alles rückhaltlos anvertrauen zu können.

Dieser dachte laut: »Vielleicht ist der Tote wirklich ein Entlaufener aus einem der Klöster hier in der Nähe. Viele Mönche versuchen nun, sich ein neues Leben aufzubauen. Aber wenn Graf Enno so ein geheimnisvolles Interesse an der Aufklärung des Mordes hat, dann ist der Unglückliche sicher in eine noch unglücklichere Sache verstrickt.«

»Vielleicht geht es um die Kirchenschätze, von denen Magister Heddo gestern erzählt hat«, sprach Rimberti weiter.

Synellius nickte. »Einige Klöster haben reiche Schätze. Es geht das Gerücht, dass Enno nun auch in unserer Gegend die Hand danach ausstreckt. Vielleicht hat der Ermordete hier eine Rolle gespielt. Vielleicht hat er sich an diesen Schätzen bereichert, oder vielleicht hat er von einer Sache Wind bekommen, die er besser nicht gewusst hätte. Ich rate Euch, besucht die Klöster in der Nähe von Marienhafe.«

Er sortierte in Gedanken seine Erinnerungen an seine Besuchsreise. »In Sielmönken sind Augustiner. Sie sind bekannt und berühmt als Kopisten theologischer Bücher. Dort sind die meisten Brüder noch geblieben. Heiselhusen wird aufgelöst. Graf Enno verwandelt es in Kannen und Kanonen. In Benediktshove sind die meisten Mönche noch da. Dafür kann ich Euch ein Empfehlungsschreiben geben, weil es Benediktiner sind. Aber auch bei den anderen wird mein Name Euch vielleicht weiterhelfen. Ich werde für den Unglücklichen beten und für den Erfolg Eurer Ermittlungen. Einer, der einen Mann Gottes erschlägt, sollte nicht davonkommen«.

Rimberti nickte, denn er hatte noch ein unangenehmes

Thema, das er gerne mit Synellius ansprechen wollte. Aber das hatte noch Zeit. Jedenfalls ein bisschen.

14

Die Musikanten spielten noch einmal zum Tanz auf. Hell erleuchtet war der große Saal von den vielen Kerzen, die auf goldenen und silbernen Leuchtern brannten. Draußen war dunkle Nacht, und in den Fenstern spiegelten sich die flackernden Lichter. Renke reichte der schönen Frauke den Arm. Endlich war es ihm gelungen, eine günstige Gelegenheit abzupassen. Der nächste Tanz und die nächsten Minuten gehörten ihm und ihr allein.

Plötzlich krähte draußen ein Hahn. War es schon Morgen? Sollte ausgerechnet jetzt die Nacht vorbei sein? Ein großer, bunt schillernder Hahn flatterte direkt vor ihm auf dem Boden und wurde immer größer. Er krähte immer lauter und bekam plötzlich eine menschliche Stimme. Langsam wurde Renke wach. Ein schöner Traum war das, aber der Hahn war immer noch da.

Ulfert Fockena stand vor ihm, in seiner bunten Kleidung. Wie ein stolzer Hahn stand er vor dem Bett und rief: »Wacht auf Mann! Reibt Euch den Schlaf aus den Augen! Der Tag wartet auf Euch, und schlechte Nachrichten – fürchte ich – auch. Also schüttelt alle guten und bösen Träume von Euch ab!«

Renke spürte noch die Schmerzen der nächtlichen Rauferei. Sein Bruder saß schon auf der Bettkante. Auch er sah blass und übermüdet aus.

»Ich denke, Ihr macht Euch erst einmal fertig. Die Nachrichten können warten und ich auch,« sagte Fockena gütig und stolzierte hinaus.

Unten in der Gaststube trafen sie ihn am Tisch sitzend an. Einen großen Becher Wein hatte er vor sich stehen, und für sie stellte der Wirt zwei Schüsseln mit Grütze und Honig hin, sowie zwei Becher mit Apfelmost. Kalt und klumpig schmeckte die Grütze, und Fockenas Nachrichten waren auch nicht besser.

»Stellt Euch vor, der Holthuis ist am frühen Morgen schon ausgeritten. Angeblich sei er wieder nach Greetsiel beordert worden, obwohl der Drost erst im Laufe dieses Tages in Leerort zurückerwartet wird.«

Die beiden Brüder sahen überrascht von ihrem kargen Morgenmahl auf.

»Und nun kommt es. Der Schreiber sagte mir, dass die drei Raufbolde noch in der Nacht getürmt seien. Sie haben die zwei Soldaten, die sie bewachten, überrumpelt und sind davongelaufen.«

»Das hört sich ja unglaublich an«, sagte Renke, der sich noch einmal Fockenas Beobachtungen von gestern in Erinnerung rief. »Sie schaffen es nicht, zwei unbewaffnete und ungeübte Kaufmänner hinterrücks zu überfallen, aber es gelingt ihnen, zwei bewaffnete Soldaten zu übertölpeln? Das stinkt doch!«

»Bevor der Drost nicht hier ist, können wir nichts unternehmen.«

»Ist denn inzwischen der Brief von Graf Enno eingetroffen?«

»Ja, er liegt beim Schreiber, aber der wollte ihn mir natürlich nicht geben.«

»Schade.«

»Ja«, wiederholte Ulfert Fockena, »schade. So musste ich ihn mir leider nehmen.«

Ungläubig sahen die beiden ihn an. »Leider entglitt mir meine Börse. Euer Trick von gestern Nacht hat mir gut gefallen und dem Schreiber anscheinend auch, denn während er hilfsbereit die Geldstücke einsammelte und sich selbst dabei auch ein wenig bediente, habe ich ebenfalls gesammelt und mich bedient – allerdings auf seinem Schreibtisch.«

»Und er hat nichts gemerkt?«

»Er war froh, dass ich draußen war, ohne das Fehlen einiger Münzen bemerkt zu haben. Willst du einen Dieb übertölpeln, musst du ihm was zum Stehlen geben. Nicht anders haben wir es gemacht, als wir die Franzosen belagerten. Sie bekamen Wind davon, dass unser Nachschub an Pulver und Munition für die Kanonen unterwegs war. Wir mussten dicht an einer ihrer Bastionen vorbei, da alle anderen Wege verschlammt waren. Ich lenkte sie mit einem Scheinangriff ab, sie durchschauten unsere Finte und fielen auf meine noch gemeinere Falle herein.«

Fockenas zog den zerknitterten Brief hervor. »Am Abend gehörte ihnen unser Munitionstransport, der mit bestem Sand geladen war. Als sie schnaubend zu ihrer Bastion heimkehrten, da standen wir auf ihren Wällen.«

Er trank einen Schluck, und bot damit eine günstige Gelegenheit, ihn zu unterbrechen. Der Feldzug gegen die Franzosen hätte sicher noch länger gedauert, und Renke wollte wieder auf ihr Thema zurückkommen: »Der Brief!«

»Ach ja, der Brief«, sagte Ulfert bedauernd, »ich bin etwas vom Thema abgekommen.«

Er brach das Siegel und sie lasen den Brief. Dort stand nur, dass Holthuis dem Drosten vorschlagen solle, beim Ausbau der Festung Leerort darauf zu achten, dass sie mit ausreichend vielen Geschützen bestückt würde, und es stand der Name eines Kanonengießers aus dem Groninger Land darin, den er beauftragen solle, drei große und vier kleine Geschützrohre gießen zu lassen.

»Warum ist der Inhalt dieses Briefes so geheimnisvoll?«, mischte sich Ibo ein. »Das hätte Enno doch direkt mit dem Drosten bereden können. Und das hätte Enno uns doch auch mitteilen können«

Ulfert Fockena räusperte sich. »Außerdem war der Drost gerade beim Grafen. Graf Enno hat sich in den letzten Wochen Ratgeber berufen, und Drost Beninga soll Propst über Hatzum und Weener werden – eine einträgliche Stellung, besonders wenn man bedenkt, dass Beninga sich zur evangelischen Lehre bekennt.«

»Ist er denn Priester und Offizier zugleich?«, fragte Ibo

»Hier sind die Pröpste nur selten geweihte Priester – Manninga in Emden zum Beispiel ist einer der wenigen, und dazu noch ein guter. Die Pröpste stammen hier aus den adeligen Familien, und ich kann nicht sagen, dass sie ihre Arbeit schlechter tun, als die geistlichen Männer des Bischofs von Münster. Wenn ich noch an Propst Oswin denke, der im Münsterland ...«, er rollte wieder viel sagend mit den Augen und wollte den beiden eine deftige Geschichte auftischen.

Aber Renke winkte freundlich und bestimmt ab. »Entschuldigt, wenn ich dränge, unsere Geschäfte hier sind abgeschlossen und wir wollen nach Norden, um dort mit Rimberti zusammenzutreffen. Außerdem warten dort auch noch einige Geschäfte auf uns. Was ist der Drost für ein Mann? Kann er Licht in diese Sache bringen? Ist er ein ehrlicher Mann?«

»Eggerik Beninga und ich haben treu Graf Edzard gedient, und darüber sind wir gute Freunde geworden. Er ist am Hof Edzards groß geworden und ist seit etwa acht Jahren Amtmann und Drost in Leerort. Er ist ein wackerer und ehrbarer Mann, und dazu ist er noch sehr belesen. Er sammelt Dokumente und Berichte aus der Geschichte unseres Landes. Ein Gespräch mit ihm wird uns sicher weiterbringen. Heute Mittag wird er eintreffen, und am späten Nachmittag werden wir uns aufmachen, sodass wir am Abend in Oldersum sind. Dann können wir es bis morgen Nachmittag oder Abend nach Norden schaffen. In Oldersum wird meine Nichte mitreisen.«

Ungeduldig trommelte Renke Garrelts mit den Fingern auf der Tischplatte. Es behagte ihm nicht, hier herumzusitzen. Er spürte den Drang, etwas zu unternehmen.

Ulfert Fockena erriet seine Gedanken: »Es gibt etwas, was wird jetzt tun können. Ich habe einen meiner vielen guten Einfälle. Wir nehmen uns die beiden Wachsoldaten vor.«

Er hatte die Namen der beiden schon ausfindig gemacht und

setzte den Brüdern seinen Plan auseinander.

Er ließ sie kurz allein, um sich in der Scheune zu erleichtern. Ibo sagte: »Er ist ein Prahlhans. Aber er hat das Herz auf dem rechten Fleck. Allein schon seine Bekanntschaft war diese umständliche Reise wert.«

Renke, der solche Begeisterungsausbrüche bei seinem Bruder selten erlebte, blickte Ibo interessiert an. Aber bevor er seinem Bruder zustimmen konnte, stampfte Fockena schon wieder in die Gaststube und dröhnte mit lauter Stimme, dass es nun Zeit zum Aufbrechen sei.

Draußen standen drei Soldaten aus Fockenas Begleitung. »Jeder von uns nimmt einen Mann mit. Ihr beide seid keine Offiziere, aber so könnt Ihr die Leute trotzdem befragen und Euch auch offiziell belügen lassen.« Ulfert selbst lachte wie immer am lautesten über seinen Witz, und dann teilten sie sich auf.

Wessel Snuis und seine Frau wohnten in einer gedrungenen Kate am Ortsrand von Leer. Ibo ließ den Soldat, den Ulfert ihm zur Begleitung mitgegeben hatte, draußen stehen. Er war mindestens einen Kopf größer und musste nach seinem Aussehen stark wie ein Bär sein. Als Ibo die Hütte betrat, wusste er, warum Ulfert ihm diese Begleitung zugedacht hatte.

Wessel saß auf einem kleinen Schemel in der Küche mit der niedrigen Decke. Wessel war ein großer, sehr dicker Mann. Er hatte ein Gesicht, in dessen Züge sich eine ewig schlechte Laune fest eingegraben hatte. Er nahm fast den ganzen Raum ein. Dieser, ja die ganze Behausung schien eine Nummer zu klein. Das kurze schwarze Haar stand nach allen Seiten ab, die Kleidung war schäbig und schmuddelig.

Seine Frau sah verhärmt aus wie eine Stoppelkatze. Auch sie trug graue, schmutzige Kleidung. Ibo bemerkte, dass sie an der linken Wange eine Prellung hatte. Sie wirtschaftete am Feuer und rührte in einem Topf, in dem eine Suppe ununterbrochen kochte und blubberte. Der Geruch machte Ibo wenig Lust, lange in diesem Raum zu bleiben.

Ibo trug sein Anliegen vor, und Wessel antwortete laut: »Das Ganze ging sehr schnell.« Schon bei diesen ersten fünf Worten merkte Ibo, dass Wessel Snuis ein Lügner war und zu den Menschen gehörte, die einem beim Lügen frei ins Gesicht sehen konnten.

»Die Dreckskerle waren gar nicht richtig gefesselt, und als wir unterwegs waren, da überrumpelten sie Siebo und hatten auf einmal sein Schwert in der Hand und drohten, ihn umzubringen. Da konnte ich nix gegen machen. Ich dachte, wir kriegen sie schon noch, und da waren sie weg.«

Er verschränkte die Arme vor der Brust, kniff die Lippen zusammen und schaute Ibo misstrauisch an. Ibo fühlte sich äußerst unwohl. Er mochte den Umgang mit solchen Menschen nicht. Er betrachtete sie lieber aus der Ferne. Er wandte sich der Frau zu, die ab und zu verschüchtert zu ihnen hinsah. »Hast du dich verletzt?«

Wessel antwortete für seine Frau. »Hat beim Melken nicht aufgepasst und sich von der Kuh treten lassen. So, ist die Befragung jetzt zu Ende?« Drohend sah er Ibo an. Ibo merkte, dass er hier nicht weiterkam. Er nickte und ging grußlos.

Enttäuscht machte er sich mit seinem Begleiter wieder auf den Weg. Als sie an den benachbarten Häusern vorbeiritten, die sich unter die wenigen Bäume duckten, sah er, dass eine Frau ihn aus einem Fenster beobachtete. Als sie seinen Blick bemerkte, zog sie den Kopf schnell beiseite. Ibo fasste sich ein Herz und klopfte an. Ein Junge von etwa sechs Jahren öffnete die Tür, die so grob aus schlechten Brettern zusammengehauen war, dass sie kaum diese Bezeichnung verdiente.

»Ist deine Mutter zu Hause?«, fragte er. »Nee«, sagte der Kleine, »meine Mutter is auf dem Land. Aber meine Oma is' da.«

Ibo trat in die Hütte ein, die zwar auch einen ärmlichen Eindruck machte, aber aufgeräumt und sauber war.

Eine ältere, rundliche Frau saß am Fenster in einem Stuhl mit Armlehne, der wohl das wertvollste Möbelstück in diesem Häuschen war. Auf der Herdstelle brannte ein kleines Feuer, gerade groß genug, um den Inhalt des Topfes, der am Haken über der Glut hing, warm zu halten. Wie eine Königin thronte die alte Frau und lud ihn lächelnd und mit majestätischer Geste ein, auf einem kleinen Hocker Platz zu nehmen.

»Junger Herr, setzt Euch man hier zu mir ans Fenster und erzählt mir was. Wenn man hier so Tag für Tag sitzt, wird man nicht viel gewahr. Wart Ihr bei Wessel und Tini?«

Ibo nickte: »Ja, das ist ja eine böse Sache, die dem armen Mann zugestoßen ist. So von Verbrechern überwältigt zu werden.«

»Das geschieht ihm ganz recht«, sagte die Alte. »Alle hier zittern vor dem groben Kerl, nur bei mir traut er sich nix. Die arme Tini. Jedesmal wenn er seinen Sold bekommt, versäuft er das Meiste und trinkt Branntwein für vier, und wenn er nach Hause kommt, schlägt er seine Tini grün und blau. Und trotzdem bleibt sie bei ihm. Oder sie geht mal ein paar Tage zu ihren Eltern und kommt dann wieder zu ihm zurückgekrochen.«

Ibo merkte, dass die Alte mindestens genau so mitteilsam wie neugierig war. »Da hat er gewiss gestern wieder zugelangt ...?«, Ibo vollendete den Satz nicht, um ihr die Möglichkeit zum Reden zu geben.

»Gestern? Nee, in vier Tagen ist erst wieder Geld bei ihm fällig. Aber da stimmt irgendwas nicht. Nachbar Janssen erzählte heute Morgen, dass Tini die letzten drei Raten für die Kuh auf einen Schlag bezahlt hat. Vielleicht hat der Drost ihm Geld zugelegt für seinen Heldenmut bei der Bewachung.«

Ibo tat geheimnisvoll: »Wir haben von Graf Enno den Auftrag, ein paar Fragen über die drei Gefangenen zu stellen, aber aus ihm war nicht viel rauszukriegen.«

»Der redet nur, wenn er will und antwortet nicht auf Fragen.

Das war schon immer so. Seine Mutter habe ich gut gekannt. Die war Dienstmagd auf demselben Hof wie ich. Damals lernte sie einen Mann kennen ...«

Ibo hörte der Alten noch eine Weile zu, als sie ausführlich die Familiengeschichte von Tini und Wessel Snuis erzählte und dann zu ihrer eigenen Familiengeschichte überleitete. Als sie dann mit den Geschichten der benachbarten Familien begann, hatte Ibo das sehr dringende Bedürfnis, diesem Redefluss zu entkommen. Ihm ging es wie jemandem, der unbedingt seine Blase erleichtern muss und keinen Moment länger warten kann. Etwas plötzlich stand er auf, verneigte sich höflich und legte ihr ein Geldstück auf den Tisch.

»Ihr habt mir sehr geholfen, und wir werden die Diebe wohl ausfindig machen.« Bevor sie über das nachdenken konnte, was Ibo gesagt hatte, war er schon draußen. Dort drehte er sich noch einmal um, winkte und erhielt einen huldvollen Gruß aus dem Fenster. Lächelnd wandte er sich an seinen Begleiter, der kein einziges Wort von sich gegeben hatte: »So, den Burschen kriegen wir.« Und er war selbst sehr erstaunt darüber, dass er so reden konnte. Aber es tat ihm gut.

Renke Garrelts war noch voller Zorn auf die Männer, die ihn und seinen Bruder verprügeln wollten. Und diese Wut übertrug sich auf Siebo Onnen, den er nun aufsuchen und befragen wollte.

Er hämmerte an die schmale Tür der Hütte, und als ein schmächtiger Mann mit großen blassblauen Augen öffnete, schoben sie ihn beiseite und traten sofort ein. Renke baute sich mit seinem kriegerisch aussehenden Begleiter in der kleinen Stube vor Onnen und seiner noch zarteren Frau auf und verkündete mit donnernder Stimme, dass er eine Verhaftung wegen Hochverrats vornehmen müsste.

Dem unglücklichen Siebo Onnen schossen die Tränen in die Augen. Er nahm einen Stein von der Herdstelle und darunter kam ein schmutziger Lederbeutel zum Vorschein. Einige Münzen im Wert von etwa zwei Gulden schüttete er in seine zitternde Hand.

»Gnädige Herren, davon will ich nichts haben. Der Stellvertreter des Amtmannes hat uns überredet, die drei laufen zu lassen. Ich wollte das nicht mitmachen. Ich habe noch nie etwas Unrechtes getan. Aber er hat mir gedroht, eine falsche Beschuldigung beim Drost gegen mich zu erheben. Und Wessel hat gedroht, mir alle Knochen zu zerschlagen, wenn ich nicht mitmache.«

Renke spürte, dass der Mann die Wahrheit sagte. Er erinnerte sich an Grüterings Ratschlag, immer großzügig mit dem Geld anderer zu sein. »Ihr seid kein unehrlicher Mann Siebo. Euch soll nichts geschehen. Behaltet das Geld als Dank für Eure Hilfe. Ich werde beim Drosten ein gutes Wort für Euch einlegen.« Zufrieden verließen Renke und sein Begleiter das Häuschen.

Fast gleichzeitig trafen sich die Brüder in ihrem Gasthof und ließen sich einen kräftigen Eintopf vorsetzen. Dazu tranken sie Hamburger Bier, das sich im Land großer Beliebtheit erfreute. Sie berichteten einander von ihren Erlebnissen und warteten auf Fockena. Der ließ nicht lange auf sich warten, und während er drei Schüsseln mit Eintopf und einen kleinen Laib Brot in sich hineinstopfte und dazu zwei große Becher Bier trank, berichtete er. Der Schankwirt, bei dem die Soldaten einkehrten, hatte erzählt, dass Wessel an diesem Abend nicht nur viel getrunken, sondern sich auch ganz gegen seine sonstige Gewohnheit als sehr großzügig gezeigt hatte.

»So!«, sagte Fockena, und klatschte und rieb sich die Hände, dass alle Müdigkeit, die sich nach dem reichlichen Essen einstellen wollte, sofort verflogen war. »Jetzt wartet der Drost auf uns. Er ist vorhin eingetroffen, und ich habe ihm schon von euch beiden und eurer Mission erzählt.«

15

Renke Garrelts erkannte den Mann. Er war ihm vor Tagen im Kreis der Ratgeber Graf Ennos aufgefallen. Er hatte sich dort als Drost Eggerik Beninga vorgestellt. Beninga saß am Tisch neben dem Fenster, zwei Bücher lagen aufgeschlagen vor ihm und einige Papiere waren ausgebreitet.

Beninga erhob sich. Seine hellblauen Augen blitzten wach und lustig. Er hatte kurze, rotblonde Haare, war nicht groß, aber kräftig gebaut, fast ein bisschen beleibt. Er drückte den Männern herzlich die Hand: »Ihr Herren, da seid Ihr ja in ein großes Abenteuer verstrickt. So etwas hat unser lieber Herr Ulfert vorher sicher noch nie erlebt und viele Abendgesellschaften werden von Eurem Mut und Ruhm erfahren.«

»Nun«, räusperte sich Ulfert Fockena, der diesen gut gemeinten Spott doch nicht auf sich sitzen lassen wollte, »als ich vor einigen Jahren in England war, da gab es doch einen sehr ähnlichen, rätselhaften Mordfall, mit dessen Aufklärung König Heinrich mich höchstpersönlich ...«

»Welch eine Ehre für den König! Und ich weiß, dass Ihr immer noch in Kontakt mit König Heinrich seid und hin und wieder zwischen dem Englischen Hof und norddeutschen Fürsten vermittelt und wichtige diplomatische Dienste leistet. In gewisser Weise seid Ihr sozusagen der Gesandte König Heinrichs auf ostfriesischem Boden. Ich fühle mich geehrt, die gleiche Luft atmen zu dürfen wie der großmütige englische Gesandte auf Leerort!«, fiel ihm Beninga wieder ins Wort. Er deutete eine tiefe Verbeugung vor Fockena an, der sprachlos mit offenem Mund vor ihm stand. »Nun wollen wir einmal für einen Moment nicht über Euer Lieblingsthema sprechen, lieber Ulfert, nämlich über Euch und Eure nicht hoch genug zu rühmenden Tugenden und Heldentaten.«

Das saß! Etwas beleidigt zog Ulfert die Mundwinkel nach unten. Erst als Beninga ihm freundschaftlich zuzwinkerte, fühlte er seine gekränkte Ehre wieder hergestellt, und seine Miene hellte sich auf.

Beninga fuhr fort. »Erzählt mir, was in den letzten Tagen geschehen ist, bevor der unglückliche Holthuis sich in seinen Fuchsbau nach Greetsiel verzogen hat.«

Fockena erhob sich. »Ich vermute, das Schreiben des Grafen an Holthuis ist heute Morgen eingetroffen. Ich will es holen.« Er verließ den Raum.

Renke erklärte Beninga präzise und ohne Umschweife von dem Mord und Graf Ennos Auftrag, von ihrem Gespräch mit Holthuis, von dem nächtlichen Überfall sowie den Ereignissen und Gesprächen des Vormittages.

»Ihr scheint ein guter Kaufmann zu sein, lieber Garrelts«, sagte Beninga, der aufmerksam zugehört und ihn nicht ein einziges Mal unterbrochen hatte. »Ihr haltet Euch an die Realitäten des Lebens, die Fakten. Aber nun sagt mir, was Eure Meinung zu diesen Dingen ist und wie Ihr die Situation einschätzt.«

Renke nickte stumm und sprach dann sehr bedächtig: »Es liegt mir fern, Verdächtigungen auszusprechen. Aber mit diesem Holthuis stimmt etwas nicht. Nach Graf Ennos Auskunft ist der Tote ein Kurier, der Briefe zwischen ihm und Enno hin- und herbrachte. Zumindest scheint er das *einmal* getan zu haben, denn Holthuis gab zu, ihn zu kennen. Er war sehr erschrocken, als er die Zeichnung sah.«

Sie legten nun Beninga die Skizze vor. Er betrachtete sie. »Ihr seid ein guter Zeichner, aber leider kenne *ich* den Mann nicht.«

»Dr. Rimberti hat diese Zeichnung gemacht. Auch er war an diesem Abend mit uns beim Grafen. Er hat im Norder Land zu tun und verfolgt dort eine Spur. Wir vermuten, dass dieser Mann ein Klosterbruder oder ein Ordenspriester war.«

»Holthuis ist ein überheblicher Trottel. Er ist zu nichts zu gebrauchen, das hat vermutlich sogar Graf Enno inzwischen verstanden. Ich weiß nicht, wie viele Ämter er inzwischen ausgeübt und wieder verloren hat. Graf Edzard hat dem Vater am

Sterbebett versprochen, sich um den Sohn zu kümmern. Der alte Holthuis war ein guter Offizier, der bei Groningen für Edzard gefallen ist. Edzard beauftragte Holthuis, dem Proviantmeister zu assistieren. Schon nach wenigen Wochen beschwerte der sich, dass Holthuis mit allen Händlern und Bauern im Streit lag. Dann wurde er den Verantwortlichen für den Deichbau zugeordnet, alles tüchtige und solide Männer. Aber nach einem halben Jahr drohten sie, ihr Amt niederzulegen, wenn Edzard diesen aufgeblasenen Hanswurst nicht abzöge.«

Eggerik Beninga schaute einen Moment nach draußen. Dann sprach er weiter. »Edzard schuf in den letzten Jahren mehrere neue Ämter mit wohl klingenden Titeln, und Holthuis wurde immer noch aufgeblasener und überheblicher, weil er meinte, sein Landesherr würde ihn mit immer noch wichtigeren und verantwortungsvolleren Aufgaben betrauen. Enno hat ihn als Erbe gewissermaßen übernommen, obwohl ich nicht glaube, dass er ihn durchschaut. Zu Anfang des Jahres wurde er als Verbindungsmann zwischen dem Grafen und den Pröpsten bestellt. Ein unentbehrliches Amt, alle Pröpste stehen in direkter Verbindung zum Grafen und machen alles mündlich miteinander und mit ihm ab.« Beninga schmunzelte hintergründig: »Schließlich wollte er den Pröpsten verbieten, sich direkt an Enno zu wenden. Sie hätten von nun an ihn als ihren Vorgesetzten zu akzeptieren. Als er das vorgebracht hatte, wurde er von Propst Hayunga während einer Sitzung windelweich geprügelt. Da hat Enno mir die Ehre erwiesen, diesen tüchtigen Mann als Assistenten in Leerort einsetzen zu können. Seiner Auffassung nach leitet er nun den Festungsbau, und ich bin ihm als Berater zugeteilt. Ich habe es sechs Wochen ausgehalten. Da aber seine Überheblichkeit noch größer ist als seine Dummheit, habe ich es irgendwann aufgegeben, ihm helfen zu wollen. Bevor mir aber alle Handwerker kündigen, hat Enno mich erlöst und Holthuis das wichtige Amt des Obersekretärs für Greetsiel und Berum anvertraut.«

Er lachte. »Der arme Berumer Drost Iderhoff wäre vor Schreck fast umgefallen, als er das erfuhr.«

Fockena kam mit dem Schreiben wieder herein. Er überreichte Beninga den zerknitterten Brief. Der las und zog die Augenbrauen zusammen. Er schüttelte den Kopf. »Das ist ja eine seltsame Sache. Vor ein paar Tagen hat hier tatsächlich ein Groninger Geschützgießer vorgesprochen und er wird uns ein Angebot machen. Natürlich haben wir die Befestigungsanlagen so gebaut, dass wir sie ausreichend bestücken können. Das war ja einer der Gründe für den Umbau. Vor allem der Zwinger wird vergrößert. Aber all diese Dinge habe ich gemeinsam mit unserem Baumeister beredet, und die Baupläne habe ich dem Grafen längst vorgelegt und erläutert.«

Er gab Fockena den Brief zurück. »Für mich ist das Schießpulver eine Erfindung des Teufels. Ich habe tapfere Ritter gekannt, die durch Kanonenkugeln in Stücke gerissen wurden. Sie hatten ein würdigeres Ende verdient, in einem ehrlichen Kampf, Mann gegen Mann. Ich weiß aber auch, dass es ein Geschütz war, das vor vierzehn Jahren unser Leerort vor den Sachsen gerettet hat. Man kann die Zeit nicht zurückdrehen und eine Erfindung nicht ungeschehen machen.«

»Also stimmt nicht, was in diesem Brief steht?«, fragte Renke Garrelts.

»Das kann man *so* auch nicht sagen. Der Brief ist gewissermaßen überflüssig. Insofern passt er ganz gut zu Holthuis.«

Beninga grinste. »Was ist daran so wichtig und geheimnisvoll, dass man den Überbringer dieses Briefes ermordet haben soll?«

»Man hat ihn aber doch ermordet«, wandte Garrelts ein.

Beninga erklärte weiter: »Ich allein habe die Verantwortung für den Ankauf der Kanonen, genauso wie ich allein den Ausbau der Befestigungen leite. Enno hat mich mit beidem beauftragt. All diese Dinge sind längst entschieden und in Auftrag gegeben. Holthuis hat keine Verantwortung. Er spaziert jeden Tag dreimal auf die Baustelle und gibt Anweisungen. Die Handwerker nicken pflichtschuldig und machen ihre Arbeit dann so weiter, wie ich es mit ihnen abgesprochen habe.«

»Also gab es vermutlich einen anderen Grund, den Mann zu ermorden.«

»Da Holthuis die drei Männer freigelassen hat, die Euch überfallen haben, wird er mit ihnen unter einer Decke stecken. Und das Einzige, das er von Euch weiß, ist, dass Ihr Euch für den ermordeten Mann interessiert – Mönch oder nicht. Die drei sollten Euch eine Abreibung verpassen, damit Ihr verschwindet. Bei Holthuis läuft alles zusammen, er kennt die drei vermummten Männer und den ermordeten Kurier.«

Eggerik Beninga nahm wieder Platz und kritzelte etwas mit der Feder auf ein Papier. »Ich schlage vor, Ihr reist ihm nach – nach Greetsiel oder Berum. Stellt ihn zur Rede. Ich gebe Euch ein kurzes Schreiben mit. Ich würde Euch gern begleiten, aber hier ist zu viel zu tun.« Er stellte sich wieder an das Fenster und sah hinaus. Draußen herrschte fleißiges Treiben. Die Arbeiten kamen gut voran, und bald würde die Landesfestung wieder ein uneinnehmbares Bollwerk sein.

Ibo sah interessiert auf die Blätter und Bücher auf dem Tisch am Fenster. Beninga bemerkte den Blick. »Ihr kennt vermutlich nicht viele Festungskommandanten, die sich auf dem Gebiet der Historie versuchen«, sagte er ein wenig stolz. »Ich habe begonnen, verschiedene Urkunden und Quellen zur Geschichte unseres Landes zu sammeln. Viel ist es noch nicht, aber mit den Jahren hoffe ich, einiges zusammen zu bekommen. Das, was hier liegt, habe ich aus verschiedenen Klosterarchiven und Rathäusern ausgeliehen. Mein Sekretär und ich schreiben es ab, damit wir die Unterlagen zurückgeben und die Texte weiterverwenden können.«

»Und der edle Tacitus hat einen Jünger an der Nordsee gefunden«, spottete Fockena, der Beningas Bemerkungen von vorhin doch nicht auf sich beruhen lassen konnte.

»Ihr könnt schon gespannt darauf sein, wie ich Euch darstellen werde und welchen Platz Ihr in der ostfriesischen Geschichte bekommt, Ulfert!«, antwortete Eggerik Beninga spitz.

Fockena murmelte nur noch etwas vor sich hin, und man merkte, dass er in Gedanken schon formulierte, wie er selbst sein Leben in der ostfriesischen Chronik beschreiben würde.

Beninga schien seine Gedanken zu erraten: »Vielleicht könnte ich ja auch gleich dich als Titel und Thema der Chronik auswählen, etwa so: Die ursprüngliche Geschichte der edelmütigen Gedanken und glorreichen Taten des friesischen Häuptlings Ulfert Fockena. Alles andere ist im Vergleich zu Eurer Person doch langweilig und nebensächlich.«

Fockena stand der Mund offen. Er war sprachlos. Nur langsam gewann er die Fassung zurück und mahnte mürrisch zum Aufbruch.

Da die beiden sich trotzdem herzlich verabschiedeten, merkten Ibo und Renke, dass Beninga und Fockena gute Freunde waren. Vermutlich gehörten diese Wortwechsel zu einem Spiel, das sie schon lange gegeneinander und in Wirklichkeit doch eher miteinander spielten.

Bevor sie Beninga verließen, erzählten sie ihm noch von den beiden Soldaten und legten ein gutes Wort für Siebo Onnen ein. Beninga befahl, Wessel Snuis holen zu lassen.

16

Sie verließen Leer und kamen durch die ansehnlichen Dörfer an der Ems, vorbei an verstreut liegenden Bauernhöfen, links neben sich den Emsdeich und rechts das weite grüne Land. Die wenigen Häuser, die aus Backsteinen errichtet worden waren, leuchteten schon von weitem rot in der grünen Landschaft. Der Himmel war leicht bewölkt. Es war warm und trotzdem wehte ein frischer Wind. Sie genossen die Ruhe nach diesen angefüllten beiden Tagen.

»Wie habt Ihr das mit dem Brief gemacht?« Renke Garrelts unterbrach die Stille.

»Was für ein Brief?«, fragte Ulfert Fockena scheinheilig zurück.

»Ihr wisst genau, was ich meine. Wie habt Ihr ihn dem Schreiber zurückgegeben?«

»Ich habe den Schreiber noch einmal in seiner Stube besucht und ihm erzählt, dass ich ein paar Münzen aus meiner Börse vermisse und den Boden noch einmal gründlich absuchen wolle. Der wurde ganz verlegen und erklärte sich sofort bereit, mir zu helfen. Ich kramte unter einem Schrank in der Ecke und sah aus den Augenwinkeln, wie er die Münzen, die er gestern eingesteckt hatte, unauffällig und umständlich aus seiner Tasche nesteln wollte. Diesen Moment nutzte ich, um den Brief aus dem Ärmel zu ziehen und ihn unter den Schrank zu legen, selbstverständlich nur, um ihn sogleich wieder aufzufinden.«

»Und das zerbrochene Siegel?«

»Ihr denkt ja an alles. Das habe ich natürlich versehentlich zerbrochen, als ich es unter dem Schrank hervorholte und gleich ungestüm aufreißen wollte. Der Sekretär sagte mir, dass ich das nicht dürfe, aber nun war es ja leider schon geschehen. Er gab mir die Geldstücke wieder, und ich ließ den erleichterten Mann zurück.

»Ihr seid ja ...« – wollte sich Renke empören.

»Keine Sorge, ich habe ihm einen schönen Taler als Belohnung unter seinem Tisch liegen gelassen. Der wird ihn gern an mich zurückdenken lassen.«

Gegen Abend erreichten sie Oldersum, einen Hafenort an der Ems. In der stattlichen Kirche hatte vor zwei Jahren das berühmte Religionsgespräch zwischen dem evangelischen Prediger Aportanus aus Emden und dem Dominikaner Laurensen aus Groningen stattgefunden. Junker Ulrich von Dornum und

Oldersum hatte das Gespräch veröffentlichen und es als Sieg der Evangelischen darstellen lassen. Das war dann das öffentliche Signal für die Reformation in Ostfriesland gewesen.

Begonnen hatte die Reformation allerdings schon Jahre zuvor, als einige Pfarrer anfingen, evangelisch zu predigen. Besonders die Geistlichen, die aus dem westlichen Nachbarland gekommen waren, hatten seit langem auf eine Erneuerung der Kirche gedrängt.

Graf Edzard ließ sie gewähren, hatte sich aber erst ganz zuletzt zum evangelischen Glauben bekannt. Junker Ulrich war schon lange ein begeisterter Anhänger der Lehren Luthers und Zwinglis. Als Herr über Oldersum und einige benachbarte Dörfer versuchte er, in seinem kleinen Territorium ein reformiertes Kirchentum aufzubauen.

Über all diese Dinge belehrte Ulfert Fockena seine Mitreisenden, während sie durch Oldersum ritten. Der Ort machte weniger den Eindruck eines Dorfes, sondern glich eher einer kleinen Stadt. In der Nähe des Siels stand die Burg, die jünger war, als die meisten Burgen im Land. Vermutlich hatte man sie wieder neu aufgebaut. Sie schien mehr als Residenz errichtet worden zu sein, denn sie hatte keine Wälle. Sie ritten über die Brücke und kamen durch das Tor. Vor ihnen lag, in zwei große Gebäude unterteilt, der Wohnteil der Burg. Der linke Gebäudeteil wies durch einen vorangestellten Torturm daraufhin, dass sich hier die herrschaftlichen Räume befanden.

Schon während der letzten halben Stunde hatten die Brüder bemerkt, dass Fockena immer ausgelassener und fröhlicher wurde, je näher sie Oldersum kamen. Als sie nun miteinander den Wohnraum der Burg betraten, sahen sie den Grund für seine Freude.

Eine junge Frau saß an einem Tisch, vor sich ein Buch und Papier, Feder und Tinte. Sie sprang von ihrem Platz auf und kam freudestrahlend auf die drei zu. »Onkel Ulfert! Wie habe ich mich auf dich gefreut. Und das sind gewiss die beiden vornehmen Kaufleute, von denen du geschrieben hast.«

»Meine Nichte Elske, Tochter meines viel versprechenden Bruders Hicko, der sie in ein Kloster stecken wollte. Dank Gottes und meiner Hilfe wurde dieser Plan vereitelt«, sagte Ulfert so stolz, dass man deutlich heraushören konnte, wer von beiden seiner Meinung nach mehr Anteil an diesem Erfolg hatte.

Elske war schlicht gekleidet und trug wenig Schmuck. Sie war keine Schönheit, aber ihr Gesicht hatte einen klaren und klugen Ausdruck und verriet etwas von einer starken Persönlichkeit. Als sie am Tisch saßen, fragte Ulfert sie, wie weit sie mit ihrer Arbeit vorangekommen sei. Er erklärte Renke und Ibo Garrelts: »Ihr müsst wissen, meine hoch gelehrte Nichte gibt sich nicht nur mit Sticken ab. Sie übersetzt die anrüchigen Geschichten Geoffrey Chaucers in unsere Sprache.«

Vor ihr lag ein etwas abgegriffenes Exemplar der Canterbury Tales. Ibo kannte den Inhalt des Buches und konnte seine Überraschung kaum verbergen. »Wo habt Ihr die englische Sprache gelernt? Und woher kommt Euer Interesse an Büchern?«

»Mein Onkel hat vielleicht erzählt, dass er mehrere Jahre am Hof Heinrichs von England zugebracht und ihm gedient hat. Er hat mich mitgenommen und sorgte für meine Ausbildung. Als Lehrer erhielt ich einen gebildeten Priester, der Gefallen an dieser Art Literatur hatte. Ihr seht, seine Bemühungen haben gewisse Erfolge gezeitigt.«

Fockena warf ein: »Leider ist es mir noch nicht gelungen, einen guten Ehemann ausfindig zu machen, der den hohen Ansprüchen meiner Nichte genügt. Denn so einer muss auch gehörig was im Kopf haben, damit er ihr das Wasser reichen kann und sie ihn nicht so tyrannisiert, wie mich armen und geplagten Mann.«

Elske stand auf und küsste ihren Onkel auf die Stirn. »Ich danke dir für alles, was du für mich getan hast. Und auch mein Vater wird es dir danken – in einem seiner wenigen lichten

Momente.«

»Mein Bruder Hicko ist kein schlechter Kerl«, erklärte Fockena den anderen. »Aber er verlor früh seine Frau und wurde in einer Schlacht so schwer verwundet, dass er nie wieder kämpfen konnte. Da fing er an zu spielen und verlor so viel, dass er seine Tochter nicht mehr mit einer anständigen Mitgift ausstatten konnte. Seine gutherzige Tante war Äbtissin in einem Kloster und erklärte sich bereit, ihre Großnichte aufzunehmen, ein zu verlockendes Angebot für den alten Trunkenbold und Tunichtgut. Aber das wusste ich zu verhindern. Ich habe meine kleine Nichte kurzerhand mitgenommen und meinem Bruder versprochen, ich würde schon einen guten Ehemann für sie finden und für die Mitgift sorgen.«

»Und dieses Versprechen werdet ihr gewiss halten?«, lachte Renke, und es war klar, dass das mehr als eine Frage war.

Elske antwortete selbst: »Mein Onkel hat mich großzügig ausgestattet, und mit einem Stadthaus in Norden und der Pacht aus zwei großen Höfen bin ich eine gute Partie. Und es fehlte nicht an jungen Kerlen, die mir mein lieber Onkel vorgeführt hat. Aber – mit Verlaub – die meisten hatten es eher auf die Mitgift abgesehen und hätten mich als Zugabe genommen. So bin ich mit zwanzig Jahren immer noch unverheiratet und werde langsam eine alte Jungfer.« Elske lachte selbst über das, was sie gerade gesagt hatte.

»Wollen wir noch weiterreisen? Bis Emden können wir es noch gut schaffen«, fragte Renke Garrelts. Fockena schüttelte den Kopf. »Wir machen uns gleich morgen in der Frühe auf den Weg und werden dann am Nachmittag in Norden sein. Wir haben anstrengende Tage hinter uns. Wir werden meine Nichte zu Hause absetzen und dann ...«

Weiter kam er nicht. »Lieber Onkel Ulfert, nach dem, was du mir von Euren Abenteuern erzählt hast, wirst du mich nicht so schnell wieder loswerden. Ich komme natürlich mit nach Norden.«

Einige Stunden später lag Renke zufrieden in einem Bett. Er spürte noch Schmerzen an der Seite, im linken Arm und im linken Oberschenkel, Folgen der Schlägerei von der vorhergehenden Nacht. Sein Bruder schlief schon, und er hörte sein leises Schnarchen. Renke drehte sich auf die Seite und betrachtete seinen Bruder. Er war zufrieden.

17

Schon früh war Rimberti aufgestanden. Alles war still im Haus. Grütering schlief fest in der Kammer nebenan. Rimberti wusch sich und zog sich an. Leise ging er durch das Haus nach draußen. Es wurde langsam hell, und das Zwitschern der Vögel war so laut, dass er sich wunderte, wie die anderen dabei schlafen konnten. Er sah auf die Ansgarikirche. Der Chorraum mit den hohen Fenstern war erst vor etwa achtzig Jahren angebaut worden. Der Turm war wohl hundert Jahre zuvor errichtet worden, und gut hundert Jahre davor hatten die Vorfahren den stolzen Backsteinbau mit den schönen Wandfriesen begonnen. Alle drei Bauabschnitte der Kirche konnte man gut erkennen.

Rimberti ging die Kirchwarft hoch und sah, dass die Seitentür nur angelehnt war. Diese Tür war für die Priester bestimmt und führte direkt in den Altarraum. Behutsam öffnete er sie einen Spalt und hörte Synellius' leise Stimme. Er saß im Priesterstuhl und betete den Psalm.

»Quemadmodum desiderat cervus ad fontes aquarum...« Synellius unterbrach. Er hatte den Eintretenden gehört.

Rimberti ergänzte: »... ita desiderat anima mea ad te Deus. Entschuldigt, hochwürdiger Abt, ich wollte Euch nicht beim Gebet stören. Ich wurde früh wach und wollte einen kleinen Gang um die Kirche machen, als ich bemerkte, dass die Tür geöffnet war.«

»Ihr stört mich nicht, kommt nur herein.« Er wies auf den

Platz neben ihm im Dreisitz, der in früheren Zeiten als der traditionelle Platz des Diakons galt. »Ihr wart auch Priester, nicht wahr?«

Rimberti dankte: »Ja, mein Onkel wird es Euch erzählt haben. Ich habe in Wittenberg nach meinen Studium der Rechtswissenschaften noch Theologie studiert und habe Melanchthon, Luther und Karlstadt gehört und war eine Zeit lang Pfarrer in Grimpenau, einer Kleinstadt in Sachsen. Aber ich bin ganz anders als Luther zur Juristerei zurückgekehrt. Ich stimme mit ihm und dem ersten Brief des heiligen Petrus darin überein, dass jeder Christ ein Priester ist. Aber nicht jeder Christ taugt zum Pfarrer.«

Synellius schmunzelte. »Da hab' ich viele kennen gelernt, die sich diese Gedanken weit eher machen sollten, als Ihr. Schon dieses Nachdenken zeichnet einen guten Priester aus. Aber Euer Doktor Martinus lehrt ja auch, dass der Christ in jedem Beruf Gott dienen und ehren kann. Aber glaubt mir, dass auch viele Männer und Frauen in den Klöstern nichts anderes tun.«

»Ihr wisst, dass mein Onkel Euch zu seinen besten Freunden zählt und immer mit dem größten Respekt von Euch spricht.«

»Euer Onkel kann nicht verstehen, dass ich in der alten Religion bleibe. Und doch hat er sich selber sehr schwer damit getan, und es hat sehr lange gedauert, bis er sich entschieden hat. Er ist ein bedächtiger Mann. Und was uns aus Wittenberg gemeldet wurde über Propheten und Bilderstürmer, über Thomas Müntzer und den Krieg der Bauern und Karlstadt, das hat ihn entsetzt – im Gegensatz zu denen, die darin die Hoffnung der christlichen Religion sehen.«

»Im Lager der Evangelischen ist man sich nicht einig, in welche Richtung es gehen soll, aber auch bei Euch gibt es doch unterschiedliche Richtungen. Denkt an die verschiedenen Orden und Schulen. Stellt Euch vor, ein Erzbischof von Florenz würde die Brüder vom gemeinsamen Leben in Deventer besuchen, da würden eher noch Thomas Müntzer und Martin

Luther gute Freunde werden.«

»Und trotzdem sind der Bischof von Florenz und meine Freunde in den niederländischen Provinzen unter dem Heiligen Vater vereinigt und beten dieselbe Messe mit denselben Worten.«

»So wie Zwingli und Luther dasselbe Wort Gottes lesen«, ergänzte Rimberti. »Aber ob der Bischof von Florenz, wer immer das jetzt auch sein mag, jemals eine Bibel in der Hand gehabt hat, das kann man nicht wissen.«

Synellius erwiderte nichts. Er wusste zu gut von den Missständen in seiner Kirche und wusste sogar mehr darüber, als Rimberti jemals erfahren würde.

»Rimberti, Ihr nehmt die Wahrheit Christi und löst sie aus der Kirche heraus. Vergesst nicht, dass der heilige Paulus davon spricht, dass wir den Schatz der Gnade Gottes nur in irdenen Gefäßen haben.«

»Ja, aber ein irdenes Gefäß kann kaputt gehen, und dann muss man ein neues machen und man darf nicht den Schatz zu Geld machen, um das Tongefäß zusammenflicken zu lassen.«

»Denkt an das, was ich gestern gesagt habe. Nehmt das Licht der Wahrheit aus der Kirche, und es wird eine Brandfackel daraus. Ihr habt es selber erlebt. Eine Wahrheit ohne Kirche ist verderblich.«

»Eine Kirche ohne Wahrheit auch!«, setzte Rimberti dagegen.

Jetzt war doch eine gewisse Härte in das Gespräch gekommen, die beide nicht wollten. Beide schwiegen. Synellius legte für einen kurzen Moment seine Hand auf Rimbertis Arm.

»Meine Brüder und ich wollen auch eine Reformierung der Kirche. Aber da Ihr Euch nun von uns getrennt habt, habt Ihr den Geist der Erneuerung mitgenommen. Ihr habt das Licht aus der Kirche fortgenommen und habt es für Euch, und wir sitzen im Dunkeln, und wer das Licht wieder entzünden will, macht sich verdächtig. Einige meiner Freunde sind wegen lutherischer

Ketzerei versetzt oder entlassen worden. Jetzt ist es sogar gefährlich, die Schriften des Erasmus von Rotterdam zu lesen. Wir müssen Gott bitten, dass er die Menschen wieder zueinander führt.«

Synellius versuchte, das Gespräch versöhnlich abzuschließen.

»Ehrwürdiger Abt, Ich möchte Euch etwas anderes fragen, das mir große Sorgen macht. Habt Ihr noch einen Moment Zeit?« Synellius nickte, aber in Gedanken war er noch bei ihrem Streitgespräch.

»In Norden lebt Freifrau Gesa, eine Großtante meines Dienstherren, des Grafen zu Kringenberg.«

Sofort war Synellius wieder bei der Sache. »Das ist eine traurige Geschichte. Ich kenne diese edle Dame, die immer großzügig für unser Kloster gespendet hat. Einige Male durfte ich ihr Gast sein.«

»Sie schrieb vor einigen Monaten und bat um meinen Besuch, um ihr Testament aufsetzen zu lassen. Aber nun setzte sie uns vor die Tür. Ich weiß auch nicht, ob sie mich überhaupt erkannte.«

»Sie ist in die Fänge eines berüchtigten Witwentrösters geraten.« Synellius Stimme wurde wieder etwas heftiger, und man hörte den niederländischen Akzent stärker heraus. »Redenius Ulbrandi ist Notar in Norden. Ihm ist nichts nachzuweisen, aber er hat sich schon dreimal an begüterte Damen herangemacht, deren zeitliches Ende absehbar war. Er ist ein stattlicher und gut aussehender Mann, den die Damen sich beim ersten Blick sofort als Schwiegersohn denken könnten. Er stellt es so geschickt an, dass sie beim zweiten Blick in ihm sogar einen möglichen neuen Ehekandidaten für sich sehen. Aber er verspricht ihnen keine Ehe und überlässt das Ungesagte ihrer Phantasie, macht ihnen Komplimente, schleicht sich in ihr Vertrauen ein, erweist sich als guter Ratgeber und Freund und streut auf diese Weise sein Gift aus.«

»Und die Angehörigen?«

»Ihr wisst ja, dass kranke Menschen manchmal misstrauisch und ungerecht gegen die sind, die ihnen nahe stehen. Außerdem leben die Verwandten meist weit entfernt. Das überlegt sich Ulbrandi vorher gut. Und wenn sie es merken, ist es zu spät. Etliche Häuser und große Geldsummen sind auf diese Weise in seinen Besitz gekommen. In allen drei Fällen haben die Familien gegen ihn prozessiert, aber nie konnte er belangt werden. Außerdem gelingt es ihm immer, sich mit dem Personal auf guten Fuß zu stellen: Hier ein Kompliment, dort ein Geldstück. So hat er die Dienstboten meist auf seiner Seite und macht ihnen Hoffnung auf eine spätere gute Anstellung. Und das hat er allerdings auch immer gehalten.«

»Im Haus von Frau Gesa ist eine neue Magd. Habt Ihr davon gehört?«

»In Gesas Haushalt war es die tüchtige Kea, an der das Vorhaben zu scheitern drohte. Sie durchschaute wohl, was da im Schwange war. Sie wurde unter den Augen einer Zeugin aber des Diebstahls an ihrer Herrin überführt. Gesa hat sie nicht angezeigt, aber sie musste gehen.« Synellius seufzte. »Es ist eine traurige Geschichte. Tut etwas dagegen. Ihr könnt auf mich zählen.«

»Ich will sehen, was ich tun kann«, versprach Rimberti. Noch eine ganze Zeit saßen sie still in der Kirche. Die Strahlen der Morgensonne durchfluteten den Raum, der durch die hohen Fenster viel Licht bekam. Man konnte auch von innen deutlich erkennen, dass der Gemeinderaum der älteste Teil der Kirche war. Die kleinen Fenster waren an der oberen Wand angebracht. Wie in allen Kirchen trennte ein Lettner den Altarraum ab, in dem sie sich befanden. Hier stand der aus Feldsteinen aufgemauerte Altar mit einem schlichten Altarbild und einem Kruzifix davor. Das kleine Sakramentshaus stand links neben dem Altar und davor brannte eine Kerze – ganz gegen den neuen Brauch. An den Seitenaltären standen zwei

Heiligenfiguren, eines war Maria, der andere war der heilige Ansgar, dem die Kirche geweiht war.

Der Fußboden war aus Backsteinen, hinten im Kirchenschiff bestand er aus festgestampftem Lehm. Hier stand die Gemeinde im Gottesdienst. Einige wohlhabende Bürger hatten sich an der Seite einen Stuhl einbauen lassen. Ganz hinten, wo der Turm sein musste, erkannte Rimberti den Taufstein aus hellem Sandstein.

Synellius räusperte sich. »Ich glaube, es wird Zeit, und im Pfarrhaus wird man schon mit dem Frühstück auf uns warten. Geht schon vor, ich komme gleich nach.«

Rimberti verstand, dass Synellius noch einen Augenblick allein in der Kirche sein wollte. Als er hinaus in den sonnigen Morgen trat, hörte er Synellius den Psalm weiterbeten: »...sitivit anima mea ad Deum fortem, vivum.«

Rimberti schloss leise die Tür.

18

Nach einem sehr frühen Morgenmahl machten sich Rimberti und Grütering wieder auf den Weg. Sie wollten heute wenigstens zwei der Klöster südlich von Norden besuchen und Erkundigungen nach dem verschwundenen Mönch einziehen. Die Zeichnung würde ihnen dabei gewiss weiterhelfen.

Kurz hinter Norden kamen sie an den mächtigen Kirchen von Osteel und Marienhafe vorbei. In Osteel stand eine dem heiligen Winfried geweihte Kreuzkirche von stattlichen Ausmaßen. Übertroffen wurde sie noch von der benachbarten Basilika St. Marien in Marienhafe. Auch diese Kirche war in der Form eines riesigen Kreuzes gebaut worden. Unter dem vorletzten Grafen war der hohe Turm noch einmal erhöht und mit einer hölzernen Spitze versehen worden. Viele Geschichten wurden von dieser Kirche erzählt. Vor über hundert Jahren war hier möglicherweise ein Stützpunkt der legendären Vitalienbrüder und des Klaas Störtebeker, die in der heimischen Bevölkerung viel Rückhalt hatten.

Sollte hier vor langer Zeit ein großer Wallfahrtsort entstehen oder gar das Zentrum eines eigenen Bistums? Gelehrte Mönche überlieferten diese Vermutungen, aber ganz würde man das Geheimnis dieser Kirche wohl nie lüften. Auf jeden Fall würden diese Kirchen ein beredtes Zeugnis für die Gottesfurcht und den Fleiß ihrer Erbauer ablegen, und das für viele Jahrzehnte und Jahrhunderte, wenn dann diese Welt überhaupt noch bestünde?

Rimberti dachte an die selbsternannten Propheten, die nun in vielen Gegenden auftauchten und ein baldiges Weltende ansagten. Und auch Luther schien manchmal von solchen Gedanken bewegt zu sein. Rimberti liebte das Leben. Und darum ertappte er sich bei der Hoffnung, dass Gott mit dem Anbruch seines Reiches noch eine Weile warten möge.

In Heiselhusen, dem am weitesten entfernten Ort, den sie besuchen wollten, traf er den Abt des Johanniter-Klosters. Ein wehleidiger Mann, zitternd vor ohnmächtiger Wut, weil Graf Enno die Auflösung des Kloster befohlen hatte und sämtlichen Klosterbesitz beschlagnahmen wollte. Immerhin hatten er und seine Leute noch ein paar Wochen Zeit, um sich einen neue Bleibe zu suchen. Die meisten würden in die benachbarten Bistümer Osnabrück und Münster ziehen. Die Tränen standen ihm in den Augen, als er mit Rimberti und Grütering in der Klosterkirche stand.

»Kein Stein wird mehr auf dem anderen stehen und was fleißige Männer Gottes in vielen Jahren aufgebaut haben, davon wird nichts bleiben«, sagte er prophetisch.

Rimberti schaute verlegen zu Boden. Er wagte nicht, diesem gebrochenen Mann zu sagen, dass auch er die Lehren des Papstes ablehnte. Trotzdem geschah hier ein großes Unrecht und es war auch ein großer Verlust für das ganze Land. Als der Abt sich etwas beruhigt hatte, legte Rimberti ihm die Zeichnung vor. Der Abt kannte den Mann nicht. Er wusste, welche Zukunftspläne jeder einzelne Klosterbruder hatte. Erst zwei hätten bisher das Kloster verlassen. Aber von denen sah keiner so aus, wie der Mann auf dem Bild.

Auch in Blauhaus und Sielmönken kamen sie nicht weiter. In Sielmönken gestatteten die Augustiner Chorherren ihnen ein Blick in die Schreibstube. Sie konnten die viel gerühmte Arbeit der Kopisten bewundern. In vielen Bibliotheken standen Werke, die in Sielmönken abgeschrieben waren. Rimberti fragte sich, wo diese wertvollen Bücher und Handschriften einmal landen würden, wenn Graf Ennos Beamte das Kloster beschlagnahmten. Die Wahrscheinlichkeit, dass einer von Ennos Leuten dafür ein Auge hatte, war sehr gering.

Bendiktshusen war das Kloster, das auf dem Rückweg nach Norden lag. Die anderen von Synellius genannten Klöster würden sie sich in den nächsten Tagen vornehmen. Es war schon später Nachmittag und das viele Reiten war Rimberti nicht gut bekommen. Sie kamen an dem verlassenen Kloster Aland vorbei, dessen Abt seit einem Jahr Prediger in Greetsiel war. Das Gebäude stand leer und machte einen trostlosen Eindruck.

Das Kloster Bendiktshusen war nach dem Ordensgründer, dem heiligen Benedikt, benannt worden. Bendiktshusen war eines der bedeutenden Klöster im Land. Noch vor ein paar Jahren lebten etwa sechzig Mönche dort. Die Benediktiner hatten sich um Wissenschaft, um Handwerk und um die Landwirtschaft verdient gemacht. So war in den Jahren nach der Klostergründung ein kleines Dorf in der Nähe des Kloster entstanden, das den Namen des Ordens weiterführte.

Rimberti hatte schon viel von diesem Kloster gehört, und das Empfehlungsschreiben von Abt Synellius, der ja ebenfalls Benediktiner war, öffnete ihnen sogleich alle Türen. Von Abt Severin hatte er auch schon manches erfahren. Synellius hatte beim Morgenmahl einiges durchblicken lassen. Er war viel zu fein, um jemals etwas Schlechtes über einen Ordensbruder zu sagen. Aber dennoch war ihm anzumerken, dass Abt Severin nicht gerade die Sorte Mensch war, mit der er gern zu tun hatte.

Adriaan de Beer, der Bibliothekar des Klosters, leistete ihnen Gesellschaft, während sie warten mussten. Bruder Adriaan war Ende vierzig, etwas korpulent, besaß eine unordentlich geschnittene Tonsur, schwarze Haare – schon mit vielen grauen Fäden durchzogen –, ein kugelrundes Jungengesicht mit Lachfalten unter den Augen. Sie fragten ihn nach der Situation im Kloster.

»Einige von uns werden in der nächsten Zeit gehen – ich vermutlich auch. Aber das hat weniger mit Gott zu tun als mit seinem Stellvertreter in Bendiktshusen.« Er nickte mit dem Kopf in die Richtung des Zimmers, in dem der Abt saß.

»Ich hörte schon davon.«

Rimberti ermunterte ihn zum Weiterreden. »Er soll ein schwacher Mann sein und hat seine Position angeblich nur durch Beziehungen bekommen.«

Adriaan sprach leise: »Er ist kein schlechter Mann. Aber leider ruft er in anderen schlechte Gefühle hervor. Er ...«

Da öffnete sich plötzlich die Tür zur Abtsstube, und ein sich diensteifrig gebärdender Bruder ließ Rimberti hinein, während Grütering bei Bruder Adriaan sitzen blieb.

Abt Severin war ein hoch gewachsener Mann und trug eine sehr kurz geschnittene Tonsur. Die Haare waren trotz seines Alters von kräftigem Schwarz. Seine Mundwinkel waren leicht nach oben gebogen zu einem selbstzufriedenen Lächeln. Er hatte die Augen zu zwei engen Sehschlitzen zugekniffen. Er sprach schleppend, ohne Betonungen und schaute Rimberti kaum an.

Rimberti wusste von Synellius, dass Abt Severin einer mächtigen ostfriesischen Häuptlingsfamilie entstammte. Der Münsteraner Bischof schuldete der Familie noch einen Gefallen und Graf Edzard musste seine guten Beziehungen zum Bischof und zu den Häuptlingen pflegen. So verschaffte Edzard Severin den

Abtstuhl. Das Kloster hatte tüchtige Männer als Verwalter und Gelehrte. Deshalb war der schlimmste Schaden, den Abt Severin anrichtete, die Langeweile, die er verbreitete.

Seit zwanzig Jahren war er im Kloster, und dennoch kannte er viele der jüngeren Brüder noch nicht einmal mit ihren richtigen Namen, geschweige denn, dass er mehr über sie wusste. Er beschäftigte sich mit der Chronik seiner Familie, züchtete seltene Blumen im Klostergarten und schrieb seit vielen Jahren an einem Kommentar über die Psalmen. Da er diesen Kommentar in erster Linie schrieb, um seine Belesenheit darzustellen, war er erst bei Psalm 24 angelangt. Bei allem war er aber ein Mann, der niemandem etwas zu Leide tat, da er sich wirklich für niemand anderen interessierte, als für sich selbst. Deshalb war er immer sehr nachsichtig bei Verfehlungen seiner Mönche und ließ innerhalb bestimmter Grenzen viel durchgehen. Nie würde sich jemand über ihn beschweren, aber auch niemals würde sich ihm ein Klosterbruder anvertrauen, wenn es wirkliche Schwierigkeiten gab. Immerhin redete er niemandem in seinen Bereich hinein und ließ seine Mönche gewähren, sodass Bendiktshusen einen guten Ruf hatte und gewisse Leistungen in Wissenschaft und Landwirtschaft vorweisen konnte.

Wie nebenbei forderte Severin Rimberti zu sitzen auf und begann, mit eintöniger Stimme von seiner Arbeit am vierundzwanzigsten Psalm zu erzählen. Er zählte die verschiedenen Deutungen der Kirchenväter auf, mit denen er sich zur Zeit beschäftigte. Die Namen kannte Rimberti aus seinem Studium, sodass er einigermaßen glaubhaft alle paar Minuten ein zustimmendes Murmeln oder »Ja« einwerfen konnte. Kurz darauf erläuterte Severin nach einer Überleitung, die Rimberti wohl irgendwie entgangen war, seinen familiären Hintergrund und klärte seinen Gast über die verwandtschaftlichen Beziehungen seines Großonkels mütterlicherseits zu einer Kusine Kaiser Karls auf. Der Abt sprach mit seiner schleppenden Stimme weiter und sah seinen Gast selten an.

Rimberti spürte langsam seine Müdigkeit. Er dachte an sein schönes Bett im Norder Gasthof, dachte an ein gutes, reichhaltiges Abendessen und spürte alle seine Knochen. Plötzlich schreckte er hoch. Er war tatsächlich für einen kurzen Moment eingeschlafen. Rimberti wurde wütend auf diesen Mann, der seit mindestens einer halben Stunde mit seiner eintönigen Stimme vor sich hin redete und sich noch nicht einmal bei seinem Gast nach dessen Anliegen erkundigt hatte.

»Es geht um Mord, Ehrwürdiger Abt.« Rimberti unterbrach mit lauter Stimme den Abt in seinem Redefluss.

Severin fuhr zusammen. »Mord?«

Mit einem Ruck stand Rimberti auf und legte ihm die Zeichnung vor. »Kennt Ihr diesen Mann?«

Severin sah flüchtig hin und schüttelte den Kopf. »Nein, ich glaube nicht, ich kann es auch nicht genau erkennen. Wer soll das sein?«

»Darum geht es. Wir vermuten, dass der Tote früher ein Mönch war und aus einem Kloster dieser Gegend stammt. Er ist auf dem Weg zwischen Aurich und Norden erschlagen aufgefunden worden.«

»Aus unserem Kloster ist noch niemand fortgegangen, auch wenn einige Brüder das sicher überlegen. Des Menschen Herz ist ein Rätsel.« Severin seufzte und damit gab er zum Ausdruck, dass Rimbertis Redezeit zu Ende sei und er nun das Gespräch wieder zu übernehmen gedachte.

Rasch verabschiedete sich Rimberti und bedankte sich überschwenglich für die großartige Hilfe. »Graf Enno wird Euch dankbar sein.«

»So?« Severin sah ihn fragend an. »Na, wollen wir es hoffen. Gott befohlen.«

Die letzten Worte sprach er schon nicht mehr zu Rimberti, sondern in die Papiere und Bücher, in denen er wieder blätterte.

Bruder Adriaan begleitete sie noch ein Stück. »Er war der Mörder!«, sagte Rimberti zu Grütering und Adriaan. »Abt Severin hat auf unseren unglückseligen Mann im Moor so lange eingeredet und hat ihm so ausführlich seine Erklärungen zu Psalm 24 und seiner Familiengeschichte vorgetragen, bis sich der arme Mönch selbst den Schädel einschlug, um diesem Langweiler nicht länger zuhören zu müssen.«

»Ein Mord?«, fragte Adriaan auf einmal erschrocken. Rimberti faltete noch einmal seine Zeichnung auseinander. Adriaan sah sich das Bild genau an. Ein bisschen zu lange, fand Rimberti. Er sah Bruder Adriaan an, dass er sich in Gedanken zurechtlegte, was er nun antworten wollte.

Adriaan schüttelte den Kopf. »Ich kenne den Mann nicht, aber ich werde für seine arme Seele beten.« Den Rest des Weges war Adriaan merkwürdig schweigsam. Rimberti und Grütering verließen das Kloster, und als sie sich noch einmal zum Eingangstor umdrehten, war er bereits verschwunden.

»Ich habe das Gefühl«, sagte Rimberti zu Grütering, »dass wir nicht das letzte Mal hier gewesen sind.«

19

Nun war es doch spät geworden, und sie würden erst in der Dunkelheit in Norden ankommen. Eine Übernachtung im Gästehaus des Klosters hatten sie trotzdem nicht in Erwägung gezogen. Rimberti wusste, dass Adriaan ihnen etwas verschwieg. Vielleicht brauchte er Zeit zum Nachdenken. Sie würden den Weg sowieso noch einmal machen müssen. Rimberti dachte mit Entsetzen daran. Schon jetzt konnte er nach dem langen Ritt jeden Knochen und jeden Muskel einzeln spüren. Und die Folgen seines Sturzes waren immer noch nicht ganz abgeklungen.

Es wurde windig, und dunkle Wolken zogen schnell herauf.

Ein paar Regentropfen klatschten ihnen ins Gesicht. In der Ferne hörten sie das Grummeln.

»Es war wohl doch ein Fehler, die Übernachtung im Kloster auszuschlagen«, bemerkte Grütering.

Rimberti brummte. Vielleicht hatte Grütering sogar Recht und Adriaan hätte sich ihnen am nächsten Morgen doch anvertraut. Und sie hätten dann die lange Reise nicht noch einmal machen müssen.

Sie kamen am kleinen Klostervorwerk Oldekamp vorbei. Rimberti wusste, dass die Nonnen im Gästehaus Reisende aufnahmen. Eine Cousine von Heddo Kankena war hier Vorsteherin. Er erinnerte sich sogar, ihr vor Jahren einmal begegnet zu sein, eine strenge und resolute Dame. Aber er hatte wenig Lust, diese Bekanntschaft zu erneuern, zumal sie sich wohl kaum an ihn erinnern würde.

Andererseits merkte Rimberti an der Pforte, dass auch hier das Empfehlungsschreiben von Synellius seine Wirkung tat. Sie wurden von der Dienst habenden Schwester freundlich begrüßt und in das Gästehaus geleitet.

Dort hatten auch zwei andere Reisende Unterschlupf vor dem nahenden Gewitter gefunden. Rimberti und Grütering machten sich mit den beiden bekannt. Es waren zwei Männer, Vater und Sohn, aus Winschoten, die auf der Rückreise von einem Besuch in Norden waren und einen Umweg gemacht hatten.

Auf einmal stand die Dienst habende Schwester wieder in der Tür. »Die Mutter Vorsteherin wünscht Euch zu sprechen.«

Rimberti seufzte. Er hatte sich schon auf das saubere Nachtlager gefreut.

Eine ernsthafte Dame saß leicht vornüber gebeugt vor ihm am Tisch. Mit großen braunen Augen sah sie ihn an. Sie musste etwa fünfzig Jahre alt sein.

»Ihr seid der Neffe von Mester Hidde«, begann sie das Gespräch und kam gleich zur Sache: »Ich freue mich, Euch kennen zu lernen und habe Euch, auch wenn sich das für eine Vorsteherin eigentlich nicht gehört, aus reiner Neugierde eingeladen. Ich habe Euren Namen auf dem Empfehlungsschreiben von unserem lieben Vater Synellius gelesen. Ich bin Meta Hallenga. Eure Mutter und ich waren trotz der entfernten Verwandtschaft freundschaftlich verbunden. Wie sieht es denn draußen in der Welt aus?«

Rimberti gefiel ihre direkte und bestimmte Art, und er spürte auch den Humor und die Wärme hinter ihrem forschen Auftreten. Er erzählte nichts von dem Mordfall, sondern berichtete von seiner Arbeit und seiner Reise nach Ostfriesland und besonders von den Eindrücken, die er bei seinen heutigen Besuchen in den Klöstern bekommen hatte. Er dachte daran, wie lange dieses Kloster wohl bestehen bliebe und was dann aus den Nonnen würde.

Sie schien seine Gedanken zu erraten. »Viele meiner Nonnen warten auch darauf, dass Enno hier den Schlussstrich zieht. Und das tun sie völlig zu Recht. Aber einige von uns werden hier bleiben.«

»Ihr auch?«

»Ich auch. Der Entschluss, den meine Eltern in meiner Kinderzeit getroffen haben, ist schon vor langer Zeit meine eigene Entscheidung geworden. Trotzdem glaube ich nicht, dass der Ordensstand Gott näher ist als irgendein Stand. Legt eine Leiter auf den Boden, dann sind alle Stufen gleich hoch.«

Rimberti war erstaunt über diese umstürzlerischen Ansichten und wollte etwas einwenden. Aber sie ließ ihn gar nicht zu Wort kommen.

»Gewiss, wir leben hier ungestört von den Anfechtungen da draußen. Kein gut aussehender Jüngling macht uns schöne Augen, und keine von uns kann die andere mit Schmuck oder teuren Kleidern übertreffen. Aber glaubt mir, wenn so viele Menschen, Männer oder Frauen, so eng zusammenleben und so viel voneinander wissen, dann tauchen ganz andere Anfechtungen auf. Und die Sünden im Geist sind Gott nicht lieber als die Sünden im Fleisch, und manchmal liegt beides dicht beieinander.«

Rimberti merkte, dass er eine lebenserfahrene Frau vor sich hatte, die es mit jedem Priester und Seelsorger hätte aufnehmen können.

»Habt Ihr Euch – wenn ich so direkt fragen darf – denn nie nach einem anderen Leben gesehnt?«

»Das habe ich nie. Ich sehe, wie meine drei Schwestern leben. Der gütige Gott hat es so gewendet, dass ich als vierte auf die Welt kam, und die Eltern mich nicht mit einer ausreichenden Mitgift für die Ehe versehen konnten. Aber es war immer noch genug Geld für das Armutsgelübde.«

Rimberti schmunzelte.

»Das Leben ist hier nicht so unfrei, wie es aussieht. Genauso wie das Leben bei Euch draußen nicht so frei ist, wie Ihr vielleicht meint. Ich bin die einzige von uns Schwestern, die Lateinisch kann. Sogar ein paar Brocken Griechisch habe ich gelernt, während meine Schwestern sich nur aufs Handarbeiten verstehen. Kein Mann prügelt und bevormundet uns. Meine Schwestern sahen mit fünfunddreißig Jahren schon so alt aus, wie ich jetzt mit dreiundfünfzig. Keine von ihnen hat weniger als zehn Kinder zur Welt gebracht, auch wenn die meisten davon leider kein langes Leben hatten.«

»Aber Ihr seid doch eingesperrt in diesen Mauern. Ihr müsst auf vieles verzichten.«

»Das muss jeder Mensch. Und dieses Klostervorwerk ist größer als die Wohnhäuser, in denen meine Schwestern von ihren eifersüchtigen Ehegatten eingesperrt werden. Wir haben hier alles, was wir brauchen und haben mehr Unabhängigkeit und Bildung als viele andere unseres Geschlechts.«

Rimberti sah sie erstaunt an. So hatte er die Sache eigentlich noch nie gesehen.

»Ihr haltet mich für sehr pragmatisch. Das bin ich auch. Und trotzdem kann ich sagen, dass Gott mein Leben gesegnet hat und dass ich hier viel Sinnvolles für andere tun konnte. Aber nicht jeder kann so leben. Darum werde ich es den Schwestern freistellen zu gehen. Ihr werdet überrascht sein, auch ich kenne einige von den Schriften Eures Doktor Martinus.«

Rimberti lächelte etwas verlegen. Sie nahm ihm diese Verlegenheit und lächelte ihn voller Güte an.

»Wie gesagt, der Papst ist weit, und wir führen hier ein sehr eigenständiges Leben und haben viele Außenkontakte, wenn wir wollen.« Ihre Stimme wurde wieder etwas forscher. »Mit dem Meisten, was der Doktor Martinus da schreibt, kann ich nicht viel anfangen. Ich bin vielleicht nicht so gewissenhaft und skrupulös wie er und denke nicht so viel über meine Sünden nach. Das Leben im Kloster befreit uns wohl nicht von dem Bösen. Aber trotzdem ist es für einige von uns gut, hier zu sein und hier zu leben.«

»Aber nicht alle sind freiwillig hierher gekommen und nicht alle sind freiwillig hier geblieben.«

»Für sie ist es ein beklagenswertes Leben. Sie fügen sich und anderen einen großen Schaden zu, und darum sollen sie gehen. Graf Enno hat mir in einem Brief versprochen, dass alle bleiben können, die das wollen, und dass dies Kloster bestehen bleibt, bis die Letzte von uns gegangen ist – in das Leben da draußen oder in das Leben, das nach diesem Leben kommt. Und so will ich es auch halten. Ein paar Jahre werde ich sicher noch machen, und wenn es nicht mehr geht, dann wird ein anderes Kloster mich aufnehmen.«

Meta Hallenga wurde bewusst, dass sie viel geredet und mehr von sich preisgegeben hatte, als sie es sonst wohl tat. Etwas verlegen lächelte sie Rimberti an.

»Ihr habt die geistliche Laufbahn abgebrochen? Eure Mutter hat mir in einem ihrer letzten Briefe davon berichtet, und sie war mit Eurer Entscheidung sehr einverstanden. Sie schrieb, Ihr taugt nicht zum Priester, weil Ihr Euch alles so sehr zu Herzen nehmt. Darin bin ich ganz ihrer Meinung. Die mitfühlenden Priester werden von den Leuten zum Narren gehalten. Sie zerbrechen sich anderer Leute Köpfe und Herzen. Als Priester müsst Ihr ein harter und dickfelliger Mann sein.«

Es berührte Rimberti sehr, von diesem Brief seiner Mutter zu erfahren. Auch ihm gegenüber hatte sie Verständnis für seine Entscheidung bekundet. Aber er war sich nicht sicher, ob sie das nicht nur aus Liebe zu ihm sagte. Jetzt hatte er Gewissheit.

Meta Hallenga schnitt ein anderes Thema an. »Wenn Ihr nach Norden zurückkommt, dann grüßt Abt Synellius herzlich von mir. Er war vor ein paar Wochen noch hier. Und grüßt bitte auch Magister Heddo und Frau Gesa.«

»Ihr kennt Frau Gesa?«

»Wie sollte ich nicht. In den letzten beiden Jahren bin ich wenig gereist, aber früher haben wir uns öfter gesehen. Sie hat uns wie manch anderes Kloster immer gut bedacht. Sie ist eine kluge und gottesfürchtige Frau. Sie hat zeitweise sogar erwogen, in unser Haus einzutreten. Das war der Anlass unserer Bekanntschaft. Sie mochte ihr Leben da draußen dann doch nicht aufgeben. Aber durch unsere Gespräche haben wir uns angefreundet, und diese Verbindung ist durch die Jahre geblieben. Nun habe ich sie wohl zwei Jahre lang nicht mehr gesehen. Mir wurde von ihrer Krankheit berichtet. Ich habe ihr oft geschrieben, aber geantwortet hat sie in der letzten Zeit nicht mehr. Ist sie noch so krank? Entschuldigt, Ihr müsst mich für sehr neugierig und geschwätzig halten.« Ihre Gesichtszüge nahmen wieder eine gewisse Strenge an.

Rimberti lächelte und schüttelte den Kopf. Er erzählte ihr von Freifrau Gesa und er verschwieg ihr auch nicht, in welcher Gefahr er sie zur Zeit sah.

»Dagegen müsst Ihr dringend etwas unternehmen. Ihr seid doch auch Rechtsgelehrter. Lasst Euch also gefälligst etwas einfallen.«

Sie nickte ihm zu, und Rimberti verstand das als Wink, dass

die Audienz nun beendet war. Bevor er die Tür wieder hinter sich schloss, sagte sie noch zu ihm: »Ich habe mich ehrlich gefreut, Euch kennen zu lernen. Euer Onkel ist zu Recht stolz auf Euch. Möge Gottes Hand Euch freundlich geleiten!«

Als Rimberti sich noch einmal zu ihr umdrehte und ihr zunickte, glaubte er sogar ein Lächeln in ihrem Gesicht zu entdecken. Unterwegs zum Gästehaus dachte er darüber nach, dass er an diesem Tag nun schon zum zweiten Mal gebeten worden war, der alten Dame zu helfen. Vielleicht wollte Gott ihm einen Wink geben.

20

Am nächsten Morgen machten sich Rimberti und Grütering wieder auf den Weg. Das Wetter klarte auf und sie ritten wieder vorbei an Marienhafe und Osteel nach Norden. In der Nacht hatte es stark geregnet, und die Felder dampften im Sonnenschein. Mit der zunehmenden Kraft der Sonne verflüchtigten sich die Nebel und das Grün der Felder und Bäume leuchtete frisch und intensiv.

»Guten Morgen, Ihr Herren, zwei Besucher warten schon auf Euch!« Mit diesen Worten begrüßte sie der rotgesichtige Wirt in ihrem Norder Gasthof. »Der eine sitzt hinten im Schankraum und lässt sich schon den zweiten Becher Bier schmecken, und der andere, ein Priester, wartet oben in Eurer Kammer auf Euch.«

In der Gaststube saß einer von Fockenas Knechten. Diensteifrig sprang er gleich auf, als der Wirt mit Rimberti und Grütering hereinkam. Er wischte sich den Schaum vom Mund, denn er hatte wohl gerade einen herzhaften Schluck genommen.

»Eine Empfehlung und herzliche Grüße von Herrn Ulfert. Er wird mit den beiden Kaufleuten im Laufe des Nachmittages eintreffen und Ihr sollt Euch bereit halten für viele neue Nachrichten.« Viel sagend hob er die Augenbrauen, aber vermutlich hatte er keine Ahnung, worum es überhaupt ging.

»Ich danke dir.« Rimberti nickte dem Mann zu und drehte sich zum Wirt um. »Gebt dem wackeren Mann noch etwas zu trinken und eine gute Mahlzeit.« Der Gastwirt deutete eine Verbeugung an und verschwand in der Küche.

Als Rimberti und Grütering in ihre Kammer kamen, drehte sich ein Mann verschreckt vom Fenster zur Tür um: Adriaan de Beer. Rimberti sagte: »Ich wusste, dass wir uns bald wiedersehen, aber dass es so bald sein würde, habe ich nicht vermutet.«

»Ich habe Euch nicht die Wahrheit gesagt,« brachte Adriaan hastig hervor, und seine Finger nestelten nervös an seinen Ärmeln.

»Der Mann, den Ihr mir gezeigt habt ... also, das Bild von dem Toten, den kenne ich. Es ist Bruder Alwin. Er ist vor einigen Wochen vom Kloster Hoogegaste zu uns gekommen. Hoogegaste ist ein kleines Kloster, das aufgelöst wurde, weil fast alle Brüder gingen. Nur Alwin kam zu uns. Er blieb nur kurz und verschwand dann wieder. Es hieß, er sei in den Dienst des Grafen getreten. Da er nur so kurz bei uns war, werden die meisten unserer Fratres ihn anhand der Zeichnung nicht wiedererkennen. Außerdem sind ja in den letzten unruhigen Wochen viele Brüder neu zu uns gekommen. Und der Abt hat ihn erst recht nicht wiedererkannt. Der würde allerdings ...«

Adriaan lächelte und wollte eine spöttische Bemerkung nachschieben, aber Rimberti winkte ab. Er hörte gespannt zu und wollte keine Ablenkung. Er merkte, dass er dicht daran war, ein Geheimnis zu erfahren, nach dem er lange gesucht hatte. »Ihr habt diesen Alwin wohl etwas näher kennen gelernt, Bruder Adriaan?«

»Ja, also ...«, Adriaan lief rot an. Er suchte nach Worten. »Am besten, ich erzähle Euch die Geschichte von Anfang an. Für mich fängt etwas Neues an. Mit Gottes Hilfe werde ich schon im

Herbst eine Pfarrstelle antreten können. Schon lange habe ich mich mit den Schriften von Erasmus beschäftigt. Und etliche Male bin ich mit dem Abt aneinander geraten. Auch die Schriften von Martin Luther und Philippus Melanchthon habe ich studiert.«

Rimberti nickte ihm ungeduldig zu.

»Mich hält nichts mehr im Kloster, nur noch die Bibliothek. Jedenfalls war das bis vor Kurzem so. Ich möchte nämlich heiraten. Das Problem liegt allerdings darin, dass meine Braut genauso wie ich im Kloster lebt. Es gibt nicht viele Gelegenheiten, wo Mönche und Nonnen sich begegnen und besser kennen lernen können, aber eine dieser Gelegenheiten hat uns durch Zufall oder Gottes Fügung zusammengebracht. Und kurz darauf konnten wir uns ein zweites und drittes Mal sehen. Durch gute Menschen haben wir die Möglichkeit, uns zu schreiben. Kurz und gut: Sobald ich als Pfarrer in meiner Gemeinde eingesetzt bin, will ich meine Rieke zu mir holen und sie heiraten. Auch den Schwestern in ihrem Haus ist es freigestellt, zu bleiben oder zu gehen. Aber noch kann sie nicht gehen und ich auch nicht. Wo sollten wir bleiben? Wovon sollten wir leben? Bis zum Herbst müssen wir uns noch gedulden.«

»Was hat das mit Bruder Alwin zu tun?«

»Bruder Alwin? Durch Zufall ist er hinter unser Geheimnis gekommen. Er hat bemerkt, wie ich einem Bruder einen Brief gab. Bruder Konrad hat gute Kontakte nach außen, und seine Schwester ist im selben Kloster wie meine Rieke.«

»Und?«

»Alwin hat Konrad zur Rede gestellt, hat ihm gedroht, ihn beim Abt anzuzeigen. Schließlich hat der eingeschüchterte Konrad Alwin einen Blick in den Brief werfen lassen.«

»Und was dann?«

»Und dann hat der mir gedroht. Er wollte Gerüchte über uns verbreiten und uns melden. Auch wenn wir nachweisen können, dass es Lügen sind, so bliebe doch immer der schlechte

Eindruck an uns haften. Ich befürchtete, dass ich damit wenig Aussichten auf ein Pfarramt hätte. Und ich weiß auch nicht, ob meine Fürsprecher dann noch zu mir stehen. Aber es ist wirklich nichts zwischen Rieke und mir vorgefallen.«

»Redet weiter! Was musstet Ihr für Alwin tun?«

»Unser Kloster ist nicht arm. Es gehört zu den angesehenen Klöstern im Land, und viele gottesfürchtige Menschen haben uns reichlich bedacht. Einige dieser kostbaren Stiftungen und Geschenke stehen in unserer Kirche und in der Sakristei, anderes ist an einem sicheren Ort verwahrt, an einem sehr sicheren Ort.«

»Und Alwin wollte, dass Ihr ihm diesen Ort zeigt.«

»Ja, genau das wollte er. Auch er hat von den verborgenen Schätzen unseres Klosters erfahren. Das ist ein offenes Geheimnis. Nur der Aufbewahrungsort ist ein *gut gehütetes* Geheimnis.«

»Und Ihr habt es ihm gesagt?«

»Nein!«, antwortete Bruder Adriaan empört. »Irgendwie hat er es wohl doch herausbekommen, aber ohne *meine* Hilfe. Jedenfalls geht das Gerücht, dass neulich nachts Männer des Grafen gekommen sind, um das Meiste davon mitzunehmen. Der Abt hat nichts weiter gesagt. Er ist ja nicht verpflichtet, uns gegenüber Rechenschaft abzulegen. Aber es passt zu den Gerüchten, die über Graf Enno erzählt werden, dass er eine Reihe von Kirchen und Klöstern um ihren Besitz erleichtern will. Aber was wird er mit all diesen kostbaren Geräten und Büchern machen? In Hoogegaste sind beim Abtransport die wertvollen Bücher in die Ems geworfen worden, weil die einfältigen Männer des Grafen sich nicht vorstellen konnten, wozu altes, beschriebenes Papier gut sein sollte.«

»Weiter!«, trieb Rimberti ihn an. »Was wisst Ihr noch über diesen Alwin?«

»Sonst nichts. Nur dass er kein angenehmer Mitbruder war. Aber immerhin hat er mich wohl doch nicht angezeigt. Mir ist jedenfalls noch nichts zu Ohren gekommen.«

»Gewiss hatte er im Verborgenen doch ein gutes Herz«, knurrte Rimberti ironisch. »Aber warum habt Ihr das nicht gleich gesagt. Wir hätten im Kloster weitere Nachforschungen anstellen können und müssen nun noch einmal hin.«

»Übermorgen kann ich mit Euch reiten. Für zwei Tage bleibe ich bei Johann Stevens, der hier an der Ludgerikirche Pfarrer ist. Er ist auch einer meiner Fürsprecher, und wir haben einiges zu bereden. Ich will Schluss machen mit dem Versteckspiel. In ein paar Tagen soll er Rieke und mich trauen. Und für ein paar Monate suche ich mir eine Anstellung. Meine Familie ist auch nicht unvermögend. Irgendwie wird es gehen. Übermorgen aber begleite ich Euch nach Bendiktshusen, auch ich habe dort noch etwas zu erledigen.« Und er legte wieder sein verschmitztes und gutmütiges Lächeln auf. Diese Beichte hatte ihn sehr erleichtert.

Rimberti war nicht begeistert, noch einmal den weiten Weg nach Bendiktshusen reisen zu müssen. Aber er hatte das Gefühl, weitergekommen zu sein.

Vermutlich hatte der schlaue Bruder Alwin nun doch einen Meister gefunden, der noch durchtriebener war. Und der musste der Mörder sein. Und der musste jetzt außerdem sehr reich sein. Rimberti hielt Adriaan nicht für einen Mörder. Aber er wusste natürlich, dass auch gute Menschen zu bösen Taten fähig sind.

Grütering unterbrach seine Gedanken. »Könntet Ihr mich für eine gute Stunde entbehren? Ich habe Lust, ein bisschen durch die Stadt zu gehen, mir die Kirchen und alles einmal anzuschauen.«

»Ja, geh nur, Christoph, bis später«, sagte Rimberti, in Gedanken noch bei dem, was Adriaan ihm erzählt hatte.

Grütering schlenderte vorbei an den beiden stattlichen Kirchen. Erst vor etwa 70 Jahren hatte die Ludgerikirche den Hochchor erhalten, und seither konnte sich diese Kirche neben der größeren und stattlicheren Andreas-Kirche behaupten, die nur ein paar Schritte weiter auf einer erhöhten Warft stand.

Aber Grüterings Interesse an Baukunst oder Religion war heute nicht sehr stark, etwas anderes machte ihm Beine. Er ging zielstrebig auf die Straße zu, in der Frau Gesa mit ihrer Magd lebte. Im Eckhaus wurde eine kleine Schänke geführt. Grütering trat ein und setzte sich an das Fenster, um das Haus gut beobachten zu können.

Was soll in einem Haus, in dem nur zwei Frauen leben, schon Großes passieren, dachte er, zumal die eine Frau krank zu Bett liegt. Aber zu gern wollte er die Magd noch einmal sehen, die so einen Eindruck auf ihn gemacht hatte und bei der er trotzdem das Gefühl nicht loswurde, dass etwas nicht in Ordnung sei.

Er bemerkte, dass eine Frau nun schon zum zweiten Mal an Gesas Haus vorbeiging. Jedesmal, wenn sie auf der Höhe des Hauses war, verlangsamte sie ihren Schritt. Sie blickte gebückt auf die Straße, und Grütering konnte ihr Gesicht deshalb nicht erkennen.

Er nahm noch einen Schluck von dem nicht besonders guten Weißwein und blinzelte in die Sonne, die durch das geöffnete Fenster warm und hell in die Wirtsstube und auf sein Gesicht schien. Er hing seinen Gedanken nach. Er dachte an die Menschen, die er auf dieser Reise kennen gelernt hatte und an die vielen Erlebnisse in so kurzer Zeit. Er fühlte sich gut.

Plötzlich sah er die Frau erneut auf Gesas Haus zugehen. Von hinten erkannte er sie an ihrer Kleidung und an ihrem Gang. Er legte eine Münze für den sauren Wein auf den Tisch, nickte mit dem Kopf und verließ mit einem gemurmelten Gruß die Schänke.

Er folgte der Frau, jederzeit bereit, unauffällig weiterzugehen, falls sie sich umwandte. Aber das tat sie nicht. Sie ging dicht an der Hauswand vorbei und versuchte, durch die Fenster ins Haus hineinzusehen. Einen Augenblick wollte sie scheinbar sogar stehen bleiben. Grütering folgte ihr über den großen Marktplatz, wobei er den Abstand zwischen ihnen größer werden ließ. Als sie in eine kleine Straße einbog, machte er längere Schritte, um sie einzuholen, ohne schnell laufen zu müssen. Er konnte gerade noch sehen, wie sie in ein kleines Haus eintrat. Er prägte sich dieses Haus ein. Da war ein Gefühl, dass diese Frau eine Art Schlüssel zu dem Geheimnis um Freifrau Gesa war.

Gerade wollte er sich auf den Weg zurück machen, da musste er an Ulfert Fockena denken. Er überlegte, was der wohl an seiner Stelle täte. Ulfert hätte vermutlich die Haustür mit einem Rammbock einrennen lassen, um dann die arme Frau mit dem charmantesten Lächeln und einem glänzenden Schmuckstück zu gewinnen oder um sie gleich in Eisen zu legen.

Grütering fasste sich ein Herz und klopfte.

21

Meike hatte die Frau gesehen, die am Haus vorbeiging. Jeden Tag tat diese das – oft sogar mehrere Male am Tag – und verlangsamte dann ihren Schritt. Seit Meike vor einem halben Jahr in den Dienst gestellt wurde, hatte sie immer Angst davor, dass die Frau an die Tür klopfe oder einfach hereinkäme. Inzwischen wünschte sich Meike fast, dass es endlich der Fall und damit Schluss wäre.

Einmal hatte sie schon den Türgriff in der Hand, um aus dem Haus zu rennen und die Frau anzusprechen. Eigentlich war ihr nur wenig bekannt, aber das Wenige lag ihr um so schwerer auf dem Herzen. Doch genau in diesem Moment hatte Frau Gesa sie gerufen, und ihr wurde plötzlich klar, welche Folgen ihr Schritt für sie selbst gehabt hätte.

Meike wusste inzwischen, zu welchen Tageszeiten die Frau vorbeiging. Und sie richtete es immer so ein, dass sie in diesen Zeiten nie hinaus musste. Alle Besorgungen erledigte sie schnell, immer in der Angst, sie zu treffen. In einem kleinen Ort wie Norden konnte man es kaum vermeiden, sich öfter zu begegnen. Aber wenn Meike durch die Stadt ging, sah sie sich immer genau um und war äußerst vorsichtig.

Magister Ulbrandi hatte Kea – Meike zögerte sogar in Gedanken, sie bei ihrem Namen zu nennen – vor Frau Gesa des Diebstahls bezichtigt. Gesas scharfes Urteilsvermögen war durch die Krankheit und durch die Einflüsterungen Ulbrandis so getrübt worden, dass sie letztendlich die treue Magd verdächtigte. Kea blieb ruhig, zitterte aber vor Wut über das ihr angetane Unrecht und sah Meike direkt in die Augen. Keck hatte sie damals diesem Blick Stand gehalten. Aber sie hatte das Gefühl, dass dieser Blick sie seitdem verfolge.

Meike fasste einen Entschluss. Sie musste mit Ulbrandi reden. Sie konnte dies Spiel nicht mehr mitspielen. Zuerst hatte ihr die alte Frau Gesa Leid getan. Aber mit den Wochen verschwand dieses Mitleid. Sie wurde innerlich sogar wütend auf ihre Herrin, die sich so bereitwillig bösem Gerede öffnete und einem Menschen, der ihr über viele Jahre die Treue gehalten hatte, so eine gemeine Tat zutraute. Sie hatte auch schon daran gedacht, sich Gesa anzuvertrauen, aber die ging in ihrem Leiden auf und schien sich an ihrer Krankheit und an ihrer Einsamkeit zu weiden. So spielte Meike weiter, wohl wissend, dass ihre Kraft zu Ende ging, da sie nicht so hart und dickfellig war, wie sie es immer sein wollte.

Plötzlich merkte Meike, dass der junge Mann, der vor einigen Tagen mit dem Juristen im Haus gewesen war, ebenfalls vorbeiging. Neugierig stellte sie sich seitlich an das Fenster, um ihn mit ihren Blicken so weit wie möglich zu verfolgen, ohne selbst gesehen zu werden. Ging er Kea nach? Dann würde es noch dringender Zeit für eine Unterredung mit Magister Ulbrandi. Aber zuvor musste Meike Frau Gesa ihr karges Mahl bereiten, eine dünne Milchsuppe, von der sie sicherlich wieder nur ein paar Löffel aß.

Am späten Nachmittag waren die Reisenden aus Leer in Norden eingetroffen, und bei einem ausgiebigen Essen, zu dem Ulfert Fockena eingeladen hatte, hielten sie gemeinsam Rat. Noch bevor sie ihre Erlebnisse austauschen konnten, war der aufgebrachte Grütering hereingeplatzt und er musste seine Neuigkeiten als Erster loswerden.

Fockena schlug mit der Faust auf die schwere Tischplatte. »Das ist doch wohl ...!«, dröhnte er. Doch statt den Satz zu vollenden, hob er noch einmal die Faust, ließ sie aber vorsichtig wieder sinken: Für einen großen Auftritt war jetzt nicht die Zeit.

Fassungslos hatten er, die Brüder Garrelts und Rimberti zugehört, was Grütering ihnen vortrug. Der arme Junge war so aufgebracht, dass seine Stimme sich überschlug und er zwischen den einzelnen Erzählbrocken immer laut nach Luft japsen musste. Er hatte ein langes Gespräch mit Kea gehabt.

Den Diebstahl hatte Kea natürlich nicht begangen, und sie vermutete, dass Magister Ulbrandi dahinterstecke. Ulbrandi wolle sie aus dem Haus haben, weil sie seinen Bemühungen um Frau Gesa im Weg stände. Kea ginge jeden Tag mehrmals an Frau Gesas Haus vorbei, weil sie einfach nicht glauben könne, dass ihre Herrin so etwas von ihr dächte. Sie hoffe auf eine Gelegenheit, Frau Gesa einmal sprechen zu können, wenn diese aus dem Haus käme. Aber durch Frau Gesas Erkrankung wäre alles bisher vergebens gewesen. Und so führe Kea den Haushalt für ihre Eltern und ein anderes altes Ehepaar ohne Kinder, und sie ginge – soweit ihre Aufgaben das zuließen – jeden Tag an Frau Gesas Haus vorbei, hoffend, dass ihr Gerechtigkeit widerfahren werde.

»Diesem Kind muss geholfen werden!«, verkündete Ulfert, er erhob sich und hielt sein Schwert mit beiden Händen umgriffen, sodass er wie der Racheengel persönlich aussah.

Kurz erwogen sie alle Möglichkeiten. Herr Ulfert hätte am liebsten Meike, Ulbrandi und dessen Sekretär und dazu auch noch die alte Gesa, der er an allem die Schuld gab, in das finsterste und feuchteste Verließ auf der Berumer Burg einsperren lassen. Aber sie wussten, dass Ulbrandi mit allen Wassern gewaschen war. Auch andere hatten schon versucht, ihm einen Betrug nachzuweisen, und hinterher hatten sie das Nachsehen. So beschlossen sie, nichts zu überstürzen und an der Sache dranzubleiben.

Ulfert bestellte sich noch einen großen Pokal mit Wein. Auch an ihm waren die Reisen der letzten Tage nicht spurlos vorbeigegangen. Er war inzwischen ein Mann von fast sechzig Jahren, und obwohl noch voller Energie, voller Einfallsreichtum, voller Unfug und voller Kraft, merkte er doch auch immer deutlicher seine Grenzen. Doch so lange er selbst nicht versuchte, diese zu überschreiten, würden andere es hoffentlich nicht bemerken.

Wie von selbst war sein Weinpokal leer geworden, er bestellte noch einen. Und je verschwommener sein Blick wurde, um so klarer glaubte er, die Sache planen zu können.

22

Graf Enno war immer noch der blasse und humorlose Mann mit den unruhigen großen Augen, den sie vor ein paar Tagen verlassen hatten. Überraschend in Norden eingetroffen, hatte er es eilig, Rimberti und die beiden Garrelts-Brüder zu sich zu bestellen. Besonders Renke Garrelts war ungehalten.

Durch seine Zeit als Kaufmann in Bremen betrachtete er den Adel mit Argwohn. So hatte er viele Adelige als verantwortungslos wirtschaftende Gläubiger erlebt, die ihren Zahlungsverpflichtungen in der Regel nicht nachkamen. Und von einem solchen Mann musste sich ein ganzes Land regieren lassen. Er würde einem Enno noch nicht einmal die Verantwortung für ein kleines Kontor überlassen. Renke Garrelts Gedanken schweiften ab, es fiel ihm schwer, der leisen und unmelodischen

Stimme Ennos zuzuhören.

Er wusste, dass es leise und stille Menschen gab. Aber er wusste auch, dass es in Verhandlungen manchmal ein einfacher Trick war, sehr leise zu sprechen. Dadurch war der Gesprächspartner gezwungen, äußerst konzentriert zuzuhören und sich auf den Vortragenden einzustellen und sich ihm anzupassen. Man versuchte so, den Verhandlungspartnern seinen eigenen Stil aufzuzwingen, und erstaunlich oft ließ sich dies Gefälle dann bis in den Vertragsabschluss zu eigenen Gunsten verlängern.

Renke Garrelts hielt nichts von solchen Tricks. Er war als Geschäftsmann gewohnt, klare Vorstellungen in ebenso klarer Sprache vorzutragen.

Plötzlich fühlte er, dass es nun schon eine ganze Weile still war, ohne dass er von dem Gesprochenen etwas mitbekommen hatte. Zum Glück ergriff Rimberti das Wort. Er legte die inzwischen gesammelten Informationen wie Spielkarten offen vor den Grafen hin. Aber Renke erkannte, dass Rimberti noch einige Trümpfe in seiner Hinterhand behielt. Er informierte Graf Enno darüber, dass der Tote früher Mönch gewesen war und im Kloster Hoogegaste gelebt hatte. Ennos Augen schweiften unruhig von einem Besucher zum anderen, für ihn konnte diese Information nicht neu sein. Warum hatte er sie ihnen nicht gegeben und ihnen somit weite Wege erspart?

Rimberti senkte seine Stimme. Bei dem, was er nun sagte, fühlte er sich wie ein Angler, der seine Schnur mit dem wohl schmeckenden Köder genau an der richtigen Stelle auswirft. »Aus dem Kloster sind wertvolle Gegenstände gestohlen worden. Seit Alwin nicht mehr da ist, sind die Sachen fort und es weiß niemand, wo sie geblieben sind. Abt Severin sagt, dass er den Mönch Alwin noch nie gesehen habe. Vielleicht weiß der Ehrwürdige Abt doch mehr, als er uns mitteilen mag?«

Enno sprang auf. »Dieser eingebildete Pfaffe! Meint er, dass er schlauer ist als ich?« Enno suchte nach Worten. Man merkte ihm den Zorn eines Mannes an, der in seiner Eitelkeit verletzt und in seiner Habgier um einen großen Gewinn gebracht worden ist. Garrelts überlegte, ob die Eitelkeit oder die Habsucht bei Enno ausgeprägter sei, denn das würde das nachfolgende Gespräch bestimmen.

Glücklicherweise behielt die Habgier die Oberhand, denn nun legte Enno freimütig los: »Die Klöster in meinem Land sind mir schon lange ein Dorn im Auge. Aber mein Vater ließ alles beim Alten und sie weiterhin ihre Psalmen beten und Schätze horten. Aber mit meiner Geduld ist es jetzt vorbei. Sollen die Brüder und Schwestern sich doch ehrbare Berufe suchen. Ihr Geld und Gut gehört unserem Land, und darum habe ich beschlossen, das Klostereigentum beschlagnahmen zu lassen. Natürlich muss man sehr vorsichtig zu Werke gehen, damit die listigen Klosterbrüder vorher nichts verschwinden lassen. Alle Klöster kann ich nicht auflösen. Ich muss gewisse politische Rücksichten nehmen.«

Enno versuchte, weltmännisch zu lächeln. »Mit Abt Severin habe ich eine gewisse Abmachung. Er liefert mir freiwillig aus, was in seinen Sakristeien und geheimen Verstecken aufbewahrt wird, dafür darf das Kloster bestehen bleiben.«

»Und Severin darf Abt bleiben?«, ergänzte Renke Garrelts. Man merkte ihm an, wie ihn dieses unehrliche Spiel anwiderte.

Enno bemerkte das nicht. Er lächelte wissend: »Severin bleibt Abt. Alwin hat ihm diese Abmachung mündlich überbracht und sollte auf der Stelle eine Liste aller Gegenstände machen, die in Frage kommen. Ich glaube kaum, dass Severin mit dieser Sache etwas zu tun hat. Darum habe ich Euch davon auch nichts erzählt, um Eure Ermittlungen nicht abzulenken und unnötig zu belasten. Außerdem will ich den Personenkreis, der von dieser Sache etwas weiß, möglichst klein halten. Ihr versteht das! Ich kann mir nicht vorstellen, dass Severin ihn erschlagen hat. Wie sollte er das auch bewerkstelligen?«

Enno fing an zu denken, das nahm Renke Garrelts als

Zeichen dafür, dass man langsam aufbrechen sollte. Er räusperte sich vernehmlich, und berichtete von ihrem Besuch in Leerort. Er schilderte ihr Zusammentreffen mit Holthuis. Enno lächelte. »Ja, ein guter Mann, auf den Verlass ist. Solche Männer brauche ich.«

Ibo sagte: »Ihr tut gut daran, Euch mit Männern zu umgeben, die Eurer weisen Regierung förderlich sind. Ich hörte, Holthuis ist kurzfristig aus Leerort abgereist.«

»Ja«, erwiderte Enno, »er wird bald hier eintreffen. Er muss seine Dienste auf der Greetsieler Burg wieder aufnehmen, aber gewiss wird er vorher nach Norden kommen, denn ich habe ihn um seinen Besuch gebeten. Vielleicht kann er Euch auch bei Eurer Untersuchung behilflich sein?«

»Wir werden gerne darauf zurückkommen, wollen seine Hilfsbereitschaft aber nicht ausnutzen«, antwortete Rimberti knapp und gab Enno durch ein vorsichtiges Kopfnicken das Zeichen, dass es Zeit sei, sie huldvoll zu entlassen.

Meike wagte kaum zu atmen. Redenius Ulbrandi hatte ihr den Rücken zugekehrt und sah, beide Arme vor der Brust verschränkt, aus dem Fenster. Er hatte sie reden lassen, ohne sie auch nur einmal zu unterbrechen. Sein Schweigen hatte sie verunsichert, aber dann hatte sie sich doch ein Herz gefasst und alles gesagt, was zu sagen war.

Ulbrandi ließ die Stille noch eine kurze Zeit wirken. Er wusste, dass sein Schweigen Meike nervös machen würde. Betont langsam drehte er sich um und sprach mit fester und ruhiger Stimme – beinahe ein bisschen zu freundlich: »Meine liebe Meike, deine Reue kommt ein wenig spät.« Er warf seinem Gehilfen Hobben einen Blick zu, den dieser offensichtlich richtig deutete. Der nickte kurz und verließ den Raum.

Meike fühlte sich noch unsicherer. Sie hatte längst begriffen, dass sie diesem Mann nicht gewachsen war und hatte gehofft, dass ihr ehrliches und offenes Auftreten ihn verunsichern oder wenigstens ein wenig für ihr Anliegen einnehmen würde. Sie erkannte, dass sie sich da getäuscht hatte.

Ulbrandi fuhr fort. »Und ich glaube, du machst dir nicht ganz klar, wer hier wen betrogen hat.« Wieder machte er eine Pause und sah zur Tür. Endlich kam Hobben wieder herein. Er hatte etwas in der Hand, das Meike sofort erkannte. Es war ihr Tuch, das sie schon seit einiger Zeit vermisste.

Ulbrandi räusperte sich. »Mein getreuer Diener hat schon lange vermutet, dass du selbst den Schmuck von Frau Gesa gestohlen und den Verdacht fälschlicherweise auf die arme Kea gelenkt hast. So hat er bei einem Besuch in Gesas Haus deine Abwesenheit benutzt, um deine Kammer zu durchsuchen. Und da fanden wir das hier.«

Eilert Hobben trat hervor und legte das Tuchbündel auf den Tisch. Mit einem triumphierenden Blick baute er sich hinter dem Tisch auf. »Na, mach schon endlich!«, fuhr Ulbrandi ihn an. Sorgfältig breitete Hobben das Tuch aus, und ein goldenes Medaillon kam zum Vorschein.

Meike musste sich am Tisch festhalten. »Aber Ihr ...«

»Ja, was«, unterbrach Ulbrandi sie herausfordernd.

Meike schluckte. »Ihr habt mich doch damals überredet, Kea wegen Diebstahls anzuzeigen. Ihr selbst habt doch vor Gesa bezeugt, dass Kea beim Pfandleiher ein solches Medaillon versilbert hat, und dass der es inzwischen an einen reisenden Kaufmann weiterverkauft hat.«

Ulbrandi erwiderte: »Und wusstest du nicht genau, dass das eine Lüge war? Und hast du nicht bereitwillig dieses Spiel mitgespielt, um in eine gut bezahlte Stellung zu kommen? Wem wird der Schüttemeister eher glauben: dir oder mir? Du hast mich nicht in der Hand, mein Kind. Du hast nur dich selber in der Hand. Spiel das Spiel zu Ende und wir werden alle gewinnen.«

Ulbrandi setzte wieder sein charmantestes Lächeln auf, das besonders bei nicht mehr so ganz jungen Damen ankam. »Wenn Gesa irgendwann nicht mehr ist, können wir das Medaillon gerne zufällig unter der Matratze oder in einer Schublade finden und sagen, die Alte habe es in ihrer Verwirrung versehentlich selber versteckt. Dann ist Keas Ruf wieder hergestellt. Ich will auch gerne ein bisschen Geld springen lassen, um diesem Ruf noch ein bisschen Glanz zu verleihen. Aber ein paar Monate oder vielleicht nur noch ein paar Wochen müssen wir noch warten. Ich kann doch auf dich zählen?«

Meike schluchzte. Scheinheilig legte Ulbrandi seinen Arm um ihre Schultern. »Gesa braucht dich. Du bist die Einzige, der sie vertraut. Und ich vertraue dir auch. Kündige Gesa meinen Besuch für übermorgen Nachmittag an. Dann werden wir gemeinsam die Urkunde vorbereiten, und sie wird gewiss auch ihre treusorgende Magd bedenken. So, und nun geh!«

»Bring sie zur Tür!«, sagte Ulbrandi zu Hobben, der Meike schon die ganze Zeit zugezwinkert hatte. Im Flur nutzte dieser die Gelegenheit, um seinen Arm um ihre Taille zu legen. Seine Hand fingerte sich langsam etwas tiefer. Er grinste sie an und sie roch seinen sauren Atem. »Wenn die Geldmünzen klimpern, dann tun wir uns zusammen! Wir beide, wir sind doch aus dem gleichen Holz.«

»Ich hoffe, du hast tatsächlich einen guten Holzkopf!«, sagte Meike giftig. Sie versetzte Hobben einen kräftigen Hieb und nutzte den Moment, in dem er sie verdutzt ansah, um sich an ihm vorbei aus der Tür zu winden. Hobben sah wütend hinter ihr her.

Kurz darauf klopfte es. Hobben öffnete die Tür einen Spalt weit, draußen stand ein gut gekleideter Mann. »Ich muss den Magister sprechen. Ist er da?«

Diensteifrig öffnete Hobben. Er konnte bereits am Auftreten erkennen, zu wem freundlich zu sein sich lohnte. »Wessen Besuch darf ich dem Herrn Magister ankündigen?«

»Sage ihm, Derk Holthuis hat mit ihm zu reden. Aber schnell!«

23

Rimberti stand vor dem Haus der Familie Garrelts. Ein so schönes Gebäude hatte er schon lange nicht mehr gesehen. Es war ein ansehnliches Haus aus roten Backsteinen. Es war so sauber und gepflegt, dass es den Besucher fast anstrahlte. Und in ein so strahlendes Gesicht sah Lübbert Rimberti plötzlich, als die Tür noch vor seinem Klopfen geöffnet wurde. Eine junge Frau lachte ihn an. Sogar ihre Augen lachten mit: »Ihr müsst der gelehrte Jurist sein, Doktor Lübbert Rimberti. Herzlich willkommen! Ich bin Imke Garrelts, die kleine Schwester von Renke und Ibo.«

Rimberti konnte den Blick nicht von der selbstbewussten und fröhlichen jungen Frau wenden, die ihn hereinbat. Von der großen Diele aus führte es rechts in das Kontor und die Lagerräume. Geradeaus musste es in die Wirtschaftsräume und vermutlich in weitere Lagerräume gehen. Aus der linken Tür kam ein älterer, kräftig gebauter Mann mit weißen Haaren und blitzenden, hellblauen Augen. Er drückte Rimberti die Hand.

Er sprach mit deutlicher, jedoch eher heiserer Stimme: »Willkommen, Herr Doktor. Ich bin glücklich, einen Freund meiner Söhne begrüßen zu können.«

Er hatte eine nüchterne Art, und doch merkte Rimberti, dass die Worte von Herzen kamen. »Ich freue mich ebenfalls sehr, Eure Bekanntschaft zu machen. Eure Söhne haben mir von ihrem Vater erzählt, und ich bin schon gespannt, von Euren Geschäften und Plänen zu hören.«

»Zuerst wollen wir essen«, sagte der alte Garrelts, fasste freundschaftlich Rimbertis Arm und begleitete ihn in den Raum, in dem schon seine Frau und die beiden Brüder zu Tisch saßen. Es gab ein festliches Essen mit frischen Fischen, Geflügelfleisch, einer kräftigen Biersuppe und Rinderbraten. Man merkte dem alten Weert Garrelts an, wie überglücklich er über die Rückkehr seiner Söhne war. Er erzählte von den Unternehmungen, in die seine Söhne mit einsteigen würden, vom florierenden Handel mit England und Bremen, von den Handelsverbindungen, die man nach Süden hin weiter ausbauen wolle, von den Plänen in Leer und Aurich. Rimberti gefiel die etwas herbe Art des Alten, der immer ein bisschen reserviert erschien, aber offensichtlich Kaufmann aus Leidenschaft war.

Plötzlich hörten sie Stimmen vom Hausflur her, und die Dienstmagd trat ein: »Der Herr Pfarrer Stevens ist da und wünscht Euch dringend zu sprechen.«

Kaum hatte sie das ausgesprochen, da schob sich ein auffallend großer, ernst dreinsehender Mann an ihr vorbei. »Verzeiht die Störung«, sagte er, »aber es ist etwas Schreckliches passiert, und wenn Ihr der Kanzler Rimberti seid, dann muss ich Euch dringend etwas mitteilen.«

Inzwischen hatten sich alle von ihren Plätzen erhoben und Weert Garrelts wies auf einen der beiden freien Plätze am Tisch:

»Tut uns die Ehre an und setzt Euch. Lisa, hol einen Teller und einen Becher für den Herrn Pfarrer.«

Der wollte erst ablehnen und zögerte einen Augenblick. Aber er sah schnell ein, dass eine Weigerung mehr Diskussion und Aufwand gebracht hätte, und so nickte er.

Rimberti reichte ihm die Hand. »Ich bin Lübbert Rimberti und Euren Namen habe ich schon gehört ...«

»Von Adriaan de Beer nehme ich an«, fiel ihm Stevens ins Wort, »genau um den geht es. Er ist vor etwa einer Stunde verhaftet worden, und seine Rieke weint sich bei mir im Pfarrhaus die Augen aus. Er hat ihr nur noch Euren und meinen Namen zugerufen und sie gebeten, sich an uns zu wenden.«

Weert Garrelts gab seinen Söhnen ein Zeichen: »Wir lassen Euch einen Augenblick allein, damit Ihr die Sache ungestört bereden könnt.«

»Bitte bleibt«, bat Rimberti sie, »wir sind unter Freunden, und das geht uns alle an, Eure Söhne wissen gerade so viel von der Sache wie ich auch.«

Lisa stellte einen Becher mit verdünntem Bier und einen gut gefüllten Teller vor Stevens auf den Tisch. Er trank einen Schluck und sprach weiter. »Adriaan ist von Ennos Männern verhaftet worden. Angeführt wurden sie von einem gewissen Holthuis, einem aufgeblasenen Trottel.«

Stevens zögerte. Fremde mussten eine solche Ausdrucksweise im Munde eines Geistlichen unpassend finden. Aber als er in ihren Blicken sah, dass sie das nicht so empfanden, sondern konzentriert zuhörten, sprach er weiter.

»Ihr scheint ihn zu kennen. Adriaan wird beschuldigt, den entlaufenen Mönch Alwin erschlagen zu haben, weil der von seiner Liebschaft wusste. Und außerdem beschuldigt Holthuis Adriaan, er hätte die Klosterschätze beiseite geschafft, um mit Rieke und dem Gold zu verschwinden. Wie kann Graf Enno so töricht sein, auf die Verdächtigungen eines solchen Menschen hereinzufallen?«

Rimberti antwortete rasch: »Ich glaube, Enno weiß sehr genau, was er tut. Und er weiß vermutlich auch, dass Adriaan genau so unschuldig ist wie Ihr und ich. Vermutlich ahnt er, dass wir mehr von der Sache wissen, und er will uns zwingen, den Fall schnell aufzuklären, damit er an seine Kirchenschätze kommt. Glücklicherweise war unser Gastgeber so freundlich, einen seiner Boten nach Leer zu schicken, um eine wichtige Sache zu klären. Ich hoffe, er wird morgen Abend oder übermorgen Mittag wieder zurück sein, und dann werden wir etwas gegen Holthuis in der Hand haben.«

Stevens nahm noch einen Schluck. »Gut! Mir liegt daran, dass Adriaan von jedem Verdacht freigesprochen wird. Er ist ein manchmal großer Junge, der etwas ungeschickt ist, aber er würde nie einem Menschen etwas antun. Dafür verbürge ich mich. Und ich möchte nicht, dass er um seinen guten Ruf gebracht wird. Damit würde er auch die Aussicht auf die Pfarrstelle in Kolkebörg verlieren. Versprecht mir, dass Ihr ihm helft. Darum bitte ich Euch.«

Rimberti beruhigte ihn: »Wir werden ihn nicht im Stich lassen. Er hat sich mir anvertraut und mir alles erzählt. Verlasst Euch auf uns.«

Das klang etwas vollmundiger, als Rimberti zumute war. Stevens nickte ihnen ruckartig zu »Gut! Mit Gottes Hilfe wird die Wahrheit ans Licht kommen.« Für einen Augenblick schloss er die Augen, stumm bewegten sich seine Lippen. Dann bekreuzigte er sich, blickte auf und zog den gefüllten Teller näher zu sich heran. Mit einem erleichterten Lächeln sagte er: »Und jetzt wird gegessen.«

Rimberti und Fockena erkannten den in sich zusammengesunkenen Adriaan fast nicht wieder. Es hatte niemand Hand an ihn gelegt, aber der Mann war dank seiner unglücklichen Lage so verzweifelt, dass er, obwohl erst einen halben Tag eingesperrt, fast wie ein Gespenst seiner selbst aussah,. Rimberti hatte den Brief des Grafen vorgelegt, und Ulfert Fockena war den Wachsoldaten gegenüber so herrisch aufgetreten, dass es gar nicht zur Debatte stand, ob die beiden den Gefangenen sprechen dürften. Immerhin hatte Ulfert eine hohe Position beim Grafen inne. Die war zwar nicht genau festgelegt, aber gerade in diesem Ungewissen lag der Spielraum, den Ulfert Fockena brauchte.

Adriaan sprach so leise und zaghaft, dass es fast wie ein Flüstern klang.

»Lauter, Mann«, donnerte ihm Fockena entgegen. »Wie sollen wir Euch helfen, wenn wir Euer Mäusepiepsen noch nicht einmal verstehen können. Ihr habt gute Freunde und Fürsprecher. Es gibt keinen Grund, den Kopf hängen zu lassen. Also, was ist passiert?«

Adriaan gewann langsam seine Fassung zurück. »Ich bin über Nacht in Stevens Haus in Norden geblieben. Heute Morgen war ich bei Rieke, die seit vorgestern hier bei ihren Verwandten lebt. Ich hatte mit ihr und mit ihren Angehörigen noch einiges zu bereden. Da klopft es, und Holthuis steht mit zwei Soldaten vor der Tür! Vor den Augen von Rieke und ihrer Familie hat er mich verhaftet. Er deutete an, dass man mich verdächtige, Alwin erschlagen und den Schatz des Klosters an mich genommen zu haben. Ich habe ihm gegenüber beteuert, dass ich unschuldig bin. Er hat mich nur ausgelacht und mich wie einen gemeinen Verbrecher abführen lassen.«

»Und wo ist Holthuis jetzt?«, fragte Fockena mit scharfer Stimme in Richtung der beiden Soldaten, die neben der Tür auf zwei kleinen Holzschemeln saßen und das Gespräch nur mit mäßigem Interesse verfolgten. Sie zuckten zusammen und einer von beiden antwortete: »Der Herr Offizier ist gleich nach der Verhaftung wieder nach Greetsiel geritten. Er wird morgen Mittag wieder hier sein.«

»Das scheint mir sehr verdächtig«, brummte Fockena. »Auch wenn hier in Ostfriesland alles Kopf steht, weil an der Spitze kein Kopf steht.«

Die beiden Soldaten verstanden dieses Wortspiel natürlich nicht, aber Fockena selbst hielt es für sehr geistreich und witzig.

»Bruder Adriaan, man durfte Euch doch gar nicht verhaften. Offiziell seid Ihr Priestermönch. Ich weiß nicht, welcher Gerichtsbarkeit Ihr untersteht, aber juristisch gesehen ...«, Fockena wusste selbst nicht, wie er diesen Exkurs beenden sollte und warf Rimberti einen Hilfe suchenden Blick zu.

»Die rechtliche Situation ist unklar, weil die Stellung der Klöster im Land noch nicht geklärt ist. Aber es gibt genug altgläubige Familien im Land, die noch ihre schützende Hand über die Klöster halten. Ob aber ein Mönch, der eine Nonne heiraten und evangelischer Priester werden will, auch in den Genuss einer solchen Protektion kommt, das wage ich zu bezweifeln«, gab Rimberti zu bedenken.

Er vergewisserte sich, dass die Soldaten wieder in ihr eigenes Gespräch vertieft waren und sprach leise zu Fockena und

Adriaan. »Man setzt uns unter Druck, da man gemerkt hat, dass wir von der Sache einiges mehr mitbekommen haben, als einer gewissen Person lieb ist. Vielleicht befürchtet sie sogar, dass wir selber auf den Klosterschatz stoßen und ihn an uns nehmen könnten. So lange man davon überzeugt ist, dass wir an der Sache dran bleiben, wird Euch nichts geschehen, Bruder Adriaan. Stevens wird beim Grafen ein gutes Wort für Euch einlegen, und da er in Norden ein geachteter Mann ist und Enno die Unterstützung der Norder braucht, seid Ihr hier in Sicherheit und müsst keine Angst haben.«

Adriaan nickte nicht sehr überzeugt. Rimberti klopfte ihm freundschaftlich auf die Schulter. »Mir ist die Verbindung zwischen Alwin und Derk Holthuis noch nicht klar. Holthuis hat irgendwie seine Finger im Spiel und versucht, einen Sündenbock zu finden. Vielleicht hat er die Räuber geschickt, um Ibo und Renke zu überfallen, nachdem sie vorher Bruder Alwin ermordet und seinen Schatz versteckt haben. Was das für drei Strauchdiebe sind, werden wir bald erfahren. Garrelts' Vetter wird in Leer Erkundigungen einziehen, und der Drost wird ihn darin unterstützen. Da Holthuis nicht mehr in Leer ist und die Untersuchungen nicht stören kann, werden wir bald Genaueres wissen. Wir rechnen morgen mit einem Brief aus Leer.«

Fockena richtete sich abrupt auf und ging mit Riesenschritten zu den beiden Wachsoldaten, die erschrocken von ihren Schemeln hochfuhren. Er baute sich in seiner imponierenden Größe vor den zweien auf. »Ihr beide seid verantwortlich für ihn. Geschieht ihm etwas, dann sorge ich dafür, dass kein Mensch erfahren wird, was mit euch geschehen ist. In den Mooren geschieht ja so allerlei ... Wenn ihr ihn gut behandelt, bekommt ihr noch welche dazu.« Und er drückte jedem eine Münze in die Hand.

Sie verließen die beiden Wachleute und den inzwischen etwas beruhigten Adriaan und machten sich wieder auf den

Weg. Fockena hatte in einer anderen Sache noch eine Unterredung mit Graf Enno und war für den Nachmittag zu ihm bestellt worden.

Rimberti war inzwischen aus seinem Gasthof in das Haus Garrelts übergesiedelt, nachdem Weert Garrelts ihn dazu überreden konnte. Er wollte an diesem Nachmittag noch einmal Frau Gesas Schriftstücke durchsehen. Auch sonst wartete noch Geschäftliches auf ihn. Garrelts hatte ihm ein recht großes Zimmer zur Verfügung gestellt, in dem er an einem schweren Eichentisch sitzen und arbeiten konnte. Dennoch hatte er das Gefühl, er müsse seine Erlebnisse und Gedanken erst einmal für sich selber ordnen. Nachdem er den Knecht des Hauses gebeten hatte, einen Krug Wein und einen Korb mit Brot und kaltem Braten zu Adriaan und den beiden Wachleuten zu bringen, zog er sich zurück.

In seinem Zimmer angekommen, überfiel ihn die Müdigkeit, er legte sich auf sein Bett. Obwohl es ein heller und sonniger Nachmittag war, schlief er sofort ein.

Im Traum sah er sich in einer riesigen Kirche auf der Kanzel stehen. Unten standen viele Menschen, unter ihnen Enno und Holthuis, Eggerik Benninga und Synellius, Gesa und ihre Magd, Äbtissin Meta Hallenga und Bruder Adriaan, Heddo Kankena und die Familie Garrelts. Hilflos blätterte Rimberti in seinem Lektionar, um das Evangelium des Tages zu finden, aber auf jeder neu aufgeschlagenen Seite verschwanden die Buchstaben, sie verkleinerten sich, machten sich unleserlich und einige liefen sogar davon. Bald lösten sich die einzelnen Blätter aus dem Buch, und der Wind wirbelte sie durch die Kirche. Rimberti drängelte sich durch die Menschenmenge und versuchte, die Blätter wieder einzusammeln. Er kroch auf dem Boden herum und da sah er plötzlich das Blatt, das ihm fehlte. Bevor er es aufheben und an sich nehmen konnte, stemmte sich ein Fuß in einem eleganten Stiefel darauf. Er sah hinauf und blickte in

Holthuis' hochmütiges Gesicht. Er erhob sich vom Boden und trat mit aller Kraft Holthuis auf den Fuß, sodass der vor Schmerzen aufschrie und den Fuß schnell wegzog. Mit einem Mal wusste Rimberti, dass er sich in einem Traum befand. Er begann, sich zu schütteln und zu wälzen, bis er schließlich aufwachte. Als er sich aufrecht auf sein Bett gesetzt hatte, wurde ihm klar, was zu tun sei.

24

Redenius Ulbrandi wartete ungeduldig auf seinen Schreiber. Hoffentlich war Eilert Hobben nicht wieder in einer Schänke versackt. Vielleicht hatte man ihn ja auch endlich beim Falschspielen erwischt. Aber nach der Lektion, die ihm vor ein paar Tagen erteilt worden war, ließ er hoffentlich für eine Weile die Finger von den Spielkarten. Auch wenn er mit Hobben nicht immer zufrieden war, so war dieser doch der Mann, den Ulbrandi für viele Aufträge einsetzen konnte, vor denen andere sicherlich zurückschrecken würden.

Ulbrandi hörte, wie die Haustür geöffnet und geschlossen wurde und kurz darauf näherten sich Eilert Hobbens vertraute, schlurfende Schritte. Diesmal hörten sie sich etwas anders, etwas schneller an. Hobben klopfte und wartete Ulbrandis Erlaubnis gar nicht ab. »Er ist wieder da. Ich meine den Doktor, den Gesas Neffe geschickt hat.« Hobben holte erst einmal Luft. Er wischte sich den Schweiß von der Stirn. Für seine Verhältnisse musste er ungewöhnlich schnell gelaufen sein.

Ulbrandi raffte seine Unterlagen zusammen. »Ich werde jetzt gleich bei Frau Gesa vorsprechen, und du gehst zu Notar Ufen. Und sieh zu, ob du einen Mönchspriester als Zeugen bekommen kannst. Wir müssen jetzt handeln. Wer weiß, ob die Alte sich nicht doch wieder erweichen lässt, wenn Rimberti ihr von ihrem Neffen erzählt. Morgen muss der Vertrag aufgesetzt und unterschrieben werden, und ich werde die Sache jetzt gleich mit ihr bereden, damit wir morgen keine unangenehmen Überraschungen erleben.«

Unterwegs ging er die Sache noch einmal in Gedanken durch. Im Vertrag würde ihm das Erbe von Frau Gesa übertragen werden. Dafür verpflichtete er sich, Frau Gesa in ihrem Haus wohnen und versorgen und pflegen zu lassen oder sie – falls sie das wünschte – bei sich zu Hause aufzunehmen.

So hatte er es in den letzten Jahren ein paarmal gemacht. Die Alten hatten es gut bei ihm gehabt, sie waren durch seine Dienstboten mit allem versorgt worden und hatten eine schöne letzte Lebenszeit. Er hütete sich, irgendetwas daran fehlen zu lassen. Vermutlich hätten einige von ihnen bei den eigenen Angehörigen kein besseres Los gehabt. Und die alte Jabine hatte schließlich fast drei Jahre lang in seinem Haus gelebt, bis sie sanft eingeschlafen war. Drei Jahre waren schon etwas lang, aber immerhin war Ulbrandi so in den Besitz zweier Stadthäuser in Norden und einer Landstelle in Blandorf gekommen. Und außerdem war so jeder Verdacht beseitigt worden, er würde das Ableben seiner Schützlinge irgendwie beschleunigen. Als die in Braunschweig lebenden Verwandten ein halbes Jahr später vom Tod ihrer Angehörigen erfuhren und in Erwartung einer guten Erbschaft nach Norden gereist kamen, war schon längst alles unter Dach und Fach, und sie hatten das Nachsehen.

Bei Gesa war die Sache schon etwas heikler, da ihr Neffe immerhin Graf eines kleinen Ländchens war und sie einige gute Freunde hatte, die auf sie aufpassten. Aber da er sich durch einen günstigen Zufall in ihr Zuhause und auch in ihr Vertrauen einschleichen konnte, schaffte er es, sie während der Krankheitszeit von diesen Freunden zu isolieren und ihr gleichzeitig einzureden, dass diese sie wohl vergessen oder Besseres zu tun hätten, als sich um eine alte Frau zu kümmern. Und bei der kranken und sich einsam fühlenden Frau, war seine Saat des

Misstrauens auf guten Boden gefallen.

Eigentlich wollte er sich behutsamer an sein Ziel heranarbeiten, um nicht selber Gesas Misstrauen zu wecken, aber ihr Gesundheitszustand und vor allem Rimbertis Eintreffen machten die Sache eilig. Und er wusste auch nicht, wie lange noch auf Meike Verlass bliebe. Sie hatte das Spiel ja zunächst bereitwillig mitgemacht, obwohl sie eigentlich hätte wissen müssen, dass Kea unschuldig war. Ulbrandi hatte die Anschuldigung im Verborgenen gehalten, damit sie nicht polizeilich untersucht würde und er hatte Kea gegenüber so getan, als glaube er an ihre Unschuld und sie müsse nur aus Rücksicht auf die misstrauische Frau Gesa ihre Stellung aufgeben und das Haus verlassen. Er hatte ihr sogar eine neue Arbeit besorgt, um sie sicher aus Gesas Haus zu haben und um dafür zu sorgen, dass auch sie alles auf sich beruhen ließ. Aber nun beschlich ihn doch die Sorge, dass sein gut konstruierter Plan in Gefahr geraten könne.

Ulbrandi war inzwischen am Haus von Frau Gesa angelangt und klopfte. Meike öffnete ihm die Tür. »Ist sie wach?«, fragte er sofort, ohne ein Wort der Begrüßung.

Meike war überrascht, ihn zu sehen. »Ich dachte, Ihr wolltet erst morgen kommen?«

»Morgen komme ich mit dem Notar, aber vorher will ich alles mit ihr durchgehen. Wir müssen die Sache zum Abschluss bringen, das ist besser für mich und erst recht für dich. Also, kann ich zu ihr?« Meike nickte und begleitete ihn nach oben.

Gesas Zimmer war wie immer abgedunkelt, und so nahm Meike eine Kerze mit und klopfte leise an die Tür. Sie hörte Gesas schwache Antwort und beide traten ein.

»Der Herr Magister Ulbrandi ist hier und möchte Euch besuchen«, sagte Meike.

»Er soll kommen«, antwortete Gesa mit zittriger Stimme. »Mein lieber Ulbrandi, dass Ihr Euch soviel Zeit nehmt für eine kranke, alte Frau.«

»Aber meine gnädigste und teuerste Freundin«, versetzte

Redenius Ulbrandi, und legte so viel Schmelz in seine Stimme, wie er nur konnte. »Wir beide wissen doch, was wir einander bedeuteten.« Ulbrandi machte Meike ein Zeichen, dass sie verschwinden solle, was diese mit beleidigtem Gesicht auch sofort tat. »Und wir wissen auch, liebe Frau Gesa, wie tief unsere Freundschaft geworden ist. Aber ich mache mir doch Sorgen um die Machenschaften Eures Neffen, der seine Helfer zu Euch geschickt hat. Ich möchte Euch vor ihnen schützen, und ich möchte Euch noch einmal vorlesen, was wir in den letzten Wochen miteinander beredet haben und was Euer Herzenswunsch ist, damit nicht andere sich in Euer Leben einmischen können. Morgen kann der Notar schon kommen. Da es um mich geht, kann ich es ja nicht selbst beurkunden und da dachte ich ...«

»Morgen?«, fragte Gesa zurück. »Was ist morgen für ein Tag?«

Ulbrandi stockte für einen Moment. »Ähem, morgen ist Sonntag.« In diesem Moment ärgerte er sich über sich selber, weil er erst jetzt daran dachte und dazu der Alten auch noch die Wahrheit gesagt hatte.

»Dann bestellt den guten Mann für den Montag«, sagte Gesa wie mit letzter Kraft. Das Sprechen schien ihr schwer zu fallen. Ulbrandi stand auf und verbeugte sich. »Ich will nicht länger Eure kostbare Zeit in Anspruch nehmen.« Gesa sah ihn bittend an. »Nein, bitte bleibt. Lest mir alles noch einmal vor. Ich weiß, dass Ihr nur um mein Bestes bemüht seid.«

Redenius Ulbrandi musste daran denken, dass Gesa nicht wissen konnte, wie sehr sie mit dieser Feststellung Recht hatte.

25

Weert Garrelts war mit seinen beiden Söhnen im Norder Hafen und zeigte ihnen stolz das neue Schiff, das er vor einem halben Jahr gekauft hatte. Es war vor wenigen Tagen aus England zurückgekommen. Es hatte Speck, Getreide und Wein nach England gebracht und war mit großen Mengen Tuch und Obst zurückgekehrt. In wenigen Tagen würde es Käse und Butter nach Bremen bringen und hoffentlich mit einer günstig erworbenen Ladung Bier zurückkommen.

Die Geschäfte gingen gut, und wenn es so weiterging, würde man in ein paar Jahren vielleicht sogar an ein drittes Schiff für den Küstenhandel denken können. Aber in diesen Zeiten änderte sich viel, und Weert Garrelts ahnte, dass dann vielleicht Türen offen standen, von deren Existenz er zur Zeit noch gar nicht wusste. Er hatte seinen Söhnen in den vergangenen Tagen immer interessiert zugehört und war zufrieden mit dem Ergebnis der Jahre in Bremen: Aus den beiden Jungs waren tüchtige Männer geworden, auf die er stolz war.

Mit Interesse hatte er auch Ibos Ausführungen gelauscht. Sie hatten ihm die Sorge um den Sohn genommen. Er würde seine Übersetzungen und Bücher schreiben und dennoch mit beiden Beinen auf Gottes Erdboden stehen. Auch wenn Weert Garrelts selber sich nur mäßig für andere Bücher als Geschäftsbücher und neuerdings auch für Luthers Bibelübersetzung interessierte, so respektierte er Ibos Neigungen, weil er glaubte, dass sein Sohn ernsthaft dahinter stand und auch die Arbeit mit geschriebenen Texten eine harte und gewissenhafte Arbeit war.

Wenn er einmal nicht mehr in der Lage war, das Geschäft zu führen, konnte er es guten Gewissens Renke und Ibo anvertrauen. Und Weert Garrelts beschloss, schon jetzt damit zu beginnen. Zufrieden sah er auf die Schiffe im geräumigen Norder Hafenbecken. Er hatte allen Grund, stolz und dankbar zu sein, und das war er auch.

Diese Mordsache, die Ibo und Renke für den Grafen aufklären sollten, kam ihm merkwürdig vor. Aber er war der Meinung, dass die beiden und ihre Freunde ihre bisherigen Erkundigungen mit Sachverstand und der für den Kaufmannsberuf nötigen guten Menschenkenntnis durchgeführt hatten. Er war in seinen Handelsgeschäften an vielen Stellen auf das Wohlwollen des Grafen angewiesen. Er wusste, wie wichtig es war, sich mit Enno gut zu stellen und ihm den Gefallen zu erweisen.

»He, Tjark und Wilko, seid vorsichtiger mit den Obstfässern. Wenn eins zu Bruch geht, könnt ihr alles einzeln aus dem Hafenbecken fischen!«, rief er den beiden jungen Schauerleuten zu, die ihre Fässer etwas zu schwungvoll ausluden und ihre Kräfte messen wollten. Er schüttelte mit dem Kopf und schmunzelte. Dann ging er wieder zu seinen Söhnen.

Graf Enno nahm die Ratschläge Fockenas manchmal sehr ernst. Fockena wiederum verstand es, ihm gegenüber die Rolle eines onkelhaften Freundes einzunehmen, der Graf Enno als Dienstherrn respektierte, aber der ihm nicht zu sehr schmeichelte. Und in lichten Momenten fühlte sich Enno von ihm durch diese Behandlung ernster genommen, als durch die Untertänigkeit anderer Gefolgsleute bei Hof.

Fockena war als Offizier und inoffizieller Ratgeber von Enno mit besonderen Vollmachten zur Lösung dieses Falles ausgestattet. Fockena hatte geschickt angedeutet, der Schatz könnte außer Landes gebracht werden und es bestünde die Gefahr einer Verschwörung – er hatte dies aber so vage angedeutet, dass Enno *selbst* diese Gefahren zu erkennen glaubte und Fockena nicht in die peinliche Situation geriet, einen konkreten Verdacht aussprechen und später wieder zurücknehmen zu müssen.

Enno teilte ihm mit, dass er morgen nach Dornum abreisen und in etwa drei Tagen zurück sein würde. Dann hoffe er, dass man ihm den Mörder Alwins und natürlich auch die kostbaren Gerätschaften aus dem Kloster Bendiktshusen übergeben werde. Er ließ für Fockena schriftliche Vollmachten ausstellen, die ihm weitgehende Befugnisse und Befehlsgewalten zusprachen.

»Für den Fall, dass rasches Handeln erforderlich ist«, belehrte ihn Graf Enno. ›Worauf du dich verlassen kannst!‹, ergänzte Fockena in Gedanken.

Lübbert Rimberti schrieb eine Reihe von Briefen. Einige waren an diejenigen gerichtet, mit denen er sich im Auftrage des Grafen von Kringenberg in den nächsten Tagen treffen wollte. Die anderen hatten mit der Lösung der beiden Probleme zu tun: Der tote Alwin und die alte Gesa.

Als er die Briefe verschlossen und einem Boten gegeben hatte, den Weert Garrelts ihm zur Verfügung gestellt hatte, musste er an die herumwirbelnden Buchseiten in seinem Traum denken. Nun schickte er seine Blätter auf die Reise und hoffte, dass er sie alle auch wieder einsammeln und so am Ende das Richtige finden würde.

An diesem Tage ereignete sich nicht mehr viel. Die Garrelts-Brüder kehrten mit ihrem Vater von der Besichtigung der Schiffe und der Lagerhäuser zurück, und die Freunde hielten Kriegsrat, um die Ergebnisse des Tages zu werten.

»Der Brief von Vetter Behrend wird sicher morgen eintreffen. Hoffentlich hat er etwas über die drei Raufbolde herausgefunden«, eröffnete Renke Garrelts das Gespräch. »Holthuis wird morgen in Norden eintreffen, dann können wir ihn in die Mangel nehmen, aber vielleicht macht Ihr das besser, denn uns kennt er ja schon«, wandte er sich an Ulfert Fockena.

»Es wird mir ein Vergnügen sein!«, freute sich Fockena. »Mit der Abreise des Grafen werde ich hier in Norden sozusagen die höchste gräfliche Autorität sein, und dann nehmen wir uns diesen Burschen einmal vor.«

»Ich weiß nicht, ob wir bei ihm etwas erreichen, er genießt Ennos Schutz und hat mächtige Freunde.«

»Ja«, widersprach Fockena, »aber noch lieber als die Freundschaft von Holthuis werden Enno die goldenen und silbernen Freundchen aus Bendiktshusen sein, und damit können wir ihn in die Zange nehmen. Überlasst das nur mir.« Man merkte ihm an, dass sich in ihm durch Adriaans Festnahme ein enormer Zorn gegen diesen Mann aufgestaut hatte.

Rimberti fühlte den unglücklichen Blick von Grütering.

»Dann ist da noch die Sache mit Frau Gesa. Ich habe mir die Freiheit genommen, zwei Briefe zu schreiben, und mit Glück werden wir morgen interessante Besucher haben. Mehr verrate ich noch nicht«

Fockena polterte los: »Am besten, wir lassen diesen Winkeladvokaten festnehmen und seinen Helfer gleich dazu. Man munkelt, dass auch Holthuis und Ulbrandi gewisse Verbindungen zueinander haben.«

»Wir haben noch nichts in der Hand. Frau Gesa hat sich diesem Mann anvertraut, und er wird gerissen genug sein, den äußeren Anschein der Rechtmäßigkeit zu wahren. Ich habe da eine andere Idee. Aber dazu brauche ich Hilfe, und die wird hoffentlich morgen Nachmittag eintreffen,« antwortete Rimberti geheimnisvoll.

»An das Einfachste haben wir natürlich nicht gedacht!«, polterte Fockena weiter. »Wo ist denn nun eigentlich der Klosterschatz? Enno wird ihn nicht haben, denn sonst hätte er nicht so viel Aufhebens um den Erschlagenen gemacht. Und die drei Halunken aus Leer können ihn eigentlich auch nicht haben, denn sonst hätten sie sich inzwischen damit abgesetzt; sie haben stattdessen sogar eine Verhaftung riskiert?«

»Vielleicht hat Holthuis ihn«, vermutete Renke weiter, »er hat die drei gegen Herausgabe des Schatzes freigelassen und liefert Adriaan als Mörder aus. Oder die drei haben in Holthuis Auftrag Alwin überfallen und ihm die Schätze abgenommen. Aber, ob er die kostbare Fracht alleine abtransportiert hat? Und dem Grafen wird er erzählen, dass ...«, er zögerte, »ja – wo ist der Schatz eigentlich? Ich glaube, wir müssen doch noch einmal nach Bendiktshusen. Mit diesem Abt muss auch noch ein klares Wort gesprochen werden.«

»Vielleicht sehen wir uns noch einmal die Stelle an, wo der

Tote gefunden wurde«, schlug Ibo vor. »Alwin kann den Schatz nicht alleine transportiert haben, und mit ein paar Kisten oder Säcken voller Gold- und Silbergeräten reist man nicht so einfach durchs Land. Vielleicht gibt es ganz in der Nähe des Fundortes ein Versteck?«

»Ein guter Vorschlag«, murmelte Fockena, »hätte glatt von mir kommen können.«

»Ist er aber nicht.« Ibo grinste ihn freundlich an.

26

Am nächsten Morgen machte sich eine seltsame Gruppe auf den Weg. Die zwei Soldaten Graf Ennos und zwei von Fockenas Männern ritten hinten, Rimberti war in ein Gespräch mit Renke Garrelts vertieft, Fockena ritt mit Grütering und Ibo Garrelts vorneweg und unterhielt diese mit Geschichten aus seinem abenteuerlichen Leben. In Marienhafe machten sie Rast und nahmen an einer Messe teil, die nach alter Form gefeiert wurde, aber bei der doch eine ausführliche Predigt, sowie Gebete und Lesungen in deutscher Sprache gehalten wurden.

Sie erkundigten sich nach einem Mann, der hier in der Gegend gut Bescheid wüsste, und bekamen einen hoch aufgeschossenen jungen Mann empfohlen, der mit ihnen ritt und sehr stolz war, eine so erlesene Gesellschaft begleiten zu dürfen. Tilko Wieben war der Sohn eines Sattlers und Lederhandwerkers und war in Uthwerdum, dem Dorf in der Nähe des Tatortes groß geworden. Natürlich hatte er von dem Toten gehört und fragte Grütering Löcher in den Bauch. Grütering war froh, auch einmal seine Erlebnisse und Beobachtungen zum Besten geben zu können.

Als sie an der bewussten Stelle am Moorrand ankamen, deutete natürlich nichts mehr auf das schreckliche Verbrechen hin, das dort vor einigen Tagen passiert war. Fockena übernahm das

Kommando und teilte allen bestimmte Aufgaben zu. Grütering, Ibo und seine Leute sollten in den umliegenden Häusern, Hütten und Gehöften vorsprechen und die Bewohner fragen, ob sie etwas Ungewöhnliches gesehen hätten und er selber wollte mit Rimberti und Renke Garrelts unter Führung von Tilko los, um sich die Gegend genauer anzusehen.

Die Soldaten, die Enno ihm mitgegeben hatte, schienen Fockena für solch anspruchsvolle Aufgaben nicht geeignet zu sein, und er wollte auch nicht, dass sie ihre Entdeckungen an Enno weiterleiteten. So bekamen sie die ehrenvolle Aufgabe, bei den Pferden aufzupassen. Erleichtert ließen die beiden sich im Gras nieder und freuten sich auf ein kleines Nickerchen.

Während Fockena, Renke und Rimberti mit Tilko suchend umherstreiften und die drei anderen sich zu den etwas entfernter liegenden Häusern aufmachten, ging Grütering auf eine kleine Behausung zu, von der aus man den besten Überblick über die Gegend hatte. Eine junge Frau mit lustigen Augen öffnete ihm und lud ihn ein, Platz zu nehmen.

»Mein Mann arbeitet im Dorf, er kommt erst gegen Abend zurück, aber wenn ich Euch helfen kann, dann fragt mich, was Ihr wissen wollt.« Sie stellte einen Becher mit Apfelmost vor ihn hin, und Grütering berichtete kurz von seinem Anliegen. Zwischendurch sah die Frau immer nach ihren beiden kleinen Kindern, die auf dem Boden spielten.

»Nein, ich habe nichts gesehen. Ich habe auch wenig Zeit, aus dem Fenster zu schauen. Wir haben ein bisschen Land hinter dem Haus, und tagsüber arbeite ich meistens dort, oder ich bin hier im Haus mit den beiden Jungs und unserer kleinen Frauke. Sie sah in einen abgetrennten Teil der Stube, in dem ein kleines Kind schlief.

»Wie alt ist sie?«, fragte Grütering neugierig.

»Vier Monate, aber sie ist ein so ruhiges Kind, dass ich nicht viel mit ihr zu tun habe. Ganz anders als die beiden hier.« Sie lachte, denn die kleinen Burschen stritten sich laut um einen Stofflappen, der ihnen als Spielzeug diente. Sie nahm ihnen das Stück weg. »Am besten, ich teile es in zwei Stücke, dann gibt es keinen Streit.«

Grütering sah genauer hin. Es war schwarzes Tuch mit einem dunklen Fleck. Erst jetzt betrachtete auch die Frau das Stück.

»Darf ich das mal haben?«, fragte Grütering. Die Frau nickte und reichte es ihm. Die Ränder waren eingerissen und an einer Seite verkohlt. Grütering glaubte, einen Blutfleck zu erkennen. »Wo hast du das her?«

Die Frau zuckte ahnungslos mit den Schultern. »Ich weiß nicht, es gehört nicht uns. Die Kinder haben es irgendwo gefunden. Woher habt ihr das?«, fragte sie die beiden: »Okko und Jan, wo habt ihr das gefunden?«

Der Ältere, der fünf oder sechs Jahre alt sein mochte, stellte sich aufrecht hin und sah Grütering an. »Wir waren gestern mit Papa in der Einsiedelei. Und da haben wir es gefunden und mitgenommen. Machst du uns eine Puppe daraus?«

»Könnt ihr mir das mitgeben?«, fragte Grütering die Kinder. »Es ist sehr wichtig, und ihr helft mir sehr damit. Ich bringe euch dafür auch beim nächsten Mal etwas Schönes mit.«

Die beiden Jungen nickten und guckten ihn mit großen Augen an.

»Wo ist die Einsiedelei?«, fragte er die junge Frau.

»Das ist eine kleine Kapelle mit einer Hütte ein Stückchen weiter in Richtung Moor. Früher hat dort immer ein Mönch gelebt. Aber nachdem der gestorben war, verfiel alles. Nur sehr selten kommt jemand dort hin. Mein Mann war gestern mit den Kindern da, um sie ihnen zu zeigen.«

»Vielleicht hast du mir mehr geholfen, als du ahnst«, strahlte Grütering vor Freude, »und das soll für dich und deine Familie kein Schaden sein. Ich muss sofort zu den anderen.«

Grütering stolperte fast, als er rückwärts zu der kleinen Tür ging. Er drehte sich noch einmal zu ihr um und sagte: »Ich muss dringend ...« und stieß sich den Kopf am niedrigen Türbalken. Die Frau lachte herzhaft über den liebenswürdigen und etwas tölpelhaften jungen Mann und sah hinter ihm her, wie er den ausgetretenen Weg zurücklief.

Fockena und die anderen waren noch unterwegs, Ibo hatte kein Glück bei seinen Befragungen gehabt. Auch einer von Fockenas Männern war schon ergebnislos zurückgekehrt.

Gerrit Ahlrichs, ein kleiner, sehr beleibter, pfiffiger Mann war noch nicht wieder da. Er war dafür bekannt, dass er sehr geschickt im Umgang mit Menschen war und so ziemlich jeden auf seine Art zu nehmen wusste. Nach einer guten halben Stunde kam er fröhlich grinsend zurück, in der Hand eine Mettwurst, mit der er den anderen zuwinkte.

Grütering lachte und wies auf die Wurst, die Ahlrichs wie eine Siegestrophäe schwenkte. »Ich hoffe, du hast noch ein bisschen mehr mitgebracht, obwohl das für den Anfang sicher nicht schlecht ist.«

Ahlrichs grinste und setzte sich ins Gras. Mit seinem Messer schnitt er für jeden ein dickes Stück ab.

»So, nun stärkt Euch erst mal, denn ich weiß jetzt, was passiert ist. In der kleinen Hütte dahinten«, er wies auf einen kleinen hellen Fleck, den man gerade noch durch die Büsche erkennen konnte, »wohnt der alte Klaassen. Ein freundlicher, alter Mann, der bei seiner Nichte und deren Familie aufgenommen wurde.«

Man merkte Ahlrichs an, wie sehr er es genoss, im Mittelpunkt des Interesses zu stehen und ausführlich zu erzählen. »Wie für viele ältere Menschen ist es für ihn das Schönste, aus dem Fenster auf den Weg hinauszusehen. Trotz seines Alters kann er noch gut sehen. Dafür schläft er nachts schlecht.« Ahlrichs betonte die letzte Bemerkung mit einem langsamen Kopfnicken, als wollte er erläutern, dass zwischen der guten Sehkraft und der schlechten Nachtruhe ein Zusammenhang bestehe.

Er fuhr fort: »Er sitzt auch noch spät abends gern am Fenster seiner Kammer und guckt raus. So, und nun kommt's!«

Alrichs hob bedeutsam die Augenbrauen hoch. Er nickte noch einmal bestätigend den anderen zu und vergewisserte sich, dass ihm die ungetrübte Aufmerksamkeit aller galt. »An dem besagten Abend ...«, noch einmal machte er eine wirkungsvolle Pause, »sah er eine Gruppe von fünf Männern, die eine Art Karre schoben. Was darauf geladen war, konnte er nicht erkennen, weil es schon spät war. Er hat sich das gemerkt, weil es ungewöhnlich ist, das so spät noch Leute mit einer Karre unterwegs sind. So und nun kommt´s«.

Grütering unterbrach ihn ungeduldig: »Es sollte doch gerade schon kommen. Nun mach zu.«

»Ja«, sagte Ahlrichs gemächlich, »gerade ist ja auch schon was gekommen. Aber nun kommt noch was.« Und er grinste Grütering so verschmitzt an, dass der nun gar nichts mehr sagte.

»Also, nun kommt noch was: In dieser Nacht war Vollmond. Und bei Vollmond schläft Klaassen schlecht. Das gibt es ja öfter. Das hat mein Schwager auch. Er muss dann immer einen trinken, damit er gut schläft.«

Er bemerkte, dass die Männer langsam ungeduldig wurden, und so kehrte er zu seinem Thema zurück.

»Also, Klaassens sitzt in diesen Nächten dann auch immer am Fenster und geht so seinen Gedanken an frühere Zeiten und kommende Zeiten nach, und da ist ihm auf einmal so, als ob sich da was bewegt. Ihr müsst wissen, in dieser Nacht war ja Vollmond und es waren wenig Wolken am Himmel. Und da war ihm so, als ob da Leute mitten in der Nacht unterwegs waren. Zuerst dachte er ja, dass es Diebe waren, – aber es waren drei Männer, und sie hatten wieder eine Karre mit, und in dieser Karre lag ein Mann. Das konnte er gut erkennen, weil die Beine und Füße aus der Karre hingen. Die Männer gingen an seinem Haus vorbei die Straße weiter in Richtung Marienhafe. Er mochte das niemandem erzählen, weil der Mann seiner Nichte dann sicher sagen würde, er hätte schlecht geträumt. Aber da nun so eine ehrliche Haut wie *ich* zu ihm kommt und sich genau erkundigt, da bleibt ihm ja nix anderes übrig, als mir das alles ganz haarklein zu erzählen.«

Grütering rollte mit den Augen, obwohl auch er begriff, dass dieser Hinweis für sie wichtig wurde.

»So, nun bin ich fertig.« Zufrieden legte sich Ahlrichs ins Gras und genoss es, von den anderen bestaunt zu werden.

Grütering versuchte, das eben Gehörte mit dem Lumpenlappen zusammen zu bringen, den er den anderen ja noch nicht gezeigt hatte. Seine Gedanken drehten sich im Kreis. Der Tote war hier gefunden worden, wo sie lagerten. Aber das war eine Stelle, die der alte Klaassen von seinem Haus aus unmöglich sehen konnte. Also mussten die Männer noch einmal umgekehrt und unbemerkt an Klaassens Haus vorbeigegangen sein und den Toten hier hingelegt haben. Aber warum hatten sie ihn denn überhaupt in Richtung Marienhafe geschleppt? Vielleicht hatten sie sich unterwegs überlegt, dass es auch in der Nacht gefährlich sein könnte, mit einem Toten erwischt zu werden. Aber warum wollten sie den Toten überhaupt mitnehmen und wohin wollten sie ihn bringen, und warum haben sie ihn wieder hierher zurückgebracht. Und wieso sind nur drei mit dem Toten zurückgekehrt. Wenn der Vierte tot in der Karre lag, wohin ist der Fünfte gegangen. Wer war der Fünfte? War es vielleicht Holthuis?

Genau diese Überlegungen teilte er auch Rimberti und den anderen, die ohne Ergebnisse zurückgekommen waren, mit. Noch einmal hatten die Männer das Vergnügen, Ahlrichs Bericht zu hören, der unter Fockenas ungeduldigen Blicken etwas weniger ausführlich ausfiel. Und jetzt zeigte auch Grütering seinen seltsamen Fund.

Sogar Fockena grunzte anerkennend: »Gute Arbeit, mein

Junge. Jetzt müssen wir nur noch den Weg zur Einsiedelei finden.«

27

»Die Einsiedelei kenn ich!« rief Tilko laut. »Da sind wir oft als Kinder gewesen und haben gespielt. Ich kann Euch den Weg zeigen!«

Alle Männer drehten sich zu ihm um, und er wurde ganz verlegen, weil er für einen Moment wieder der kleine Junge geworden war, der mit seinen Spielgenossen durch den Wald und das Moor streift.

Fockena entschied: »Am besten, wir gehen sofort los. Wie weit entfernt ist sie?«

»Och«, antwortete Tilko etwas zurückhaltender, »ich schätze wir gehen weniger als eine halbe Stunde.«

»Wer passt auf die Pferde auf?«, fragte Fockena in Richtung der Männer. Diensteifrig erklärten sich die beiden Soldaten Ennos bereit, diesen Dienst zu übernehmen und im Gras liegen zu bleiben. Rimberti merkte die Erleichterung auf Ulfert Fockenas Gesicht, denn natürlich wollte man sie nicht dabei haben, wenn etwas gefunden würde. Tilko würde man sich unterwegs vornehmen, aber Rimberti hatte den Eindruck, dass dieser verständig genug war zu begreifen, dass geschwiegen werden musste.

Und so war es auch. Während die Gruppe auf einem kaum erkennbaren Trampelpfad durch den Wald ging, der immer wieder einen Bogen um moorige Stellen machte, nahmen Renke Garrelts und Lübbert Rimberti Tilko in ihre Mitte und erklärten ihm so viel, wie von der Sache zu wissen gut für ihn war. Zu viel Wissen würde den Jungen vielleicht belasten oder ängstigen. Doch nun hatte er das Gefühl, bei der Auffindung eines wertvollen Schatzes und eines Mörders behilflich zu sein. Und ungefähr so verhielt es sich ja auch schließlich.

Tilko erzählte ihnen von der Einsiedelei, und sie waren erstaunt, wie kundig er über einen so unbedeutenden Ort Auskunft geben konnte. Wann sie erstmals gebaut wurde, war in Vergessenheit geraten. Es musste in der Zeit nach der Entstehung der großen Kirchen gewesen sein. Sie bestand aus einem Häuschen und einer kleinen Kapelle. Mönche waren es, die ihr Kloster verließen, um allein an diesem Ort zu leben. Erst, wenn sie zu alt und zu schwach wurden, um sich selber zu versorgen, kehrten sie in ihr Kloster zurück. Zeitweise blieben die kleinen Gebäude auch unbewohnt, sodass jeder neue Insasse alles erst in Stand setzen musste. In seiner Kinderzeit war niemand in der Einsiedelei, aber Tilkos Vater hatte es noch erlebt, dass dort ein alter Mönch in selbstgewählter Einsamkeit hauste.

»Wir sind gleich da!«, kündigte Tilko laut an. »Da hinten fängt wieder das Moor an, und gleich hinter den Bäumen, die so dicht zusammenstehen, ist die Einsiedelei.«

Ein lautes Klopfen weckte Meike aus ihren Gedanken, ein Klopfen an der Haustür. Um diese Zeit schlief Frau Gesa meistens. Wer konnte das sein? Magister Redenius würde ja erst morgen erwartet, oder eilte die Zeit so sehr, dass er sich nicht an die Abmachung halten konnte?

Sie öffnete die Tür, und fast blieb ihr das Herz stehen. Draußen standen eine streng dreinblickende Nonne, ein würdiger großer Priester und zwischen ihnen – Kea.

Sie starrte die Fremden an und sie spürte, wie ihr Herz klopfte. Die drei schwiegen zunächst, bis die Nonne mit strenger, aber mütterlicher Stimme sagte: »Mein Kind, du wirst uns etwas zu sagen haben.«

Meike nickte und ließ sie ein. Tränen schossen ihr in die Augen. Sie führte sie in Gesas Stube, in der schon seit Monaten kein Mensch mehr gesessen hatte, die aber immer treu gelüftet und sauber gehalten worden war.

Die Besucher stellten sich als Meta Hallenga, Vorsteherin von Oldekamp, und Gerhard Synellius, Abt in Norden, vor. Beide hatte Meike noch nie gesehen, aber ihre Namen schon gehört und wusste, dass sie früher im Haus verkehrt hatten und mit Gesa befreundet gewesen waren.

Zu lange hatte sich in ihr angestaut, was jetzt heraus musste, und mit den Tränen kamen auch die Worte, und Meike erzählte ihre traurige Geschichte von Anfang an und beschönigte nichts und gab auch ihre Mitschuld an der Entlassung Keas zu. Obgleich sie damals nicht mit Sicherheit gewusst hatte, dass Kea unschuldig war, so hatte sie es doch geahnt, und nachdem sie es erfahren hatte, unternahm sie ja nichts, um die Sache in Ordnung zu bringen. Sie berichtete sogar davon, dass sie Kea oft vom Fenster aus beobachtet hatte, wenn diese am Haus vorbeiging.

»Verzeih mir, wenn du das kannst. Bitte!« Mit verheultem Gesicht sah sie Kea an, die sich alles schweigend angehört hatte.

Kea schien sich vorher schon überlegt zu haben, was sie auf diese Bitte antworten wollte. »Ich will dir vergeben, und Gott wird es auch tun, weil du wirklich bereust, was du getan hast. Aber du musst uns helfen, das Unglück von Frau Gesa abzuwenden.«

»Das will ich.« Meike schluchzte und beruhigte sich ein wenig.

Ausführlich erzählte sie den dreien von Gesas Zustand und auch davon, dass die alte Frau sich immer mehr in Krankheit, Einsamkeit und Misstrauen zurückgezogen hatte und dass Redenius Ulbrandi der Einzige sei, dem sie vertraue.

»Sie verschließt sich gegen alles«, sagte sie. »Wenn sie anders wäre, hätte ich es auch vielleicht gewagt, ihr etwas zu sagen.«

Meta Hallenga stand auf. »In jedes Schloss passt ein Schlüssel. Wollen mal sehen, ob nicht einer von uns diese Tür öffnen kann.«

Umgeben von Bäumen und Büschen duckten sich die kleinen Gebäude, die einmal die Einsiedelei gewesen waren. Die kleine Zelle war immerhin aus richtigen Steinen aufgemauert worden, genauso wie die winzige Kapelle daneben, in der gerade eine Handvoll Leute Platz hatten. Es waren Backsteine in unterschiedlicher Farbe und Größe, die sich der oder die Erbauer der beiden kleinen Häuschen sicher von verschiedenen Baustellen zusammengebettelt hatten. Ein Stück weiter hinten lagen die kümmerlichen Reste eines kleines Stalles, der aus Balken und Brettern errichtet worden war. Er musste schon vor langer Zeit zusammengebrochen sein. Von ihm war außer vermoderten Holzbrettern nichts mehr zu sehen.

Das Dach der Kapelle war eingefallen und die kleine Behausung für den Mönch hatte keine Türe mehr. Die Männer sahen sich schweigend um. Ein Ort, an dem in früheren Zeiten Menschen lebten, war immer etwas Geheimnisvolles. Rimberti gingen viele Gedanken durch den Kopf. Was mochten das für Leute gewesen sein? Was hatte sie bewogen, ein so einsames Leben zu führen? Hatten die Einsiedler in der Einsamkeit gefunden, was sie suchten? Der Letzte musste vor etwa vierzig Jahren hier gehaust haben. Alle Spuren, die er hinterlassen hatte, schienen verschwunden, und irgendwann würden die Gebäude so zerfallen, dass man außer einer Ansammlung von Steinen nichts mehr erkennen würde. Vielleicht würden auch Leute, die Steine brauchten, irgendwann die letzten Wände abreißen und sich die Steine mitnehmen.

Ibo ging als Erster hinein. Er bemerkte sofort, dass noch vor Kurzem jemand hier gewesen sein musste. Balken des eingestürzten Daches waren an den Wänden entlang so auf den Boden gelegt worden, dass sie eine Art Viereck bildeten. In der Mitte war eine Feuerstelle, die man sehr hastig mit Erde und

Zweigen bedeckt hatte – so ungeschickt, dass die Anhäufung von Ästen sofort vermuten ließ, dass darunter etwas versteckt worden war.

Ibo rief die anderen, und vorsichtig legten sie die Feuerstelle frei. Sie fanden verbrannte Stücke von Kleidern. Einiges war trotz Brandspuren noch fast unversehrt: ein dickes Hemd aus billigem, aber haltbarem Wollstoff, wie viele Männer es bei der Arbeit trugen. Sie fanden auch Reste einer Benediktinerkutte. Auf einem dieser Fetzen waren Blutflecken. Jemand hatte versucht, die Sachen zu verbrennen. Vermutlich hatte er nicht länger warten können und darum die Feuerstelle abgedeckt.

»Vielleicht hatten sie es eilig«, überlegte Fockena. »Sie wollten vor dem Morgengrauen alle Spuren beseitigt haben – einschließlich des Toten.«

»Wer sollte sie hier stören?«, fragte Ibo

»Sie hatten sicher Angst, dass jemand von der Straße oder vom Dorf aus den Feuerschein sieht.«

»Der Wald zur Dorfseite hin ist so ausgedünnt, da kann man bei klarem Wetter von hier aus die Kirche fast sehen«, meldete sich Tilko zu Wort.

Renke Garrelts fügte hinzu: »Auf jeden Fall konnten Sie nur ein kleines Feuer machen und haben es nach Einbruch der Dunkelheit gelöscht. Und sie haben die Karre und den Toten mitgenommen. So, und nun frage ich: warum haben Sie den Toten nicht hier liegen gelassen? Normalerweise kommt ja wohl nur sehr selten jemand hierher, und es war purer Zufall, dass der Mann mit seinen Kindern hier war. Vermutlich wollte er sich auch ein paar Steine oder so etwas holen. Ist ja auch nicht so wichtig. Warum nehmen die Räuber oder Mörder ihr Opfer mit, statt es zu verscharren. Und warum haben Sie den Toten nur so notdürftig versteckt, sodass er auf jeden Fall am nächsten oder übernächsten Tag gefunden werden musste?«

Ibo unterbrach ihn: »Das andere, das ich nicht verstehe, ist: Warum haben sie ihre Kleider verbrannt? Es scheinen ja mehrere Kleidungsstücke gewesen zu sein, die hier in Flammen aufgingen. Was haben sie vorher und hinterher getragen, und warum haben sie ihre Kleider gewechselt und verbrannt? Der alte Mann hat sicher nicht erkannt, was die Männer bei ihrem Rückweg anhatten.«

»Danach habe ich nicht gefragt, aber er hätte es mir sicher gesagt, wenn ihm etwas aufgefallen wäre oder wenn er mehr erkannt hätte«, erklärte Ahlrichs.

Ibo wandte sich den anderen Männern zu: »Hier muss noch mehr vergraben sein. Sucht die Gegend ab und achtet besonders auf Haufen von Ästen und Zweigen.

Sofort schwärmten alle Männer aus und suchten die Umgebung ab. Ibo nahm sich die kleine Kapelle vor. Der Boden war aus fest gestampftem Lehm. Er hätte sofort gemerkt, wenn sich hier jemand zu schaffen gemacht hätte. Keine Spur war zu sehen.

Tilko Wieben untersuchte die Reste des kleinen Stalles und sah hier, dass die Lage der morschen Bretter verändert worden war. Man konnte genau erkennen, dass die Bretter vorher anders aufeinandergelegen hatten, aber jemand hatte sie sorgfältig so zusammengelegt, dass man nach einigen Tagen kaum noch etwas davon bemerkt hätte.

Als zum Vorschein kam, was unter den Brettern versteckt lag, stand den Männern der Mund offen: Unter einem alten Sack hervor ragte der Fuß eines silbernen Kandelabers. Tilko hob den Fetzen vorsichtig an, und darunter kamen noch drei weitere schwere Leuchter aus Gold und Silber zum Vorschein, vier kostbare Abendmahlskelche, einige wertvoll gearbeitete und verzierte Abendmahlpatenen, etwa ein Dutzend kleinerer Leuchter, zwei Monstranzen, die so filigran gearbeitet waren, dass man sie extra mit der Korporale, einem weißen Tuch, umwickelt hatte, um sie zu schützen, sowie zwei Heiligenfiguren.

Ulfert Fockena war froh und erleichtert, dass er die beiden Vasallen des Grafen zurückgelassen hatte. Er wusste, dass auf seine Leute Verlass war. Er richtete den Blick auf Tilko: »Du musst mir versprechen, dass du keinem Menschen, noch nicht einmal deiner Familie oder deinem besten Freund auch nur ein Wörtchen von dem sagst, was wir hier gefunden haben. Ein guter Mann wird beschuldigt, diesen Mord begangen zu haben, und wir sind fest von seiner Unschuld überzeugt und wollen ihm helfen. Wenn die Nachricht von diesem Fund in falsche Ohren gerät, kann großes Unglück und Unrecht daraus entstehen. Wenn du dein Wort hältst, will ich dafür sorgen, dass du gut belohnt wirst. Aber wenn ...«

Tilko fiel ihm ins Wort: »Herr Ulfert, ich bin genau wie mein Vater ein ehrlicher Mensch, und Ihr müsst mir nicht drohen. Ihr könnt Euch auf mich verlassen. Niemand wird davon etwas erfahren. Eine Belohnung nehme ich natürlich gerne an, aber Ihr müsst mir auch versprechen, dass Ihr mir später einmal sagt, wie es ausgegangen ist und was genau passiert ist. Sicher habt Ihr mir nicht alles gesagt, was Ihr wisst.«

»Das ist auch nicht nötig«, sagt Fockena etwas unwirsch, doch er merkte sogleich, dass er sich im Ton vergriffen hatte. Seine Miene hellte sich etwas auf. »Entschuldige, du hast uns geholfen, und so wie wir dir vertrauen, kannst du uns auch vertrauen. Meine Hand darauf.«

Fockena schüttelte Tilko kräftig die Hand und tat das mit so ausladender Geste, dass ein Ritterschlag für den Jungen kaum würdiger oder bewegender hätte sein können. So jedenfalls kam Fockena selbst seine Geste vor.

Ibo sah noch einmal in das Loch und fingerte in der Erde herum. Dabei entdeckte er das Wichtigste: einen Tuchstreifen, darin ein Messer. Keine wertvolle Arbeit, sondern ein einfaches Messer. Getrocknetes Blut klebte daran.

Ibo grub noch tiefer, während Fockena das Messer zwischen Daumen und Zeigefinger hielt und es mit den anderen genau betrachtete. Aber bald merkte Ibo, dass es nicht tiefer ging und brach die Suche ab.

»Könnt Ihr Euch genau an den Toten erinnern?«, fragte Ulfert Fockena die anderen. »Hatte er wirklich keine Stichwunde?«

Sie wussten genau, dass der Tote nur eine Wunde am Kopf hatte.

»Also gibt es einen zweiten Toten«, folgerte Ibo. »Einer ist mit dem Messer ermordet worden und der unglückliche Alwin ist erschlagen worden. Dann haben die Männer auf ihrem Rückweg vielleicht gar nicht Alwin mitgenommen, sondern den anderen Toten oder vielleicht war dieser auch nur verletzt. Ein blutiges Messer bedeutet ja noch nicht gleich den Tod.«

»Aber warum haben sie erst jemanden niedergestochen und dann mitgenommen. Warum haben Sie das eine Opfer so in die Nähe des Weges gelegt, dass man ihn in den nächsten Tagen finden musste und den anderen mitgenommen?«, wandte sein Bruder ein. Die Gedanken gingen hin und her.

Sie verbargen die Säcke mit den Kirchenschätzen wieder unter der Feuerstelle im Haus. Würden die Diebe tatsächlich kommen und den Schatz nicht in ihrem Versteck finden, würden sie wohl kaum auf die Idee kommen, der Finder des Schatzes habe ihn ein paar Schritte weiter versteckt. So lautete Ibos Logik, der sogar Fockena zustimmen musste. Ulfert Fockena steckte das Messer, das er erneut mit dem Tuch umwickelte, in seine Tasche. Noch einmal schärfte er allen ein, dass man hier außer verbrannten Kleiderresten nichts gefunden habe.

Sie traten den Rückweg an. Rimberti hatte das sichere Gefühl, dass sie der Lösung ihrer Frage sehr nahe gekommen waren. Aber in welcher Richtung lag die so greifbare Antwort?

29

Wie eine Heerführerin stürmte Meta Hallenga vor den anderen Gesas Schlafgemach. In der Hand hielt sie ein Kandelaber mit fünf Kerzen, die im Windzug fast verlöschten, so rasch eilte die Ehrwürdige Mutter voran und riss schwungvoll die Tür auf. Die zwei kleinen Kerzen auf dem Leuchter neben Gesas Bett waren schon fast heruntergebrannt und gaben wenig Licht, die Vorhänge waren zugezogen. In dem Raum roch es schlecht nach Schweiß und dem Mief eines ungelüfteten Zimmers.

Gesa schreckte hoch: »Wer ist da? Meike, was sind das für Leute?«

»So, jetzt kannst du besser sehen, Gesa«, rief Meta Hallenga, indem sie ihre Lichter auf den Tisch stellte. Gesa blinzelte zu der schwarz gekleideten Gestalt an ihrem Bett hoch. Sie war so erstaunt, dass der Mund ihr offen stand. »Bist du das, Meta?«, fragte sie zaghaft.

»Ja, *ich bin* das, meine Liebe. Und ich habe gleich noch zwei gute Freunde für dich mitgebracht, deine treue Magd Kea, die du ungerecht in Schanden entlassen hast und deinen Freund Synellius, den du seit Monaten nicht mehr in dein Haus lässt – von meinen Briefen, die du nie beantwortet hast, ganz zu schweigen!«

Meike, Kea und Synellius wechselten etwas verschämt einen Blick, weil ihnen der überaus scharfe Ton Metas am Krankenbett nicht angemessen schien.

»Ach«, seufzte Gesa und drehte sich um, »lasst eine alte kranke Frau in Frieden sterben. Bitte geht.«

Während die anderen einen Moment zögerten, ob sie das Zimmer nicht doch verlassen sollten, gab ihnen Meta mit einem unmissverständlichen Blick zu verstehen, dass *sie* zu bleiben gedenke.

»Ist das eine Art, einen Krankenbesuch zu empfangen?«, fragte sie Gesa mit erhobener Stimme.

Die drehte sich plötzlich zu ihnen um und richtete sich wieder auf. »Raus hier, ich habe Euch nicht rufen lassen. Wenn Ihr gekommen seid, um mit einer alten und kranken Frau zu streiten, dann schämt Euch und verlasst sofort mein Haus!«

»Daraus wird nichts, meine Liebe!«, herrschte Meta sie an. »Deine schlimmsten Krankheiten sind dein Selbstmitleid und dein Misstrauen. Und von dieser Krankheit werden wir dich jetzt heilen – notfalls mit einer Gewaltkur!«

Gesa setzt sich plötzlich auf und wollte etwas entgegnen, aber da schritt die Ehrwürdige Mutter schon auf die Fenster zu. Sie riss die Vorhänge zur Seite und ließ das helle und warme Nachmittagslicht herein. Gesa hielt sich die Hand vor die Augen.

»Macht die Vorhänge zu, sofort!«, sagte sie in ungewohnt scharfem Befehlston.

»Ganz im Gegenteil!«, erwiderte Meta Hallenga betont fröhlich und öffnete eines der Fenster. Eine leichte, erfrischende Brise füllte und belebte den Raum.

»Kea und Meike, ihr holt Seife und eine Schüssel mit Wasser, und Ihr, Ehrwürdiger Vater Synellius, seid so gut und holt aus der Wirtschaft unten an der Ecke eine gute Hühnersuppe, oder was sonst auf dem Feuer kocht. Bitte verzeiht, dass ich Euch mit einer so niedrigen Arbeit beauftrage, aber solch eine Hühnersuppe kann eine Seele retten, wenn Ihr versteht, was ich meine.«

Synellius verstand. Er lächelte Gesa freundlich zu und entfernte sich.

»So, liebe Gesa, und jetzt haben wir beide etwas zu bereden.«

Gesa, die all das über sich ergehen ließ, nickte fast willenlos. Meta schloss das Fenster wieder, ließ aber die Vorhänge offen. Sie setzte sich zu ihrer Freundin ans Bett und betrachtete sie mit wachen Blicken. Fast zärtlich sprach sie weiter: »So, da bist du also, Gesa.«

30

Im Hause Garrelts lagen ein Brief für Renke und auch ein Briefchen von Meta Hallenga für Grütering. Erstaunt las er es. Aufgeregt riss er Rimberti am Ärmel und zeigte ihm das kleine Blatt, auf dem nur wenige Worte standen. »Geh nur«, lachte Rimberti, »du hast schließlich am meisten zur Lösung dieser unglücklichen Geschichte beigetragen.« Auf der Stelle lief Grütering los und vergaß sogar, die Haustür wieder zu schließen.

Zu Ibos Freude hatte Fockena seine Nichte Elske mitgebracht, die im Laufe des Tages eingetroffen und einige Zeit in Norden zubringen wollte. Die beiden hatten sich schon über den Fortgang ihrer Übersetzungsarbeit unterhalten, aber jetzt interessierte sie nur, was in dem Brief aus Leer stand.

Vor den anderen las Renke Garrelts die Zeilen vor. Behrend Albers hatte mit Unterstützung von Drost Beninga Erkundigungen über die drei Männer eingezogen. Der Drost persönlich hatte sich Wessel Snuis vorgenommen, Wessel war bockig geworden, und da hatte der Drost gedroht, ihn wegen Landesverrats und Verschwörung gegen Graf Enno festzunehmen. Mit einem Male war Wessel sehr gesprächig geworden und hatte wie eine Lerche gesungen.

Er berichtete, dass Holthuis sie bestochen hätte, und nicht nur das. Holthuis hatte Wessel gegen entsprechende Bezahlung auch beauftragt, Kleidung für die drei Männer zu besorgen. Aber wer die Männer waren, das war nicht aus ihm herauszubekommen. Er wusste es vielleicht wirklich nicht. Die drei waren auf einmal aufgetaucht, ohne dass irgendjemand sie erkannte, und sie waren genau so wieder untergetaucht, ohne dass irgendjemand sie zu vermissen schien.

Noch eine andere Information hatte Behrend Albers eher durch Zufall von Eggerik Beninga bekommen. Der ermordete Bruder Alwin war ein entfernter Vetter von Derk Holthuis.

»Nun ist die Sache klar!«, rief Ulfert Fockena und schlug mit seiner mächtigen Faust auf den Tisch, so wie er das immer gerne tat. Er verkündete feierlich den Stand der Dinge, so wie er sich für ihn darstellte: »Holthuis und Alwin steckten unter einer Decke. Holthuis hatte erfahren, dass Alwin ein Verzeichnis der Wertgegenstände des Klosters fertigen und diese später abholen sollte. Er hat ihm drei Strauchdiebe mitgegeben, die Alwin unterwegs überfallen und den Schatz für Holthuis versteckt haben. Vielleicht war Holthuis selbst der vierte Mann.«

»Das kann nicht sein«, entgegnete ihm Ibo und er sah Elske fragend an, als ob er sie um Erlaubnis bäte, ihren Onkel kritisieren zu dürfen.

Sie blinzelte ihm zu und Ibo fuhr fort: »Holthuis war zu der Zeit, in der der Mord geschah auf Leerort. Es ist sehr unwahrscheinlich, dass er in einer Nacht von Leerort nach Bendiktshusen, und von dort nach Victorbur und dann wieder nach Leerort geritten ist, ohne dass es jemand bemerkt hätte. Außerdem ist dieser Ritt in einer Nacht eigentlich nicht zu schaffen. Der vierte Mann muss der sein, dessen Blut am Messer klebt. Seine Kameraden haben ihn tot oder verwundet mitgenommen.«

»Aber trotzdem glaube ich, dass Holthuis hinter all dem steht«, schnaubte Fockena und begann dann erst über das nachzudenken, was Ibo eben gesagt hatte.

»Das glaube ich allerdings auch«, antwortete Ibo, »und wir werden morgen sicher erfahren, inwiefern er dahintersteckt.«

Die Tür ging auf und ein überglücklicher Grütering kam herein. Er strahlte Rimberti an: »Es ist alles in Ordnung. Die Ehrwürdige Mutter Meta hat Frau Gesa ordentlich den Kopf gewaschen, Meike hat alles gebeichtet, und nun kommt hoffentlich alles in Ordnung.«

Grütering erklärte ihnen umständlich, aufgeregt und stolpernd, was passiert war: »So, das Schwerste liegt noch vor uns.« Und er war einen Moment unsicher, ob ihm als Dienstboten dieses vertrauliche *uns* überhaupt zustand. Als Fockena ihm freundlich zunickte, verlautbarte Grütering wie ein Feldherr vor seinem Stab: »Wir müssen noch mit dem Advokaten fertig werden. Und der ist ein hartes Brot.«

Langsam und gewaltig erhob sich Fockena: »Den überlasst nur mir. Dem werde ich die Daumenschrauben anziehen, dass es kracht.«

Lübbert Rimberti legte seine Hand auf Fockenas Schulter. »Den überlasst besser mir. Hier müssen wir mit Papier und Tinte zu Werke gehen. Ich muss mit Frau Gesa reden.«

»Geht nur hin, Herr Doktor«, fiel Grütering aufgeregt ein. »Die Ehrwürdige Mutter ist noch den ganzen Tag da und Abt Synellius auch. Und ich glaube, die haben einen sehr beruhigenden Einfluss auf die alte Dame.«

Während Rimberti und Grütering aufbrachen, um Frau Gesa einen hoffentlich erfreulicheren Besuch abzustatten als in den Tagen zuvor, standen auch die anderen auf. Mit den Neuigkeiten und nicht zuletzt auch mit dem guten Essen waren ihre Lebensgeister zurückgekehrt, und die drängten nun auf Taten.

Es hämmerte an die Eingangstür des Hauses, und eine junge, verzweifelte Stimme rief: »Um Gottes Barmherzigkeit, macht auf, lasst mich herein, bitte ...!«

Alle, die dieses flehentliche Rufen gehört hatten, kamen im Hausflur zusammen, aber Magd Lise war trotz ihrer beträchtlichen Leibesfülle noch vor den anderen an der Tür und öffnete. Eine zerzauste junge Frau mit gerötetem Gesicht stand draußen. Sie rang nach Atem: »Bitte, Pfarrer Johannes Steevens schickt mich. Ihr müsst mir helfen, Ihr müsst mich verstecken. Sie wollen mich holen. Bitte!«

Weert Garrelts schob sich zwischen den Umherstehenden hindurch. Die Erwähnung von Steevens genügte. »Komm herein, du bist hier bei Freunden.« Väterlich legte er seinen Arm um die zitternde junge Frau und begleitete sie ins Zimmer.

Ihre Geschichte war schnell erzählt. Sie war Rieke Folkerts, die heimliche künftige Frau von Adriaan de Beer. Sie war gestern nach Norden gekommen, als sie von Adriaans Verhaftung erfahren hatte. Sie war über Nacht bei ihrer Tante geblieben, nachdem sie gestern erfolglos versucht hatte, Adriaan zu besuchen.

Sie war gerade bei ihrer Tante in der Waschküche gewesen, als sie hörte, dass es an der Türe pochte und wie kurz darauf zwei Männer von Holthuis Riekes Tante anschrien. Bevor sie die arme Frau beiseite stoßen und ins Haus eindringen konnten, war Rieke schon zur Hintertür hinausgelaufen und zu Johann Steevens geflüchtet. Der wusste natürlich, dass man als Nächstes bei ihm fragen würde und war auf die Idee gekommen, sie solle zu Familie Garrelts eilen, während er die Männer aufhalten wolle.

»Es ist nur eine Frage der Zeit, wann sie hierher kommen. Ich werde sofort losgehen und Ulfert holen«, beschloss Ibo, und stand, noch während er sprach, auf und bewegte sich zur Tür.

Renke hielt ihn fest. »Ach was, wir haben ein paar kräftige Männer, die Holthuis und seinen Dienern eine gute Tracht Prügel verabreichen werden. Ich werde Okko und Schwittert Bescheid geben, die suchen sich noch ein paar ...« Doch Ibo wartete gar nicht, bis sein Bruder ausgeredet hatte, sondern schob ihn beiseite und lief eilig davon.

Mit eisigem Schweigen übergab Magister Redenius Meike die Papiere. Er öffnete seine heruntergezogenen Lippen kaum, als er schlecht gelaunt murmelte: »Was ist denn los mit der Alten? Ist etwas in sie gefahren?«

Ruhig und gefasst sah Meike ihm ins Gesicht und antwortete: »Sie will sich den Vertrag noch einmal in Ruhe durchlesen, und heute Nachmittag Schlag fünf sollt Ihr kommen, und dann will sie unterschreiben und Ihr sollt auch Euren Namen auf das Dokument setzen.«

»Verheimlichst du mir etwas?«, fuhr Ulbrandi sie plötzlich laut an.

»Nein. Es kommt alles in Ordnung. Habt Ihr sonst noch etwas oder kann ich jetzt wieder zu meiner Herrin?«

Ulbrandi nickt und machte Eilert Hobben ein Handzeichen, er solle sie zur Tür begleiten. Der grinste sie an und ging hinter ihr her auf den Flur.

Blitzschnell wandte Meike sich um und Eilert zuckte vor Schreck zusammen. Sie lachte ihm ins Gesicht: »Du hast deine Lektion gelernt, hoffe ich.« Und ehe er darauf antworten konnte, war sie schon aus der Haustür gelaufen.

Hobben blieb da stehen, wo er stand: er ballte seine Hände zur Faust.

31

Diesmal war Ulfert Fockena wirklich wütend, als er in das Haus Garrelts kam. Unterwegs hatte Ibo ihm die Geschichte erzählt. So hatten ihn die anderen noch nie erlebt. Bisher hatten seine Reaktionen zumindest zur Hälfte auf Publikumswirkung abgezielt. Jetzt war Ulfert Fockena außer sich. Und als die verschüchterte junge Frau diesem Riesen noch einmal ihre Geschichte erzählt hatte, da befürchteten die anderen, er könne vor Wut platzen.

Aber mit einem Male wurde Ulfert Fockena ganz ruhig, und er sagte mit leiser Stimme: »Wir gehen. Meine Männer warten draußen auf uns.« Die anderen warfen sich verstohlen einen Blick zu. Nur Rimberti wusste, dass die Ruhe, die Fockena jetzt ausstrahlte, gefährlicher war als jeder Zornesausbruch.

Was Rimberti, Grütering, Renke und Ibo Garrelts in der nächsten Viertelstunde erlebten, würden sie sicher nie mehr vergessen. Ulfert schritt mit seiner Truppe, bestehend aus den vier Gefährten und seinen bewaffneten Männern, auf das Haus am Markt zu, in dem der Graf normalerweise residierte, wenn er in Norden war, und wo im unteren Teil sicher Holthuis und dessen Männer untergebracht waren.

Die Norder, die auf dem Markt oder in der Nähe unterwegs waren, sahen den seltsamen Zug. Sie bleiben stehen, steckten die Köpfe zusammen, schüttelten verwundert den Kopf oder nickten einander wissend zu.

Ohne anzuklopfen öffnete Fockena die Tür zur Wachstube. Holthuis räkelte sich auf einem Lehnstuhl, die Füße auf dem Tisch. Seine beiden Männer saßen ebenfalls am Tisch. Vermutlich waren sie vor Kurzem von ihrer erfolglosen Mission zurückgekommen. Mit ihnen am Tisch saß Magister Redenius Ulbrandi, der sogleich aufsprang.

»Was fällt Euch ein, hier ...« wollte Holthuis den Mann zurechtweisen, der einfach so hereingepoltert kam, aber als er Fockena erkannte, schrak er zurück.

»Ist es wahr«, fragte ihn Fockena sehr ruhig, »dass Ihr die junge Frau Rieke Folkerts, ehemals Nonne im Kloster Annengaarde, beschuldigt, den Klosterschatz zu verstecken, und dass Ihr sie verhaften wollt, so wie Ihr vorher unschuldig Bruder Adriaan de Beer einsperren ließet?«

Der letzte Teil der Frage hörte sich schon bedrohlich an und das spürte Holthuis.

Er wurde für einen Moment unsicher, fasste jedoch wieder schnell Fuß in seiner Überheblichkeit. »Was erlaubt Ihr Euch, in meine Ermittlungen ...« – bevor er weitersprechen konnte, war Fockena mit einem Satz bei ihm und versetzte ihm rechts und links zwei gewaltige Ohrfeigen.

Holthuis taumelte und stolperte rückwärts. »Was wagt Ihr, wer glaubt Ihr, dass ... ich werde dem Grafen persönlich ...« Holthuis konnte gar nicht so schnell begreifen, was geschehen war. Er zog sofort sein Schwert und ging auf Ulfert Fockena los.

Rimberti stockte der Atem. Im Geiste sah er Fockena schon in seinem Blut liegen. Wenn sie seine Prahlereien über angebliche Heldentaten bisher belächelt hatten, wurden sie nun eines Besseren belehrt. Der große und schwergewichtige Mann wich dem wendigen Holthuis geschickt aus, sodass der ins Leere lief, und Fockena trat ihm noch mit dem Fuß in den Hintern, als er an ihm vorbeistolperte.

Als Holthuis sich wieder umwandte, hatte Ulfert ebenfalls seine Waffe in der Hand.

Holthuis ging auf ihn los, und als die Waffen aufeinander klirrten, sah es fast so aus, als würde Holthuis die Oberhand erringen. Rimberti wollte schon Ulferts Männer hereinholen, als Renke Garrelts, der seine Absicht erraten hatte, ihn am Arm festhielt und mit dem Kopf auf die Kämpfenden deutete.

Auch wenn Holthuis Fockena zu bedrängen schien, kämpfte Fockena sehr wenig angespannt und wehrte Holthuis´ Angriffe mühelos mit gezielten Schlägen ab. Dennoch drängte Holthuis ihn immer weiter zur Tür und gewann immer mehr Boden, bis Ulfert mit dem Rücken an der Wand stand. Sofort veränderte sich seine Kampfhaltung. Mit unglaublicher Geschicklichkeit und mit ebensolcher Wucht ging Fockena nun auf Holthuis los, der ein sicheres Spiel zu haben geglaubt hatte – bis zu diesem Augenblick.

Verbissen und mit größter Anstrengung musste er sich nun Fockenas Klinge vom Leib halten, jedoch wurden die Angriffe immer gefährlicher und immer wuchtiger. Krampfhaft hielt Holthuis seine Klinge vor sich, seine Hand schmerzte.

»Männer, her zu mir!«, kreischte er zu seinen Leuten hin. Aber bevor die auf die Idee kamen, in den Kampf einzugreifen, donnerte Fockena ihnen entgegen: »Wagt es nur und Ihr werdet heute noch einen Kopf kürzer gemacht, genau wie dieser Verräter.« Und wieder drosch er auf Holthuis ein, der mit letzter Kraft versuchte, den Boden nicht zu verlieren und immer weiter zurückweichen musste. Plötzlich machte Ulfert einen Ausfall und bohrte seine Klinge in Holthuis Oberarm. Und im nächsten Augenblick spürte Holthuis die flache Seite von

Ulferts Klinge auf sein Handgelenk niedersausen, er ließ seine Waffe fallen.

Ulfert Fockena packte ihn und schleuderte ihn in die Ecke. Er herrschte die beiden unbeholfen dastehenden Wachsoldaten an.

»Euer Herr muss wegen Verrat an Graf Enno verhört werden. Raus mit euch! Schickt die anderen Soldaten rein und haltet Wache vor dem Haus!«, wies er sie kurz an.

Er sah Magister Ulbrandi an, der immer noch regungslos dastand. »Und Ihr schert Euch bitte auch hinaus! Sofort.« Wortlos ging Ulbrandi.

Fockena ließ sich auf den Lehnstuhl niederplumpsen. Der Kampf hatte auch ihn angestrengt, aber so war er seine Wut losgeworden, und er war sie auch an den richtigen Mann losgeworden, der nun am ganzen Körper zitternd in der Ecke hockte und abwechselnd seinen Oberarm befühlte und sein Handgelenk rieb.

Fockena nickte Rimberti zu, und der gab ihm ein Zeichen, dass er verstanden habe. Er würde Holthuis nun den Rest geben. Man ließ Holthuis noch einen Moment Zeit. Dann richtete Rimberti klare Worte an ihn: »Derk Holthuis, ich bin Lübbert Rimberti, Doktor der Rechtswissenschaften, und wir ...«, und damit wies er auf Ibo und Renke Garrelts und zwinkerte Christoph Grütering zu, »wir vier gehören zu einer Untersuchungskommission, die von Graf Enno persönlich eingesetzt wurde, um das Verschwinden des Schatzes aus Kloster Bendiktshusen und den Mord an Bruder Alwin aufzuklären.« Holthuis starrte ihn mit großen Augen an.

Mit ruhiger und gesetzter Stimme fuhr Rimberti fort: »Wir sind recht bald auf Eure Spur gestoßen und haben Beweise, dass Ihr mit Eurem Vetter Alwin zusammen unter einer Decke steckt und dass die drei Straßenräuber Euch ebenfalls bekannt sind. Ihr habt die Wachsoldaten bestochen, um die drei Männer entkommen zu lassen. Ihr habt zwei unschuldige Menschen in Angst und Bedrängnis gestürzt – Adriaan de Beer und Rieke

Folkerts, von denen Ihr genau wisst, dass sie nichts mit dem Mord und dem Diebstahl zu tun haben. Ihr selbst seid in hohem Maße verdächtig, einen Mord auf dem Gewissen zu haben. Ihr habt Euren Landesherrn bestohlen und verraten. Morgen werden wir Euch Graf Enno übergeben, und dann wird Euch der Prozess gemacht. Die Anklageschrift habe ich schon geschrieben. Glaubt mir, ich habe schon weitaus bedeutendere Männer auf den letzten Weg geschickt, und ich zögere keinen Moment, eine solche Kreatur wie Euch der verdienten Strafe zu übergeben.«

Holthuis war kreidebleich geworden. Er trat langsam an den Tisch. Er legte die Hand auf den Schemel und sah Rimberti fragend an. Als dieser nickte, nahm Holthuis Platz. Er begann zu erzählen, und sie merkten, dass er wirklich alles erzählte.

»Alwin und ich kennen uns schon lange. Auf Umwegen sind wir sogar verwandt. Welche zwei Menschen in diesem Land sind nicht miteinander verwandt? Als immer mehr Ordensleute die Klöster verließen, habe ich einen Kontakt zwischen Alwin und Graf Enno vermittelt. Alwin war ein gebildeter Mann. Er hat sogar einige Jahre in Köln studiert. Nun suchte er eine Stellung. Enno stellte ihm eine gute Position in der Verwaltung in Aussicht. Alwin sollte ihm dafür bei der Überführung der Klosterschätze behilflich sein. Alwin wusste eine Menge über verborgene Dinge.«

Holthuis überlegte einen Moment und sprach dann in etwas beiläufigem Tonfall weiter: »Nun haben einige Männer am Hofe bei diesen Aktionen durchaus einen gewissen Anteil für ihre Aufwendungen für sich abgezweigt ...«

»Ihr meint, sie haben etwas von den Schätzen für sich gestohlen!«, unterbrach ihn Renke Garrelts, und als Holthuis ihn ansah und etwas entgegnen wollte, begegnete er dem verächtlichen Blick des Kaufmanns und schwieg.

Dann fuhr er fort. »In Hoogegaste hat er die Überführung geleitet. Er hat mit seinem Abt geredet und ihm eine gute andere Stellung angeboten, wenn der bei der Auslieferung des Schatzes keine Schwierigkeiten machen würde. Ich gab ihm ein paar Männer mit, und einen kleinen Anteil des Schatzes habe ich für Alwin und mich abgezweigt. Er liegt gut versteckt in meinem Elternhaus. Die wissen nichts davon, bitte lasst sie aus dem Spiel.« Er blickte die Männer flehentlich an.

Rimberti nickte. »Sprecht weiter.«

»So haben wir es dann auch in Marienwarft gemacht. Das nächste Kloster war Bendiktshusen. Alwin hatte davon gehört, dass in einer versteckten Kammer wertvolle Stücke verborgen waren. Er versuchte, Bruder Adriaan zu erpressen, aber dann hielt er sich lieber an den Abt, dem er im Auftrag Graf Ennos ein gutes Geschäft vorschlug: Gegen Herausgabe des Klosterschatzes sollte das Kloster bestehen bleiben und Severin Abt bleiben. So einfach war das.«

»War es das wirklich?«, fragte ihn Renke Garrelts verwundert. »Wenn das alles so einfach war, warum gibt es dann eine Leiche, einen verschwundenen Schatz, einen nächtlichen Überfall und einen unschuldig Verhafteten? Nur Ihr könnt die Sache einfacher machen. Gebt Eure Tat zu. Ihr habt Alwin ermorden lassen, um den Schatz für Euch alleine zu haben. Ihr habt die drei Männer angeheuert – oder waren es vier? Ihr habt Alwin auf dem Gewissen und versucht, den Verdacht auf Adriaan zu lenken.«

Rimberti erklärte: »Wir haben Hinweise und nach einigen Befragungen werden wir Euch der Tat überführt haben. Graf Enno wird morgen eintreffen, und bis dahin müssen wir Euch in Gewahrsam nehmen, Holthuis.«

»Nein, bitte, tut das nicht. Ich habe mit dem Mord nichts zu tun. Ich will Euch gerne glauben, dass Adriaan unschuldig ist, aber ich bin es auch – jedenfalls an dem Mord.«

»Wer sind die Männer, die uns in Leer überfallen haben?«, fragte Renke Garrelts grimmig.

»Es klingt sicherlich nicht sehr glaubhaft, aber ich weiß es wirklich nicht. Als wir die Kirchengeräte aus den Klöstern Hoogestede und Marienwarft in Ennos Auftrag abholten, begleiteten mich immer meine eigenen Männer. Aber bei Bendiktshusen bestand Alwin darauf, seine Männer mitzunehmen. Ich habe diese vier Männer nie zuvor gesehen – das schwöre ich bei meinem Leben ...«

»... das keinen Pfifferling mehr wert ist!«, brummte Fockena dazwischen. »Schon in paar Tagen wird Euer Kopf auf einem hohen Pfahl stecken.«

Holthuis traten die Tränen in die Augen. Er bedeckte sein Gesicht mit den Händen und schluchzte wie ein kleines Kind. Fockena grinste, und auch die anderen empfanden eine gewisse Genugtuung.

Rimberti schlug wieder einen sachlichen Ton an: »Sagt uns die volle Wahrheit. Ihr habt etwas arrangiert, damit diese Männer freikommen. Es waren doch dieselben, die mit Alwin losgezogen waren, die ihn umbrachten und die auch auf Renke und Ibo Garrelts einen Anschlag verübten?«

Holthuis nickte. »Sie sollten den beiden nur eine kleine Abreibung verpassen, damit sie ihre Nase nicht weiter in Dinge stecken, die sie nichts angehen. Es tut mir Leid ... sie ... Alwin brachte sie mit. Und ich nahm sie in meinen Dienst und schickte die fünf los, um sich Bendiktshusen vorzunehmen. Sie sollten mit Abt Severin die Abmachung treffen. Und Severin ging sofort darauf ein. Er ist sogar davon überzeugt, seiner Kirche damit einen Dienst zu erweisen, weil er sich für unverzichtbar hält.«

»Abt Severin kannte Alwin also?«, fragte Rimberti ungeduldig weiter. »Er hat uns gegenüber abgestritten, etwas von ihm zu wissen, als ich ihm die Zeichnung vorlegte?«

»Vielleicht hatte er das Gesicht wirklich vergessen. Severin ist kein Mann, der sich viel um andere kümmert. Er kennt noch nicht einmal seine engsten Mitarbeiter näher. Seine Geschwätzigkeit wird nur noch von seiner Eitelkeit übertroffen«, flüsterte Holthuis in vertraulichem Ton, als wären die anderen Männer seine Mitverschwörer.

»Ihr seid genau so ein aufgeblasener und eitler Dummkopf! Männer wie Severin und Ihr leben davon, dass andere sie ertragen!«, polterte Fockena.

Holthuis merkte, dass er sich bei den Männern nicht einschmeicheln konnte. So setzte er seinen Bericht fort: »Ein paar Tage darauf kamen sie wieder, ohne Alwin und ohne den vierten Mann. Sie wollten mir nicht sagen, wo ihr Geselle geblieben war. Aber sie vertrauten mir an, dass Alwin tot ist. Mehr sagten sie nicht. Den Schatz hätten sie verborgen, und wenn ich ihnen in ein paar Tagen die Flucht ermöglichte, wollten sie mir einen Anteil abgeben.«

»Ihr habt Euren Herrn Grafen bestohlen!«, sagte Renke Garrelts erbost.

Holthuis richtete sich auf: »Mein Herr Graf ist ebenfalls ein Dieb. Diese Schätze sind von Menschen unseres Landes aus freien Stücken gestiftet worden zur Ehre Gottes. Und wenn unser Herr sich nicht zu gut ist, sich wie ein Dieb zu bereichern, darf er sich nicht wundern, wenn seine Diener es ihm gleichtun.«

»Das ist keine Entschuldigung!«, herrschte ihn Ulfert an.

»Aber Ihr wisst genau, dass es so ist«, entgegnete ihm Holthuis, der langsam wieder begann, Selbstvertrauen aufzubauen.

Ulfert Fockena antwortete mit fast heiterer Stimme: »Wir werden morgen ja hören, wie Graf Enno die Sache sieht und ob die Entschuldigung, dass er selbst ein Dieb sei, ihn zufriedenstellt.«

Holthuis brach wieder zusammen. »Ich gebe alles zurück, was ich habe, ein Sack aus Hoogegaste und zwei Kelche und ein Leuchter aus Marienwarft. Aber mit dem Mord habe ich wirklich nichts zu tun. Die drei Männer waren eine Belastung für mich. So habe ich die beiden Wachsoldaten bestochen, damit sie freikommen. Sie sind verschwunden, und ich habe seitdem von ihnen nicht wieder gehört – und von dem Schatz natürlich auch nicht.«

»Und ist Euch nichts an ihnen aufgefallen?«

»O doch«, sagte Holthuis, scheinbar selbst überrascht, dass er das Wichtigste vergessen hatte. »Als sie vor ein paar Tagen in Leer bei mir auftauchten, kamen sie spät abends. Sie kehrten bei Wessel Snuis ein und ließen mich rufen. Und da waren sie verkleidet – als Mönche. Alle drei. Darum musste ich ihnen andere Kleidung besorgen lassen, damit sie nicht zu sehr auffielen. Aber sie waren natürlich keine Mönche, denn sie hatten ja keine Tonsur.«

Rimberti dachte fieberhaft nach und versuchte, sich einen Reim auf das Gehörte zu machen. Er sah Holthuis ins Gesicht. »Holthuis, Ihr habt eine schwere Schuld und großes Unrecht auf Euch geladen. Vielleicht habt Ihr die Gelegenheit, etwas davon wieder gut zu machen. Damit helft Ihr zwei unschuldig Verdächtigten. Und vielleicht helft Ihr Euch auch selbst damit. Wenn Ihr nichts von all dem verlauten lasst – und tut, was wir Euch sagen, dann wird keine Menschenseele etwas von Euren Vergehen erfahren. Wenn Ihr aber versucht, etwas gegen uns zu unternehmen, dann liefern wir Euch an Enno aus. Und der wird Euch in den Kerker oder in den Tod schicken, wenn Ihr den Schatz nicht herausrückt.«

»Aber das kann ich doch nicht!«, jammerte Holthuis.

»Das könnt Ihr vielleicht doch, wenn Ihr uns gehorcht. Bleibt hier, verlasst auf keinen Fall Norden, Ihr müsst sofort zur Stelle sein, wenn wir Euch rufen lassen, verstanden?«

Holthuis nickte eifrig. »Ja, Ihr könnt Euch auf mich verlassen. Ich werde hier bleiben.«

»Welche Rolle spielt Redenius Ulbrandi eigentlich in dieser Sache? Zweigt er auch etwas für sich ab?«

»Graf Enno hat ihn beauftragt, einige der Wertgegenstände für ihn zu Geld zu machen. Der Magister ist ein guter Geschäftsmann und hat viele Verbindungen. Er weiß Bescheid, aber mit dem Mord hat er auch nichts zu tun.«

»Ich lasse Euch einen Arzt schicken«, brummte Rimberti, »und ich sage Euren Männern, dass es ein Missverständnis war und dass Ihr Euch entschuldigt habt!«

Grußlos verließen sie den Raum. Schweigend gingen sie durch die Stadt, ein zweites Mal von den erstaunten Blicken der Norderinnen und Norder begleitet, die sich wieder über diesen seltsamen Zug wunderten.

32

Im Hause Garrelts angekommen, brachen sie fast gleichzeitig in Lachen aus. Fockena lachte mit seiner dröhnenden Stimme natürlich am lautesten und beschrieb ihnen noch einmal in jeder Einzelheit, wie der Fechtkampf zwischen ihm und Holthuis abgelaufen war, und da sie von seiner Fechtkunst tatsächlich schwer beeindruckt waren, ließen sie ihn reden und hörten ihm so gespannt zu, als hätten sie das alles nicht selber miterlebt.

Fockenas Miene verfinsterte sich plötzlich. »Himmel!«, rief er aus und donnerte mit der Faust auf den Tisch, der nun schon sehr bereitwillig eine ganze Reihe solcher Faustschläge erduldet und die nachfolgenden Eingebungen gehört hatte. »Warum haben wir ihn nicht festgesetzt?«

»Weil er nicht der Mörder ist«, entgegnete ihm Rimberti. »Ich bin davon überzeugt, dass er alles gesagt hat, was er weiß. Er kann den Mord nicht selber verübt haben, und ich glaube wirklich nicht, dass er diese verkleideten Männer kannte. Er würde jeden preisgeben, um seinen eigenen Hals zu retten. Ihm ist klar, dass wir ihn in der Hand haben, und wir wissen nicht, wohin uns diese Sache noch bringt. Vielleicht kann er sich noch als nützlich erweisen.«

»Also, was haben wir nun?«, überlegte Renke Garrelts weiter, wie ein Kaufmann, der über die Einnahmen und Ausgaben einer Woche Bilanz zieht. »Wir haben den Schatz und den Mittäter, nur die Mörder haben wir nicht. Wir wissen, dass sie ihre Kleider verbrannt und sich als Mönche verkleidet haben. Vielleicht wollten sie in dieser auffälligen Verkleidung möglichst unauffällig verschwinden.«

»Aber wo ist ihr vierter Mann?«, fragte Rimberti. »Am Tag nach dem Überfall waren sie verschwunden. Vermutlich haben sie ihren Gefährten irgendwo in Pflege gegeben. Dann müssen sie hier Verbündete haben. Dann müssen wir alle bekannten Diebe und Räuber durchgehen. Aber ich fürchte, dass wir das nicht können. Oder sie haben ihren toten Freund beerdigt. Vielleicht lässt sich ein Pfarrer ermitteln, der ihn irgendwo beigesetzt hat, vielleicht haben sie ihn aber auch irgendwo verscharrt. Aber warum ist dann ein Toter versteckt worden und der andere wurde so am Wegesrand hingelegt, dass er gefunden werden musste? Nein, der vierte Mann muss noch leben.«

Rimberti sah Renke Garrelts an: »Ihr hattet erzählt, dass die drei Männer, die Euch überfielen, eigentlich keine geübten Kämpfer und nicht einmal besonders kräftige Männer waren. Irgendetwas anderes muss dahinter stecken. Wir haben irgendwo einen Denkfehler gemacht!«

Der Raum, den Magister Redenius Ulbrandi mit seinem Schreiber Eilert Hobben, einem Priester aus dem Benediktinerkloster und Notar Hinrich Ufen betrat, war fast dunkel. Ein kleines Talglicht flackerte auf dem Tisch an Frau Gesas Bett, gerade hell genug, um ihre Gesichtszüge erkennen zu können.

»Frau Gesa«, richtete Meike das Wort an ihre Herrin, »der Herr Magister ist da. Er kommt, um die Verträge zu unterschreiben. Notar Ufen ist ebenfalls mitgekommen.« Mühsam und schwer atmend setzte sich Gesa im Bett auf. Meike schob ihr zwei Kissen in den Rücken, damit sie sich aufrecht halten konnte.

Seltsam, dachte Ulbrandi, alles ist heute genau so wie immer und doch ist es irgendwie anders. Gesas vertraute Stimme unterbrach seine Gedanken. Sie klang noch etwas matter als sonst. Sofort kam ihm etwas Besseres in den Sinn: dass er vermutlich noch gerade rechtzeitig gekommen sei, ehe die alte Frau dieses Leben verlassen würde.

Gesa ließ sich von Meike die Papiere reichen. »Es ist alles so, wie wir es besprochen haben, lieber Magister, ich danke Euch, dass Ihr Euch so um mich kümmert. Ihr seid der Einzige, auf den ich mich verlassen kann, alle anderen haben mich vergessen.«

Ulbrandi fürchtete, dass er sich nun wieder ihre Klagelitanei anhören musste, aber der Besitz, der ihm in den Papieren zugesprochen würde, war eine Zeit geduldigen Zuhörens allemal wert. Während sie von ihrer Krankheit und ihrer Einsamkeit sprach, ließ er in Gedanken das Wohnhaus ausbessern und umbauen. Vielleicht würde er sogar hierher umziehen. Dies Haus war erheblich näher am Markt. Die Höfe und Landstellen würde er verpachten, und mit dem, was er aus früheren Verträgen an Pachtzins bekam und an anderen Einnahmen hatte, konnte er sich zur Ruhe setzen und ein gutes Leben führen.

Gesa hatte aufgehört zu sprechen. Ulbrandi hatte gar nicht mitbekommen, was sie zuletzt gesagt hatte. Umso strahlender lächelte er sie an: »Liebe Frau Gesa, wenn Euch diese Last abgenommen ist, dann wird sich auch bald Eure Gesundung einstellen.«

»Meike, Feder und Tinte!«, flüsterte Gesa, und Rimberti war, als sei ihre Stimme trotz des Flüstertons etwas fester als sonst. Mit zittriger Hand unterschrieb Gesa die Verträge. Auch Ulbrandis Hand zitterte, so aufgeregt war er, dass nun durch ein paar Federstriche alles vollendet wäre, was er so kunstvoll eingefädelt hatte. Kräftig kratzte der Federkiel über das Papier, als er seine Unterschrift auf die beiden Urkunden setzte.

Beide Papiere übergab er an Notar Ufen, der sich an den kleinen Tisch an der Wand setzte und beide Urkunden siegelte, damit sie rechtskräftig wurden. Nachdem der Priester, der während der ganzen Zeremonie kein einziges Wort sagte, ebenfalls unterschrieben hatte, überreichte Ufen die Papiere wieder Redenius Ulbrandi.

Ulbrandi setzte ein honigsüßes Lächeln auf: »So, meine Liebe, diese Urkunde behaltet Ihr, und dieses Exemplar ist für mich.«

Mit Mühe brachte er die Geduld auf, sich in Ruhe und mit langatmiger Rede zu bedanken und zu verabschieden. Er versuchte zu überspielen, dass er es eilig hatte, nach Hause zu gehen und das kostbare Papier in Sicherheit zu bringen.

Draußen schien die Sonne warm und hell. Mit einem Mal war Redenius Ulbrandi wieder gut gelaunt. Er bezahlte Notar Ufen und den Priester für ihre Dienste und verabschiedete sich von seinem wortkargen Kollegen, der sicher keine Ahnung davon hatte, was er da besiegelt hatte.

»Ich gratuliere Euch, Herr Magister!«, beglückwünschte ihn Hobben.

»Nicht so laut, du Trottel, willst du, dass noch mehr Leute Wind von der Sache kriegen?«

Mit großen Schritten ging er quer über den Norder Marktplatz, und Eilert Hobben hatte Mühe, mit ihm Schritt zu halten. Als sie in die Straße einbogen, in der Ulbrandi seine Kanzlei und seine Wohnung in einem stattlichen Haus hatte, schickte er Hobben los, damit er aus der Wirtschaft Wein und etwas zu essen besorgte.

33

Zu Hause warf Magister Redenius das Dokument auf seinen Tisch und atmete tief durch. Ein eigenartiges Gefühl hatte ihn beschlichen. Und obwohl sein Dokument sicher auf dem Tisch lag, wurde er dieses seltsame Gefühl nicht los. Ein schlechtes Gewissen? Nein, sicher nicht. Nie hatte er wirklich arme Familien um ihr Erbe gebracht, und Gesas Neffe als Herr einer wohlhabenden, kleinen Grafschaft konnte wohl gut und gerne auf ein paar Häuser und ein wenig Land in Ostfriesland verzichten.

Trotzdem war er froh, dass dies wohl die letzte Aktion solcher Art war. Er würde Meike bezahlen, damit sie Frau Gesa weiterhin gut pflegte und versorgte, und wenn es nicht anders ging, würde er sie auch in seinem Haus aufnehmen und umhegen lassen, wie er das immer getan hatte. Aber dann musste damit Schluss sein. In drei Wochen würde er siebenundfünfzig Jahre alt, und nun sollte ein neuer Lebensabschnitt für ihn beginnen. Er würde seinen Beruf aufgeben und von seinen Einkünften leben.

Eilert Hobben klopfte zögerlich und trat herein, einen Krug Wein in der einen und eine Schüssel mit einem gebratenen Huhn in der anderen Hand. Umständlich drückte er die Tür wieder zu und stellte beides auf Ulbrandis Tisch.

»Danke, lass mich jetzt allein«, sagte Ulbrandi kurz angebunden. Er nahm einen kräftigen Schluck und biss herzhaft in ein Hühnerbein. Sein Blick fiel auf das Dokument, das er bisher gar nicht weiter betrachtet hatte, weil er den Inhalt ja auswendig kannte. Er erschrak.

Sofort erkannte er, dass das nicht seine Handschrift war. Sie war seiner stark nachempfunden, aber es war eine fremde Hand, die das geschrieben hatte. Er beugte sich über das Blatt und las, was dort stand. Gemeinsam mit Frau Gesa ging er in diesem Dokument die Verpflichtung ein, der zu Unrecht entlassenen Magd Kea das kleine Haus zu kaufen, in dem sie zur Zeit ein Zimmer gemietet hatte. Außerdem überschrieb er in dem Vertrag einen großen Hof in Westermarsch mit dem dazugehörigen Land an die Kirche in Kolkebörg, die aus dem Pachtzins die Einkünfte des dortigen Pfarrers bezahlen sollte. Gesa verpflichtete sich im Gegenzug, dieser Kirche eine Landstelle in Itzendorf zu übertragen.

Sonst stand nichts in dem Dokument, nur seine und Gesas Unterschriften und die Unterschrift des Priesters und des Notars mit dessen Siegel. Mit einem Ruck fegte Ulbrandis Arm den Weinkrug und die Speiseschüssel vom Tisch. Er stand auf und hielt das Dokument zitternd in den Händen. Mit starrem Blick las er das Dokument noch einmal durch.

»Eilert!«, schrie er, »Eilert, wo bleibst du?« Eilert Hobben kam. »Da, lies das«, sagte Ulbrandi und reichte ihm das Papier. Eilerts Augen überflogen das Blatt. Er grinste: »Die Alte hat Euch übers Ohr gehauen.

Ulbrandi packte und schüttelte ihn: »Warum hast du nicht aufgepasst. Das hättest du merken müssen!« Plötzlich hielt er inne: »Los, wir müssen sofort zu ihr!«

Im Sturmschritt rannte Redenius Ulbrandi wieder durch Norden und Eilert Hobben stolperte mit seinen langen Beinen hinterher. Seltsamerweise hatte er Mühe, mit dem schnellen, kleineren Magister Schritt zu halten.

Redenius Ulbrandi trommelte an die Haustür, und augenblicklich öffnete Meike ihm. »Du Hexe, dir habe ich das zu verdanken, ich werde ...«

Meike wich zurück. Ulbrandi besann sich eines Besseren. Er durfte hier keinen Aufruhr verursachen. »Bring mich zu deiner Herrin! Los, du falsche Schlange!« Gehorsam knickste Meike und ging voran. Sie öffnete die Tür und Redenius Ulbrandi stürmte hinein.

Er kam in ein sonnendurchflutetes helles Zimmer, und im Halbkreis um ihn standen mehrere Personen, einige davon glaubte er sogar zu kennen. Gesa lag nicht mehr im Bett, sondern saß in einem Lehnstuhl am Fenster.

»Kommt nur herein, mein lieber Freund, wir hatten eigentlich schon eher mit Euch gerechnet«, sagte sie, und ihre Stimme hörte sich noch fester an, als er es vorhin schon zu hören geglaubt hatte.

Redenius Ulbrandi wollte den Raum schnell verlassen, doch als er sich umdrehte, stand der riesige Mann vor ihm, der ihm von ihrem letzten Zusammentreffen noch durchaus bekannt war. Ulfert Fockena lachte ihm ins Gesicht: »Mein Freund, Ihr wollt uns doch nicht so rasch wieder Eurer Anwesenheit berauben?« Fockena legte ihm seine Hand wie ein Pranke auf die Schulter und führte ihn zu einem Stuhl, auf dem er niedersank.

Lübbert Rimberti ergriff das Wort: »Verehrter Herr Kollege, ich bin Lübbert Rimberti, Doktor der Rechte und Rat in der kleinen Grafschaft Kringenberg, über die Frau Gesas Neffe regiert. Ich habe die Ehre, Euch mit den anderen Personen hier in der Stube bekannt zu machen: den Ehrwürdigen Abt Gerhard Synellius werdet Ihr gewiss kennen, ebenso die hochwürdigen Herren Pfarrer Heddo Kankena aus Hage und Johannes Steevens aus unserer Stadt. Die Ehrwürdige Mutter Meta Hallenga steht dem Klostervorwerk Oldekamp vor. Die ehrenwerten Brüder Ibo und Redenius Garrelts sind Norder Kaufleute, die nach langer Zeit in ihre Vaterstadt zurückgekommen sind und Herr Ulfert Fockena ist im Dienste des Grafen mit der Aufklärung eines Verbrechens beschäftigt. Notar Hinrich Ufen kennt Ihr als unbestechlichen und ehrlichen Mann, der unserer Fakultät alle Ehre macht. Mein Schreiber Christoph Grütering steht mir ebenso zu Diensten, wie die Magd Kea ihrer Herrin viele Jahre treu gedient hat und wie es die Magd Meike in Zukunft auch für ihren Dienstherren tun wird.

Wir alle danken Euch beiden, Frau Gesa und Magister Ulbrandi, für Eure großzügige Schenkung. Die kleine Pfarre

Kolkebörg wird damit in der Lage sein, einem Pfarrer mit seiner Frau und hoffentlich auch mit deren zukünftigen Kindern ein gutes Auskommen zu bieten. Ein viel versprechender Kandidat wird sich in den nächsten Tagen vorstellen, und Ihr tragt zum Glück der beiden und zum Wohl der Gemeinde bei.«

Redenius Ulbrandi sah, dass er das Spiel verloren hatte. Wenn er Gesa nun beschuldigte, ihm einen falschen Vertrag vorgelegt zu haben, würde er sich zum Gespött in der Stadt machen. Und Rimberti würde dann vermutlich den von ihm verfassten Vertrag vorlegen, der ihn als Erbschleicher entlarven würde – vor den Augen geachteter und wichtiger Persönlichkeiten aus Norden. Vielleicht würde der Fall sogar bekannt werden, sodass auch andere Familien, die er um ihr Erbe gebracht hatte, wieder gegen ihn vorgehen würden. Ulbrandi sagte nichts und machte in Gedanken seine Rechnung.

Die Summe für das Häuschen und der Hof in Westermarsch waren ein ansehnlicher Verlust. Aber Redenius Ulbrandi würde dennoch ein wohlhabender Mann bleiben und mit seinen restlichen Besitzungen und Einkünften ein gutes Leben führen können.

Er erhob sich und mit ausdrucksloser Stimme sagte er: »Ich weiß, wann ich ein Spiel verloren habe. Ihr entschuldigt mich, ich habe noch zu tun.«

Wieder legte sich Fockenas Pranke auf seine Schulter: »Ihr wollt als großzügiger Spender sicherlich ungenannt bleiben und Eure Schätze im Himmel mit dieser großherzigen Gabe sammeln. Aber wenn Ihr wünscht, werden diese Personen, die alle übrigens auch in enger Verbindung zu unserem Grafen stehen, Euch sicher gern lobend überall erwähnen. Wenn Ihr damit nicht einverstanden seid, will ich mit Euch gerne das Gespräch fortsetzen, das ich mit Holthuis über gewisse ungeklärte Dinge begonnen habe.«

Wie ein geprügelter Hund verließ Redenius Ulbrandi das Haus und Eilert Hobben trottete wieder hinter ihm her.

Ulbrandi gab sich ruhig, aber in ihm rumorte die Wut, und damit musste er irgendwo hin. Er würde seinen Besitz nicht wiederbekommen, aber er würde Rache nehmen.

34

Abt Severins Hände schwitzen. Was er da hören musste, war so ungeheuerlich, dass er für einen Moment die Fassung verlor. Kurz schloss er die Augen und sprach mit seiner schleppenden Stimme: »Ihr Herrn versucht vergeblich, mich einzuschüchtern. Ich bin nicht befugt, über innere Angelegenheiten der Kirche Auskunft zu geben. Und meine Familie ist einflussreich genug, um mich vor Eurem Zugriff zu schützen. Und Graf Enno wird nicht sehr erfreut sein, wenn ...«

»Graf Enno?«, platzte Fockena heraus. Er konnte Severins selbstgefällige Art nicht länger ertragen. So, wie man mit einem guten Geschütz eine Bresche in eine Mauer schießt – dachte Fockena – muss man auch ein Loch in diesen Schutzpanzer von Überheblichkeit schießen können. Und er feuerte sogleich eine Breitseite ab. »Graf Enno hat eine Kommission aus hoch stehenden Persönlichkeiten eingesetzt, um den Mord an einem seiner getreuesten Diener aufzuklären, und wie uns scheint, seid Ihr einer der Hauptverschwörer. Die Brüder Garrelts gehören zur reichsten Familie Ostfrieslands und Dr. Rimberti ist der Kanzler des Grafen zu Kringenberg. Von meiner Wenigkeit ganz zu schweigen, ich bin direkt im Auftrage König Heinrichs des Achten von England hier, um seinem treuen Verbündeten Enno gegen seine Widersacher zu helfen.«

Die Erwähnung von Titeln und bedeutenden Namen war eine der wenigen Sprachen, die Severin verstand, und Fockenas Worte drangen nun tatsächlich zu ihm durch.

Renke Garrelts schoss die Festung sturmreif: »Ehrwürdiger Vater, ich kann mir nicht denken, dass Eure Familie sich für

Euch verwenden wird, wenn Ihr die Mörder seines treuen Dieners deckt. Es geht hier um eine wichtige politische Angelegenheit, wie Ihr an der Anwesenheit des englischen Gesandten seht.«

Fockena grinste geschmeichelt. In gewisser Hinsicht war er das ja auch, denn er hatte in der Tat mehrere wertvolle Vermittlungsdienste geleistet und sein Name durfte sich am Hof in London durchaus hören lassen.

Renke Garrelts sprach eindringlich und beobachtete, ob tatsächlich jedes seiner Worte bei Severin ankam: »Ihr habt dem Kanzler Dr. Rimberti eine falsche Auskunft gegeben und ihn sehr nachlässig empfangen.« Rimberti musste über die Beförderung lächeln, die Garrelts ihm zuteil werden ließ. Sicher würde man Bruder Ibo nun gleich als Rektor der Norder Universität vorstellen. Vermutlich würde auch das Severin größten Respekt einflößen. Der Abt jedenfalls rutschte nun sichtlich beunruhigt auf seinem Stuhl hin und her.

Garrelts sprach weiter: »Wir sind hier, weil wir von Euren großen Verdiensten gehört haben als zuverlässiger Vorsteher dieses Hauses, der bei Mönchen und in den benachbarten Dörfern großen Respekt genießt und der in der Welt der Wissenschaften als großer Gelehrter gehandelt wird. Wir können uns nicht vorstellen, dass Ihr in eine Verschwörung gegen Graf Enno verwickelt seid. Wenn Ihr es seid, kann keine Kirche und kein Gericht und auch Eure Familie Euch nicht vor dem schützen, was auf Euch wartet. Also wascht Euch von jedem schmutzigen Verdacht rein, indem Ihr Euch selbst und uns helft.«

Eindringlich sah Renke Garrelts Severin an, der seine Augen wieder zusammenkniff und ihn aus zwei kleinen Sehschlitzen ansah. In seinem Kopf arbeitete es. Er war nicht daran gewöhnt, anderen zuzuhören und sich mit den Gedanken anderer auseinanderzusetzen. Aber hier ging es um Kopf und Kragen.

Unbemerkt von allen anderen warf Fockena für diese salbungsvollen Worte Garrelts einen anerkennenden Blick zu. Und wie zur Bekräftigung dieser Worte umspielten seine Finger den Schwertknauf.

»Nun gut«, begann Severin etwas unterkühlt. Aber man merkte, dass ihm die Angst im Nacken saß. Er sah Rimberti an: »Verehrter Herr Kanzler, Ihr habt Euch nicht mit Namen und Position vorgestellt, sonst hätte ich Euch sicher anders empfangen. Und das Bild habe ich wohl nicht sogleich erkannt. Bruder Alwin war tatsächlich für wenige Tage hier im Kloster. Und dann ist er ebenso schnell und unauffällig verschwunden, wie er gekommen war. Mehr weiß ich nicht darüber.«

Stumm und erwartungsvoll harrten die Männer und sahen ihn mit durchdringenden Blicken an. Wieder rutschte Severin auf seinem Stuhl hin und her. »Alwin kam im Auftrag des Grafen zu mir. Nur gegen Herausgabe des Klosterschatzes wollte Enno den Fortbestand unseres Hauses garantieren. Alwin sollte alles im Namen des Grafen mitnehmen. Er hatte Leute bei sich, aber die kannte ich nicht. Sie schienen keine Mönche zu sein. An einem Abend zogen sie ab und hatten die wertvollen Gegenstände und heiligen Gefäße sorgfältig verpackt. Mit einer Art Karre zogen sie los. Das war ein schwerer Verlust für unser Kloster.«

»Aber ein großer Gewinn für Euch, denn so könnt Ihr Eure Position halten«, bemerkte Renke Garrelts. Man spürte, dass diese Worte Severin verletzten. Beleidigt antwortete er: »In solchen Zeiten braucht die Kirche Männer, die Beständigkeit und Verlässlichkeit ausstrahlen. Sie sind tragende Stützpfeiler.«

»Lasst mich Eure Männer befragen!«, schlug Rimberti vor. »Ihr könnt nicht über alles unterrichtet sein, was hier vorgeht. Vielleicht erkennen sie jemanden wieder, oder einer erinnert sich an etwas, das uns helfen würde, die Mörder zu finden.«

Severin erhob sich schwerfällig. »Nun gut, wir werden sehen.« Er schritt ihnen voran und rief einen Bruder, damit dieser die anderen im Refektorium versammelte.

Knapp fünfzig Männer standen eine halbe Stunde später in einem Halbkreis vor ihnen, als Rimberti sich kurz vorstellte und nach Alwin und seinen Männern fragte. Die Brüder antworteten nicht, sondern sahen einander fragend an. Schließlich trat einer vor und antwortete mit heller Stimme, was ihnen schon aus den vorherigen Gesprächen bekannt war, nämlich dass Alwin mit vier Gefährten vor mehreren Tagen gekommen sei und die versteckten Klosterschätze mitgenommen habe. Seitdem habe man nichts mehr von ihm oder seinen Leuten gehört. Ibo und Renke Garrelts sahen sich die Mönche genau an. Wegen ihrer Tonsur und Kleidung unterschieden sie sich erst auf den zweiten Blick.

Ibo dachte immer wieder über die Kleider nach, die sie gefunden hatten. Als Mönche verkleidet waren die Männer zu Holthuis gekommen. Vermutlich hatte der alte Mann am Moorrand das im Dunklen nicht erkannt oder es erschien ihm so abwegig, dass er das nicht erkennen wollte. Vielleicht hielt er die Kleidung auch nur für lange Mäntel oder Gewänder.

Aber was war, wenn nicht die Mönchstracht die Verkleidung war, sondern die andere Kleidung, die sie dann auf dem Leib trugen? Natürlich erkannte Ibo in keinem dieser Männer einen wieder, der sie in Leer überfallen hatte. Plötzlich kam ihm ein Einfall. Er flüsterte zu Severin: »Gibt es hier auch ein Krankenlager? Befindet sich dort jemand?«

Severin zuckte die Schultern. »Ob da jemand ist, weiß ich nicht, aber Bruder Wilfried wird Euch den Weg zeigen.«

Ein hoch gewachsener Mann mit einem Jungengesicht und viel zu langen Armen und Beinen führte Renke und Ibo einen Gang entlang. Über ein paar Stufen hinweg gelangten sie in einen Raum, in dem einige Schlafstellen hergerichtete waren. Die Nachmittagssonne schien durch die Fenster. In dem Bett in der Ecke lag ein Mann und ein Bruder saß auf einem Hocker neben ihm. Der Bruder wandte sich zu Ibo um und Ibo sah die Spuren einer Bisswunde an seinem Handgelenk.

35

Während Fockena und Grütering sich von Bruder Winfried die Sakristei und das verbliebene Kirchensilber zeigen ließen, hatten Rimberti und die beiden Garrelts-Brüder im Krankenzimmer Platz genommen. Der Kranke hatte sich mit Schmerzen ein wenig aufgerichtet. Er konnte kaum reden, aber er wollte bei dem Gespräch dabei sein. Sein Name war Georg. Er hatte eine tiefe Stichwunde an der Seite, und es schien fraglich, ob er die nächsten Tage überleben würde. Am Krankenbett saß Bruder Lukas mit der Bisswunde am Handgelenk. Aus dem Refektorium hatten sie unauffällig die Brüder Hinricus und Frerich geholt.

Rimberti begann: »Fockena wird Abt Severin für die nächste Zeit beschäftigen. Auf ihn ist Verlass. Wir können ungestört reden. Sagt uns, was Ihr zu sagen habt.«

Bruder Hinricus begann mit seiner tiefen wohl lautenden Stimme: »Ihr Herren, zunächst müssen wir um Vergebung bitten für das Leid, das wir Euch angetan haben. Zu dem Überfall wurden wir angestiftet. Wahrscheinlich haben wir selber mehr Schläge eingesteckt, als wir ausgeteilt haben, aber es tut uns herzlich Leid.«

Rimberti spürte, dass diese Worte ehrlich gemeint waren, aber trotzdem unterbrach er ihn: »Erzählt bitte alles von Anfang an, damit wir uns ein Bild machen können.«

Lukas fing an zu erzählen. Er hatte eine helle Stimme und sprach sehr schnell und aufgeregt: »Wir vier kommen aus dem Kloster Mariengeest. Das liegt zwischen Bremen und Verden. Obwohl das für unseren Orden ungewöhnlich ist, wurden wir vor zwei Jahren hierher nach Bendiktshusen geschickt. Als Enno Graf wurde, hörten wir davon, dass er Klöster schließen und die Ordensgemeinschaften auflösen wollte. Und man erzählte, dass er alles Wertvolle einziehen wollte.«

»Und da habt Ihr Euch die Gelegenheit zu Nutze gemacht

und wolltet Euch ein schönes Stück von dem Kuchen abschneiden?«, sagte Renke Garrelts mit schneidender Stimme.

Bruder Frerich richtete sich auf: »Nein, wir leben seit unserer Kindheit im Kloster, und wir haben es als das Leben angenommen, das Gott für uns vorgesehen hat. Wir brauchen kein Gold und Silber. Im Kloster wird für uns gesorgt und wir können ein Leben führen, das Gott gefällt.«

»Warum habt Ihr dann den Klosterschatz gestohlen?«, fragte Rimberti.

»Ist der, der einen Dieb bestiehlt und seinen Besitz wieder nach Hause bringt, auch ein Dieb, Herr Doktor?«, fragte Frerich fast ein bisschen spöttisch.

»Ihr wolltet das alles hierher zurückbringen?«

»Nein, niemals«, antwortete Hinricus, »Severin ist den Anforderungen seines Amtes nicht gewachsen. Das ist nicht nur seine Schuld, sondern auch die Schuld derer, die ihm ein solches Amt anvertraut haben.«

Frerich sprach weiter: »Wir fassten den Plan, vor allem die Reliquien des Heiligen Ansgar zu retten, und wenn möglich die heiligen Gefäße, die das Sakrament aufbewahren. Sie sind aus Silber und Gold und Edelsteinen, und doch sind sie nichts als irdische Gefäße für den Leib und das Blut unseres Herrn. Das alles sollte nicht in die Hände eines unwürdigen Grafen fallen, der nur an sich und seine leeren Kassen denkt und dazu auch noch der lutherischen Ketzerei ...«

»Die Ketzer sind doch wohl die, die von der Lehre Christi und der Apostel abgewichen sind!«, wies Rimberti ihn scharf zurecht.

Frerich schnappte nach Luft: »Die heilige Kirche ...«

»Schluss jetzt!«, bellte Renke Garrelts. »Schluss mit dem Gezänk. Wie geht Eure Geschichte weiter?«

Frerich und Rimberti zogen beide ein beleidigtes Gesicht. Lukas berichtete nun mit seiner hellen Stimme: »Wir wollten in einer Nacht mit einigen anderen Brüdern aufbrechen und in unser Heimatkloster zurückgehen. Und wir wollten die Ansgar-Reliquien mitnehmen und alle Altargeräte von besonderem Wert. Ein treuer Mann, der unserem Orden verbunden ist, wollte uns Kleidung zur Verfügung stellen. Den anderen Brüdern, die nicht eingeweiht waren, erzählten wir, wir würden in Kürze das Mönchsleben aufgeben und in unsere Familien zurückkehren. Wir schoren uns nicht mehr die Tonsur. Der Herr vergebe uns diese Lüge.«

»Und dann kam Bruder Alwin«, stellte Renke Garrelts fest.

»Alwin ist ein unwürdiger Mensch. Von seinem viel älteren Stiefbruder wurde er als Kind ins Kloster gesteckt, damit dieser das Erbe für sich allein behalten konnte. In den Verwirrungen, die Graf Enno in Kirche und Land angerichtet hatte, sah er nun eine Möglichkeit, sich ein neues Leben aufzubauen. Vor vier Wochen kam er als Gast in unser Kloster, um sich mit Abt Severin zu bereden. Wir hatten erfahren, was sein Auftrag ist. Also fingen wir ihn auf dem Rückweg ab und boten Alwin unsere Hilfe beim Abtransport der Schätze an und erbaten uns lediglich die Ansgar-Reliquien. Alwin ging darauf ein.«

Bruder Frerich setzte fort: »Je weniger Helfer bezahlt werden mussten, umso größer würde Alwins Anteil sein. Dann kam er vor einigen Tagen wieder zu uns. Er hatte Knechte bei sich. Abt Severin tat, als würde er ihn nicht erkennen. Alwin hatte einen Schlüssel zur Sakristei in der Kirche und zu der zweiten, verborgenen Sakristei, in der die heiligen Gefäße und Reliquien aufbewahrt wurden. Abt Severin tauchte nicht auf, damit seine Rolle in der Abwicklung dieser dunklen Geschäfte gar nicht erst ruchbar würde. Sobald es dämmerte, packten wir die Säcke mit den Kostbarkeiten und verließen das Kloster. Der Bruder an der Pforte war eingeweiht. Ein Stückchen vom Kloster entfernt stand ein Karren, den wir mit der Hand ziehen wollten, da Pferde zu viel Lärm gemacht hätten. Wir zogen unsere Kutten aus und packten sie mit auf den Wagen, um die Säcke mit ihrem wertvollen Inhalt zu schützen. Alwins Knechte hatten uns

Kleider mitgebracht, und wir übernahmen nun die Knechtsdienste und ließen die Männer nach Hause gehen.«

Hinricus setzte die Erzählung fort: »Wir sollten alles nach Aurich bringen und hatten mehrere Stunden Fußmarsch vor uns. Nach einigen Stunden legten wir eine Ruhepause ein und gingen in der Nähe der Einsiedelei ein Stück in den Wald, damit niemand uns bemerken sollte. Wir wussten aber noch nichts von diesem Ort im Wald.«

Lukas unterbrach ihn mit seiner hohen Stimme: »Nun eröffneten wir Alwin, dass wir ihm die wertvollen Leuchter dalassen und alles andere in unser Heimatkloster mitnehmen wollten. Er lachte uns aus und sagte, Graf Enno würde uns morgen seine Männer nachschicken, und wir hätte keine Chance, ihm zu entkommen. Aber wir hatten vorgesorgt. Propst Heyko Tebbena ist der Kirche von Rom treu geblieben. Er wollte kurz vor Aurich mit Pferden auf uns warten und wir wollten Alwin hier an einen Baum fesseln. Bis zum nächsten Tag hätten die Fesseln sicher gehalten, und dann wären wir schon aus Ostfriesland heraus gewesen.«

»Ein guter Plan, das muss ich Euch lassen«, nickte Renke Garrelts anerkennend.

Lukas überhörte das Lob und sprach aufgeregt weiter: »Alwin war unvernünftig. Er riss die Ansgarstatue an sich und ich versuchte, sie ihm wegzunehmen. Schließlich merkte Alwin, dass er nicht gegen uns vier kämpfen konnte. Trotzdem gab er sich nicht geschlagen. Er hatte einen Dolch bei sich. Niemand von uns hatte das gewusst. Er bedrohte uns und versprach, uns nicht anzuzeigen, wenn wir auf der Stelle weggingen und ihn mit den Kostbarkeiten zurückließen. Ich widersprach ihm und sagte, er könne nicht mit uns vieren auf einmal fertig werden. Da machte er einen Satz auf mich zu. Der unglückliche Bruder Alfred ging zwischen uns, um mich zu schützen, und Alwin stach zu.«

Lukas zitterte am ganzen Leib. In seiner Erzählung erlebte er die wohl schrecklichste Nacht seines Lebens noch einmal. »Alfred schrie nicht. Entsetzt sah er auf Alwins blutiges Messer und befühlte seine Seite, aus der Blut kam. Er konnte nicht begreifen, das ihn tatsächlich jemand verletzt hatte. Ich hatte noch das Ansgar-Reliquiar in den Armen, eine massive Holzfigur. Ich sah nur den armen Bruder Alfred und Alwin mit dem blutigen Messer in der Hand. Als Alwin wieder die Hand mit dem Messer hob, schlug ich zu. Zuerst dachten wir, Alwin wäre bewusstlos, aber ich hatte ihn erschlagen.«

Tränen traten Lukas in die Augen. Er konnte nicht weitersprechen. Hinricus setzte die Geschichte fort: »Wir wollten die heiligen Gefäße in Sicherheit bringen, also blieb Frerich mit Alfred und dem toten Alwin zurück, und wir schoben die Karre den ausgetretenen Weg weiter immer tiefer in den Wald hinein und teilweise auch durch das Moor. Nach einiger Zeit kamen wir an eine Stelle, wo früher jemand gelebt haben musste. Es sah aus wie die Wohnstätte eines Einsiedlers. Es war für uns wie ein Zeichen Gottes, dass wir hier sein Eigentum verbergen und in seinem Schutz lassen konnten. Wir verbargen unsere Schätze unter einem zusammengebrochenen Stall und verbrannten unsere Kleider. Wir mussten den verletzten Bruder ins Kloster zurückbringen und dazu brauchten wir unsere Mönchsgewänder.

In den Morgenstunden kamen wir zurück. Mit dem Bruder von der Pforte hatten wir uns eine Erklärung für unseren nächtlichen Ausflug überlegt, aber Abt Severin war nicht weiter an unseren Ausführungen interessiert.«

»Und was habt Ihr mit Alwin gemacht?«

»Wir wollten, dass er in geweihter Erde beerdigt würde – trotz seiner Vergehen. So legten wir ihn ohne Kleidung so nahe an den Weg, dass der erste, der diesen Weg aufmerksam gehen würde, ihn entdecken musste. Man würde ihn für einen erschlagenen Reisenden halten, den ein Räuber auf dem Gewissen hatte. Wir dachten, man würde nicht herausfinden, wer Alwin war und man würde auch keinen Mörder finden. In diesen Zeiten, in denen die Welt aus den Fugen gerät, kann man ein Verbrechen leicht tarnen. Wir hofften, man würde ihn schnell finden und beerdigen, ohne dass sein Tod viel Aufsehen erregte.«

»Da muss ich Euch berichtigen, Bruder!« Rimberti betonte jedes Wort. »Immerhin hat man mich als Mörder verhaftet.«

»Ein Irrtum, der sich gewiss schnell aufgeklärt hätte«, antwortete Frerich.

»Ein Irrtum, den ich und meine Freunde erst jetzt aufklären!«, verbesserte ihn Rimberti.

Frerich sah beschämt zu Boden. Er wusste, dass Rimberti Recht hatte.

Lukas erzählte hastig weiter. »Am nächsten Tag reisten wir nach Leer, um Holthuis um Hilfe zu bitten. Alwin hatte uns von ihm erzählt, der würde der Einzige sein, der uns helfen könne. Probst Tebbena wollten wir nicht in diese Sache hineinziehen. Holthuis versprach, uns gegen ein angemessenes Entschädigungsgeld zu helfen und riet uns, zwei Kaufleute zu erschrecken, die schon Fragen in dieser Sache gestellt hatten. Den Rest der Geschichte kennt Ihr.«

»Ihr habt ihn nicht umgebracht«, erklärte Rimberti ruhig. »Er ist nicht an dem Schlag gestorben. Bei seinem Sturz muss er auf einen Stein oder einen anderen harten Gegenstand gefallen sein. Er hat sich das Genick gebrochen. Das haben wir bei unserer Untersuchung eindeutig festgestellt. Ihr seid keine Mörder.«

»Wir haben trotzdem eine große Sünde auf uns geladen«, flüsterte Alfred in die Stille, und sie merkten, wie ihn diese Worte anstrengten. »Gott möge uns vergeben, und Ihr mögt das auch tun. Darum bitten wir Euch von Herzen.«

»Nun wollen wir hier warten, bis Bruder Alfred wieder gesund geworden ist und dann gemeinsam mit dem versteckten Schatz nach Mariengeest gehen«, sagte Frerich.

Alfred schüttelte den Kopf. »Ich werde einen anderen Weg

gehen. Ihr müsst aufbrechen, ehe man Euch oder den Schatz findet. Rettet die Reliquien.«

Diese wenigen Sätze hatten Alfred so viel Kraft gekostet, dass sein Kopf zur Seite fiel. Er schlief. Renke Garrelts erklärte kurz und bündig: »Euer Versteck haben wir gefunden.«

Erstaunt sahen die Brüder auf. »Ihr wart bei der Einsiedelei?«

»So unbemerkt seid Ihr in jener Nacht doch nicht geblieben«, erklärte Renke und erzählte ihnen den anderen Teil der Geschichte.

»Nehmt den Schatz und übergebt ihn Graf Enno, nur lasst uns die Reliquien nach Mariengeest bringen. Wir werden unsere Sünden büßen!«, bat Bruder Lukas sie. »Es war nicht unser Wille, einem Menschen Schaden zuzufügen. Auch Alwin wollten wir nicht schädigen. Wir hätten ihm etwas von Wert gelassen und er hätte uns in Frieden ziehen lassen sollen. Dass er mit dem Messer auf uns losging, konnten wir nicht ahnen.«

»Und Lukas wollte nur Alfred zur Hilfe kommen. Wenn Ihr so wollt, hat Alwin seine gerechte Strafe erhalten. Der heilige Ansgar hat ihn für seinen Frevel bestraft«, erklärte Frerich.

»Bitte helft uns. Wir werden die Reliquien in unserem Kloster in Sicherheit bringen und kommen dann zurück, um uns zu stellen«, bat Hinricus.

Rimberti sprach leise, als befürchte er, dass jemand mithören könne, was nun kam. »Wir werden Euch helfen. Ich werde Euch eine Nachricht schicken. Was habt Ihr den anderen über Bruder Alfreds Verletzung erzählt?«

»Uns fiel nichts Gescheites ein. Wir gaben vor, Bruder Alfred in der Nacht gesucht zu haben, da er von der Feldarbeit nicht zurückgekommen war. Wir erzählten dem Abt, er sei unglücklich gestolpert und in seine Hacke gestürzt. Dabei habe er sich schwer verletzt.«

Renke Garrelts schüttelte den Kopf. Frerich erklärte: »Wir sind nicht gewohnt, uns so etwas auszudenken, aber den Abt interessierte es sowieso nicht weiter. Er hat in den letzten Tagen übrigens auch nicht einen einzigen Krankenbesuch bei Bruder Alfred gemacht. Vermutlich hat er die Sache schon wieder vergessen.«

Rimberti dachte, dass es Zeit sei, das Gespräch zu beenden. Niemand sollte merken, dass sie so lange im Krankenzimmer waren. »Ihr seid hier in Sicherheit. Wir wollen versuchen, etwas für Euch zu tun.«

»Tut es nicht für uns, sondern für den heiligen Ansgar«, sagte Lukas mit Inbrunst.

»Ansgar wird unsere guten Taten nicht mehr nötig haben, aber Euch werden wir gerne helfen«, antwortete Rimberti etwas von oben herab.

36

Auf dem Ritt nach Norden sprachen sie alles noch einmal durch. »Ich glaube ihnen«, erklärte Rimberti.

»Ich auch«, brummte Renke Garrelts, »wenn ich auch mit ihrem Gerede von Ansgars heiligen Knochenresten nicht viel anfangen kann. Aber es ist anscheinend ihre Überzeugung, und alles Weitere interessiert mich nicht. Morgen will Enno ein paar schöne Dinge aus Gold und Silber von uns haben, und wenn uns nicht bald etwas einfällt, dann ...«

»... dann werden Ansgars Knochen zwar so schnell nicht wieder zur Ruhe kommen, aber unsere Freunde werden sicher auch so von ihrem Heimatkloster aufgenommen«, erklärte Ulfert, und damit war die Sache für ihn beendet.

Meike war ganz in Gedanken, als sie am frühen Abend von der kleinen Hütte in der Nähe des Norder Hafens zurückkam, in der ihre Eltern lebten. In den vergangenen Wochen hatte sie nur selten Gelegenheit gehabt, sie zu besuchen. Aber nun, wo ein neues Leben für sie beginnen würde, sollten die Eltern nicht mehr so oft vergeblich auf sie warten.

Sie schlenderte durch die fast menschenleeren Straßen und Gassen Nordens, und überlegte, wie sie an eine neue Stellung kommen könnte. Für Frau Gesa würde Kea nun wieder sorgen, und vielleicht war es gut, dass sie dieses Haus mit den vielen unguten Erinnerungen nicht mehr so häufig sehen musste. Vielleicht könnten Gesas Freunde ihr bezahlte Arbeit vermitteln. Sie war so mit ihren Gedanken beschäftigt, dass sie viel zu spät merkte, dass ihr jemand folgte.

Gerade wollte sie sich umdrehen, als sie im selben Moment von hinten angegriffen wurde und jemand eine schwere Decke über sie warf. Sie schlug um sich, vergeblich. Mit einem Ruck wurden ihre beiden Hände gepackt und ihre Arme auf den Rücken gedreht. Sie schrie vor Schmerz auf, aber durch die Decke konnte sie niemand hören. Sie merkte, dass sie in einen Hauseingang gezerrt wurde. Sie versuchte, sich dagegen zu wehren. Es gelang ihr, eine Hand frei zu bekommen. Sie hielt sich an einem Türpfosten fest. Da trat man sie kräftig, sie stolperte in das Haus und fiel auf den Boden.

Jemand zog die Decke weg. Sie sah zwei völlig unbekannte Männer, groß, kräftig und in schmutzige Lumpen gekleidet. Auf einem Tisch brannte eine Kerze. Erst jetzt sah sie das Gesicht des Mannes, der am Tisch saß: Magister Ulbrandi.

Er lächelte sie freundlich an: »Wir haben noch eine Rechnung offen. Und mein treuer Diener wird dafür sorgen, dass du sie auch bezahlst.«

Er machte eine Handbewegung, und aus dem dunklen Nebenraum trat Eilert Hobben grinsend herein.

Rimberti seufzte auf, als es an seine Tür klopfte. Nicht ein einziges Mal war es ihm bisher in diesen Tagen vergönnt gewesen, einmal auszuschlafen und den Morgen in Ruhe zu beginnen. Draußen war es gerade hell geworden. Wieder klopfte es.

»Ja, ich bin wach, was ist los?«, rief er schlecht gelaunt.

Grütering trat ins Zimmer. »Gerade ist ein Bote von Graf Enno gekommen; der Graf wird erst morgen Abend in Norden sein und erwartet, dass Ihr ihm dann etwas zu sagen habt.«

»Sage dem Boten, dass der Graf morgen Abend etwas zu hören und zu sehen bekommt.«

Rimberti versuchte noch einmal einzuschlafen. Aber inzwischen waren auch alle Gedanken wach geworden, und an diesem Tag war viel zu tun.

Gestern Abend hatten sie einen Plan ausgetüftelt, mit dem sie jedem gerecht zu werden hofften. Sie waren sich einig, dass sie die vier Mönche schützen wollten, so weit das möglich war. Auf der anderen Seite mussten sie den Grafen zufrieden stellen.

Rimberti würde heute Vormittag die Briefe schreiben, die zu schreiben waren, und alles Nötige für den morgigen Tag regeln. Er hatte dann also fast zwei Tage Zeit, um die Angelegenheiten seines Grafen anzugehen. Heute Nachmittag würde er das Testament von Frau Gesa aufsetzen und er würde Christoph Grütering zu Notar Ufen schicken, damit der sich dann ebenfalls einstellte. Am Abend musste er sich mit den Mietern von zwei Stadthäusern und mit den Pächtern eines Hofes und einer größeren Landstelle treffen, die ihren Zins zu entrichten hatten. Rimberti würde seinem Grafen vorschlagen, einen Teil des Geldes in die Unternehmungen des Handelshauses Garrelts zu investieren. Morgen Vormittag würde er in Hage noch ein paar Dinge mit dem Pächter zu regeln haben, den er neulich nicht angetroffen hatte und den er heute anschreiben wollte. Die übrigen wenigen Besuche würde er auf der Rückreise machen.

In Leer würden ihn Männer seines Grafen erwarten, die ihn und das viele Geld sicher nach Hause geleiten würden. Schon jetzt war der Gedanke an den Ritt nach Leer und weiter nach Hause nicht sehr angenehm für Rimberti.

Holthuis riss sofort den so lange erwarteten Brief auf. Er hatte in der Nacht nicht geschlafen vor lauter Angst, die Herren würden ihn doch beim Grafen anzeigen. Was er las, brachte seinen Atem zum Stocken. Sie forderten nicht wenig von ihm. Aber wenn er auf ihren Wunsch einging, würde das sein Leben und seinen übrigen Besitz retten.

Er verbrannte den Brief, so wie es in dem Schreiben von ihm verlangt wurde und machte sich unverzüglich mit einem Begleiter auf den Weg.

Am frühen Nachmittag brachte Fockenas Diener Ahlrichs einen Brief in das Kloster Bendiktshusen. Auf Befehl Graf Ennos sollte er diesen direkt an die Klosterbrüder Frerich, Lukas, Alfred und Hinricus übergeben. Ahlrichs traf sie im Krankenlager an. Bruder Alfred hatte gerade seinen letzten Atemzug getan. Ahlrichs bekreuzigte sich und verharrte schweigend an der Tür, während Bruder Hinricus ein Gebet sprach. Dann übergab er den Brief.

Lukas ließ den Brief in seiner Kutte verschwinden. Sie würden ihn nachher lesen und tun, was man von ihnen erwartete. Mit dieser Auskunft war Ahlrichs zufrieden, er verneigte sich und zog davon.

Die drei sprachen noch ein Gebet für die gute Seele ihres Gefährten, der sich für den heiligen Ansgar und für sie geopfert hatte und gewiss nicht ohne Verdienste im Himmel von ihnen gegangen war. Und sie beteten für ihre armen Seelen, die viel Schuld auf sich geladen hatten. Lukas sah in Gedanken die schwere Holzfigur auf Alwins Kopf niederfallen, und er wusste, dass dieses Bild ihn in vielen Tag- und Nachtträumen verfolgen würde. Aber er wusste auch, dass er immer wieder so handeln würde.

Nachdem sie den Brief gelesen und verbrannt hatten, verständigten sie Abt Severin, dass Bruder Alfred verstorben war. Der nickte und sah gar nicht von seinen Papieren auf. Nach einer Weile hob er den Kopf und wunderte sich, dass die drei immer noch da waren. »Nun gut, wendet Euch an Prior Marius, er wird sich um unseren Bruder kümmern und alles weitere veranlassen. Der Herr sei seiner Seele gnädig. Nun geht.«

Erleichtert gingen die drei. Sie würden den Leib Bruder Alfreds den Brüdern im Kloster und seine Seele dem Allmächtigen und Barmherzigen Gott überlassen. Sie selbst hatten jetzt anderes zu tun.

37

Christoph Grütering ging den Weg noch einmal. Heute morgen hatte ihm Kea gesagt, Meike sei gestern zu ihren Eltern gegangen und seitdem habe man sie nicht mehr gesehen. Vermutlich sei sie dort über Nacht geblieben. Meikes Eltern waren hellhörig geworden, als der junge Mann sich bei ihnen nach Meike erkundigte. Sie wussten nur, dass sie am frühen Abend wieder fortgegangen war.

Grütering war den direkten Weg zweimal gegangen und war auch zweimal auf Nebenwege ausgewichen. Er wusste ja nicht recht, wonach er suchen sollte. Wen konnte er fragen? Und wohin konnte Meike verschwunden sein? Ob sie sich etwas angetan hatte? Aber wenn man im Norder Hafenbecken eine Ertrunkene gefunden hätte, wäre das sicherlich das Stadtgespräch gewesen.

Mit einem unguten Gefühl kehrte er wieder in sein Quartier zurück. Weert Garrelts kam gerade aus dem Kontor in die Diele, um einen Kunden zu verabschieden. Grütering wartete weiter hinten in der Diele, bis der Gast draußen war.

Grütering hatte zwar den Rang eines Bediensteten, aber als Sekretär eines Zweiten Kanzlers hielt er sich doch für eine einigermaßen respektable Person, und darum fasste er sich ein Herz, als der alte Garrelts wieder in sein Kontor zurückging, und sprach ihn zögerlich an: »Verzeiht, wenn ich Euch störe.«

»Junger Freund, kann ich zu Diensten sein?«, fragte der Alte gut gelaunt mit seiner bedächtigen, etwas heiseren Stimme.

»Wir haben Euch gestern von dem Vorfall in Frau Gesas Haus erzählt. Nun ist seit gestern Abend die Magd Meike nicht mehr gesehen worden. Ich mache mir Sorgen, weiß jedoch nicht, wo ich suchen soll.«

Weert Garrelts zog seine buschigen Augenbrauen zusammen, sodass er ein fast finsteres Gesicht machte. »Vielleicht ist sie weggelaufen aus Angst vor der Schande. Aber das müsste sie nicht. Frau Gesa hat ihr doch verziehen und durch ihre Ehrlichkeit hat sie bewiesen, dass ein guter Kern in ihr ist.«

»Sie erzählte, dass Ulbrandi vor allem auf sie seinen Zorn richten und dessen Schreiber Hobben ihr nachstellen würde.«

»Ich denke, Ulbrandi hat sein Lehrgeld bezahlt. Er kann diesen Verlust gut verkraften. Er ist einer der reichsten Männer in Norden. Ich glaube nicht, dass er Ehre und Besitz für die Rache an einer kleinen Magd aufs Spiel setzen wird. Entschuldige, das ist nicht abschätzig gemeint.«

Grütering nickte.

»Ich habe noch zu tun, aber wenn sie bis heute Mittag nicht wieder eingetroffen ist, müssen wir mit dem Schüttemeister sprechen. Ich kenne ihn gut.« Weert Garrelts sah ihn noch einen Moment an und verschwand dann in seinem Kontor.

Grütering ging zu Lübbert Rimberti. Einige Schreibarbeiten warteten auf ihn. Rimberti hatte alles in Stichworten vorformuliert, aber seine Schrift war so unleserlich, dass Grütering behauptete, Rimberti könne das von ihm Geschriebene spätestens eine Stunde nach der Niederschrift selber nicht mehr entziffern. Nur er, Grütering, sei dazu im Stande. Er schrieb die Texte in gut proportionierter und wohl gesetzter Handschrift ab, ohne Schnörkel, jedoch nicht ohne Kunst – wie er stolz von sich behauptete.

Rimberti bemerkte die innere Unruhe seines Schreibers.

»Woran denkst du Grütering?«

»An Meike. Sie wird vermisst. Ihre Eltern wissen nicht mehr, als dass sie gestern wieder nach Hause gegangen ist, aber Kea sagt, dass sie dort nie angekommen ist.«

»Vielleicht ist sie bei Freunden oder sie hat die Stadt verlassen, um dort, wo niemand sie kennt, ein neues Leben anzufangen.«

Christoph Grütering schüttelte den Kopf. »Aber ihre Sachen sind ja alle noch in ihrer Kammer, bei Frau Gesa. Sie würde ja nicht ohne ihre Habseligkeiten oder wenigstens einen kleinen Geldbetrag losgehen.«

Rimberti wurde nachdenklich.

Grütering brachte seine Bitte vor: »Macht es Euch etwas aus, wenn ich die anderen Papiere später abschreibe? Was Ihr heute benötigt, ist fertig, und das andere wird spätestens morgen früh fertig sein.«

Rimberti nickte. »Einverstanden, aber unternimm nichts ohne mich oder die anderen.«

Meike hielt ihre Augen geschlossen. So lange die Leute dachten, sie schliefe, würde man sie vielleicht in Ruhe lassen. Sogar, wenn sie still da lag, spürte sie ihre Schmerzen. Hobben wollte gestern über sie herfallen, aber Ulbrandi hatte ihn davon abgehalten. Als Ulbrandi gegangen war, hatte Hobben nach ihr getreten. Und dabei hatte er gelacht: »Das ist für neulich. Du weißt schon. Ich weiß nicht, was der Magister mit dir vorhat, aber wenn der mit dir fertig ist, dann bin ich dran.«

Einer der beiden Riesen, die sie entführt hatten, hatte Hobben wortlos beiseite geschoben. Als Hobben widersprechen wollte, hatte er ihn kurzerhand gepackt und aus dem Haus geworfen. Die beiden würden jede ihrer Regungen bewachen, aber sie würden ihr nichts tun.

Fieberhaft überlegte Meike, was Ulbrandi wohl von ihr wolle. Sie befürchtete das Schlimmste. Vermutlich würde er sie zwingen, ein Verbrechen gegen Frau Gesa oder jemand anderen zu begehen. Oder er würde es selbst tun und den Verdacht auf sie lenken, denn wie sollte er sie zwingen, dergleichen zu tun?

38

Grütering hatte den ganzen Vormittag Ulbrandis Haus beobachtet. In der Nähe hatte die Familie Garrelts einen Speicher, und aus einer kleinen Luke oben hatte er eine gute Sicht auf Ulbrandis stattliches Wohnhaus. Er hatte auch den Zuweg zum Hintereingang im Blick. Niemand konnte das Haus betreten oder verlassen, ohne von Grütering gesehen zu werden.

Von Ulbrandi war nichts zu bemerken. Er war entweder den ganzen Vormittag unterwegs oder noch daheim.

Grütering wurde das Gefühl nicht los, dass Ulbrandi etwas mit der Sache zu tun hatte. Er überlegte, wo sie Meike versteckt hielten. Würde er ihr etwas antun – als Strafe für ihren Verrat? Vermutlich war es für den Magister zu gefährlich, sie in den eigenen vier Wänden gefangen zu halten.

In der Ferne sah er eine bekannte Gestalt herankommen. Hobben ging durch die Hintertür ins Haus. Kurz danach kam er wieder heraus und eilte davon.

Grütering starrte gebannt auf das Haus, aber mehr war nicht zu sehen.

Kea verzog das Gesicht, als Eilert Hobben vor Frau Gesas Tür stand.

»Ich glaube nicht, dass meine Herrin dich sehen will.«

»O, dass glaube ich doch; denn wenn sie mich nicht sehen will, wird sie eine andere Person auch nicht wiedersehen!«

»Sprichst du von Meike? Haltet ihr sie gefangen? Habt ihr ihr etwas angetan? Wo ist sie?«

»Wer weiß, wer weiß?« Hobben tat geheimnisvoll. »Ich bin aber nicht befugt, solche Dinge mit einer Dienstmagd zu erörtern, führe mich zu deiner Herrin.«

Stumm saß Frau Gesa in ihrem Sessel und hörte sich an, was Hobben ihr zu sagen hatte. Hobben erklärte ihr, dass Meike in Sicherheit sei und ihr kein Leid geschehen würde, wenn sie das Papier, dass Ulbrandi unterzeichnet habe, ihm wieder mitgeben würde. So sei der Wahrheit und Gerechtigkeit geholfen – und Meike auch. Und den anderen, die bei der Unterzeichnung dabei gewesen seien, könnte man erzählen, dass es ein Missverständnis gewesen sei – und das sei es ja auch tatsächlich in jeder Hinsicht gewesen.

Gesa schnitt ihm mit einer Handbewegung das Wort ab.

»Wage nicht noch einmal, mein Haus zu betreten, du Schmierfink. Ich habe die Urkunde nicht hier im Haus. Notar Ufen verwahrt sie und wird sie Euch niemals in die Hände geben. Ich lasse es am Abend vorbeibringen und hoffe, dass Meike noch vor Einbruch der Dämmerung hier ist. Wenn ihr etwas geschehen ist oder wenn du ihr etwas angetan hast, wirst du bitter es bereuen.«

Gesa sah Hobben direkt in die Augen. Sie ließ keinen Zweifel aufkommen, dass sie es wirklich so meinte und auch Möglichkeiten besaß, ihre Drohung umzusetzen.

Hobben war verunsichert und Kea, die sich im Hintergrund hielt, war froh, dass ihre Herrin langsam zu ihrer alten Form zurückfand. Etwas verlegen verabschiedete sich Hobben. Kurze Zeit später klopfte es wieder an die Haustür. Diesmal stand ein völlig verzweifelter Christoph Grütering vor der Tür und rang nach Atem. Kea winkte ihn herein und führte ihn sofort zu Gesa.

»Du bist ein feiner Junge«, sagte die alte Dame, »du hast meine gute Kea wieder zu mir gebracht und hast geholfen, mich vor einer großen Dummheit zu bewahren. Denke nicht schlecht von mir. Krankheit und Selbstmitleid können einen alten Menschen verändern. Meike hat eine große Schuld auf sich geladen, aber meine Schuld ist nicht weniger groß. Wir sind beide auf die Barmherzigkeit Gottes und der Menschen angewiesen. Aber nun will ich dir keine Predigten halten. Junge, du siehst sehr unglücklich aus, du machst dir Sorgen?«

Grütering erzählte ihr, was er beobachtet hatte und was er vermutete. Gesa seufzte schwer: »Ich muss dir leider Recht geben, aber wir haben keine Möglichkeit, uns zu wehren. Ich werde die Urkunde nachher bei Notar Ufen abholen lassen, und dann wird sie Magister Ulbrandi gebracht. Jetzt hat Ulbrandi mich schon das zweite Mal überlistet. Aber wenn Meike nichts geschehen soll, müssen wir es so machen.«

»Wartet noch bis heute Abend und gebt ihm die Urkunde nicht vorher. Ich habe noch eine Idee«, bat Grütering.

Bei einem Bäcker kaufte sich Grütering etwas zu essen und bezog mit seinem Proviant wieder seinen Posten im Speicherhaus. Nichts rührte sich dort. Die Stunden vergingen. Inzwischen war es früher Nachmittag. Grütering hielt es nicht mehr aus. Er konnte nicht mehr warten, er wusste, irgendwo wurde Meike gefangen gehalten, irgendwo in Norden musste das ein, aber wo?

Er stopfte sich den Rest des Brotes in den Mund und verließ seinen Beobachtungsposten, um noch einmal den Weg zum Hafen und zurück zu gehen.

Als er an Ulbrandis Haus vorbeiging, sah er, dass die Tür geöffnet wurde. Schnell verbarg er sich in einer Lohne. Der Magister und sein Schreiber gingen in die andere Richtung zum Hafen hin. Grütering hatte nun zwei Möglichkeiten: entweder er folgte den beiden, oder er versuchte, in Ulbrandis Haus einzudringen. Durch etwas zweifelhafte Freunde in früherer Zeit war es für ihn kein Problem, Schlösser zu öffnen. Aber was, wenn doch jemand da war?

Kurz entschlossen ging Grütering an die Haustür und klopfte. Er überlegte sich, ein unbestimmtes Anliegen vorzubringen, falls doch jemand öffnen sollte. Grütering klopfte noch einmal, fester und lauter. Nichts rührte sich. Er schaute sich um, ob jemand ihn beobachte. Nichts, niemand. Schnell, aber ohne zu rennen, ging er um das Haus. Das Schloss der Hintertür barg keine Probleme.

Meike aß widerwillig das Brot, das Ulbrandi ihr mitgebracht hatte. Sie wusste, dass es ihr nichts nützen würde, das Essen zu verweigern. Den Männern würde es egal sein, ob sie Hunger hatte oder nicht. Ulbrandi hatte ihr seinen Plan erklärt.

»Und was ist, wenn sie darauf nicht eingeht? Ich bin schließlich in Frau Gesas Haus eingedrungen, ich habe sie belogen und habe mitgeholfen, ihre Magd zu verleumden.«

Ulbrandi grinste und verbarg damit seine Unsicherheit. Diese Möglichkeit hatte er nicht zu Ende gedacht. Er war davon ausgegangen, dass man alles tun würde, um Meike zu retten, zumal Gesa ja nichts verlieren würde, wenn sie den Vertrag zurückgab. Im Gegenteil. Sie würde sogar ihr Geld und ihre Landstelle behalten. Warum sollte sie so töricht sein?

Ulbrandi betonte jedes Wort einzeln: »Dann wird man dich, meine liebe Meike, übermorgen aus dem Hafenbecken fischen, wo du dich vor lauter Kummer über deine große Schande ertränkt hast.«

39

Grütering konnte den langen Flur bis zur Vordertür einsehen. Alle Räume gingen rechts ab. Nichts war zu hören, – außer seinem eigenen Herzklopfen. Zuerst kam er an der Küche vorbei. Ulbrandi hatte bestimmt eine Frau, die ihm den Haushalt führte. Aber um diese Zeit war sicher niemand hier. Vorsichtig schaute er um die Ecke und sah die blitzblanken Töpfe aus Metall, Krüge und Schüsseln. Alles war aufgeräumt, auch der

Boden war sauber.

Neben der Küche war eine kleine Vorratskammer. Sie lag ein paar Tritte tiefer und darum war es hier kühler als im übrigen Haus.

Am Treppenaufgang vorbei fand er die Tür zu einem großen Raum an der Vorderseite des Hauses. Es war Ulbrandis Arbeitszimmer – ein großer, heller Raum. Aus drei Fenstern hatte er einen Blick nach draußen. Ein mächtiger Tisch stand an der Fensterseite, davor ein prächtiger mit Schnitzereien verzierter Lehnstuhl. An der Rückwand stand ein schwerer, kostbarer Schrank, in dem er sicherlich Bücher und Schriftstücke verwahrte.

Gegenüber stand ein Tisch mit vier Stühlen für Besucher und hinter der Tür befand sich ein weiterer Tisch mit einem Stuhl – vermutlich der Arbeitsplatz des Schreibers.

Wie ein verlassener Ort sah dieses Haus aus, keine Spur von Leben. Die große Tischplatte war leer; sogar Papier, Tintenfass und Feder waren weggeräumt. Nur die Abwesenheit von Staub wies darauf hin, dass hier jemand lebte und arbeitete.

Grütering stieg vorsichtig die Treppe hoch, bei jedem Knarren fuhr er zusammen. Ihm war nicht wohl. Er stand in einer Art Diele. Nach vorne und hinten gingen jeweils zwei Zimmer ab, eine Stiege führte nach oben. Grütering kletterte hinauf und hob vorsichtig die Luke an. Eine dünne Staubschicht bedeckte den Boden. In letzter Zeit konnte also niemand hier gewesen sein. Vier stattliche Truhen standen auf dem Dachboden.

Plötzlich hörte er etwas. Türangeln quietschten irgendwo unten. So schnell und gleichzeitig so behutsam, wie er nur konnte, schlüpfte Grütering auf den Boden und ließ vorsichtig die Luke hinunter. Er wusste, dass er sich leise verhalten musste, war aber auch gleichzeitig neugierig auf das, was sich in den Truhen verbarg. Diese waren so groß, dass der Tischler sie hier oben zusammengesetzt haben musste. Aber an den Schlössern hatte man wohl gespart. Ohne Mühe öffnete Grütering sie. Er fand alte Reitstiefel, abgetragene Kleidungsstücke, Schüsseln, Krüge und in einer Truhe ein kurzes, kunstvoll gearbeitetes Schwert, das schon leicht angerostet war. Übermütig steckte Grütering es in seinen Gürtel. Wer weiß, wozu es gut sein konnte?

Er hob die Luke etwas an und lauschte. Von unten kamen Geräusche. Vermutlich arbeitete die Wirtschafterin in der Küche.

Eine Tür wurde geöffnet, ein Luftzug fuhr durch das Haus. War die Wirtschafterin nach draußen gegangen, um etwas aus dem Gemüsegarten hinter dem Haus zu holen?

Grütering ging die Stiege hinunter. Wenn man ihn hier schon entdecken würde, wollte er wenigstens über das Haus Bescheid wissen und alle Räume nach Meike abgesucht haben.

Beide Türen nach vorne führten in ein großes Wohnzimmer. Nur mit einem raschen Blick nahm Grütering die Einrichtung wahr. Ein prachtvoller Kachelofen nahm die Rückwand ein. Die Möbel waren meisterhaft gearbeitet: ein schwerer Tisch mit kunstvoll geschnitzten Stühlen, zwei massive Schränke in den einfachen klaren Formen, die man jetzt bevorzugte. Auf den Tischen standen silberne Leuchter, schlicht gearbeitet und sicher von hohem Wert. Die beiden anderen Türen führten in zwei Kammern, von denen eine Ulbrandis Schlafkammer sein musste.

Grütering hatte das Gefühl, doch einiges über Ulbrandi herausgefunden zu haben. Der Magister liebte das Schöne. Gleichzeitig war er ein Mann, der von sich nichts preisgeben wollte. So verschlossen wie die meisten Schränke und Truhen im Haus war auch wohl sein Herz. Und so, wie kein herumliegendes Blatt Papier und kein unaufgeräumter Gegenstand etwas über den Bewohner des Hauses preisgeben konnten, so würde sicher auch kein unbedacht ausgesprochenes Wort *mehr* über Redenius Ulbrandi verraten, als er sich vorgenommen hatte.

Die Hintertür wurde wieder geöffnet und geschlossen. Grütering hörte schlurfende Schritte in der Küche. Vorsichtig schlich er nach unten und drückte sich hinter einen Wandvorsprung. Plötzlich klopfte es am Eingang. Jetzt würde ihn die Wirtschafterin sehen und mit dem Schwert würde sie ihn sogar für einen Räuber halten. Es klopfte ein zweites Mal etwas lauter. Nichts geschah. Niemand ging öffnen, obgleich dort eine Person richtig unverschämt gegen das Holz hämmerte. Die Wirtschafterin musste schwerhörig oder taub sein. Grütering schlich durch den Flur an die Küche heran. Eine dicke Frau stand mit dem Rücken zu ihm und war damit beschäftigt, ein Huhn auszunehmen. Grütering huschte vorbei und verließ leise das Haus. Das kurze Schwert versteckte er unter einem Busch. Er würde sich damit nicht sehen lassen können, ohne verdächtig zu wirken.

Und wieder machte er sich auf den Weg zum Hafen. Wenn überhaupt, mussten sie Meike hier irgendwo versteckt halten. Wie hätten sie diese sonst gegen ihren Willen durch die ganze Stadt zerren sollen, ohne dass es jemandem auffiel? Der Magister musste Freunde haben, bei denen er die junge Frau versteckt hielt, oder er besaß vielleicht selbst ein Haus in der Nähe. Grütering hörte die Stundenglocke. Nun hatte er nur noch drei Stunden, um sie zu finden. Er ärgerte sich, dass er so viel Zeit auf dem Speicher und in Ulbrandis Haus vertrödelt hatte.

40

Renke Garrelts hörte Grütering aufmerksam zu. Er dachte laut nach. »So oder so ähnlich muss es sein, aber ich habe lange nicht mehr in Norden gelebt, ich weiß nicht, wo Ulbrandi seine Freunde oder seine Häuser hat. Aber mein Vater kennt den Reviermeister, und der könnte es ja wissen.«

Rickleff Kroon kam aus seiner Werkstatt und begrüßte

Renke Garrelts und Christoph Grütering. Er war ein großer, schlanker Mann mit einem scharf geschnittenen Gesicht und einer riesigen Nase. Sein Blick hatte etwas Angestrengtes und Misstrauisches, er zog die Augenbrauen zusammen und sah die beiden Besucher scharf an. Erst als Renke Garrelts sich mit Namen vorstellte, hellte sich seine Miene auf. »So, sind die beiden jungen Herren wieder zu Hause. Herzlich willkommen, in Norden hat sich viel verändert in den letzten Jahren ...« Offenbar hielt er Grütering für Renke Garrelts Bruder.

»Wir haben es mit Freude gesehen«, antwortete Renke. Kurz unterhielten sie sich über einige bauliche Veränderungen, die Renke nach seiner Ankunft gesehen hatte. Grütering wurde ungeduldig. Er wollte die Zeit nicht mit Schwätzen vertun. Aber er wusste auch, dass man nicht immer mit der Tür ins Haus fallen konnte.

Schließlich kam Renke Garrelts zur Sache: »Meister Rickleff, meine Freunde haben Ärger mit Redenius Ulbrandi. Er muss hier ein Versteck haben, ein Haus oder einen Schuppen oder so etwas.«

Wieder verfinsterte sich Rickleff Kroons Gesicht. »Ulbrandi – das ist ein Mann, der mit Tinte und Federkiel genauso ein großer Räuber ist, wie andere mit Knüppel und Messer. Er hat in der Nähe des Hafens zwei Häuser. Aber in beiden wohnen Männer, die am Hafen arbeiten, mit ihren Familien. Nein«, unterbrach er sich nachdenkend, »ich meine, dass ein Haus leer steht, weil die Familie von Norden weggegangen ist, aber genau weiß ich das nicht. Vielleicht sind auch schon wieder neue Bewohner da. Ulbrandi hat das noch nicht gemeldet. Aber zum Quartal muss ich meine Liste wieder durchgehen. Was hat er versteckt?«

»Eine junge Frau. Das vermuten wir jedenfalls. Sie ist eine wichtige Zeugin und wir müssen sie bis zum Abend finden.«

»Soll ich mit Euch gehen?« Rickleff Kroon sah Garrelts besorgt an.

»Wenn es Probleme gibt, werden wir Euch sofort holen«, meinte Renke Garrelts, und er ließ sich von Kroon beschreiben, wo die beiden Häuser lagen.

Renke übernahm eines der Häuser und Grütering das andere. Auf Grüterings Klopfen öffnete eine kleine Frau, die jünger sein musste als er, die aber viel älter und verlebt aussah. Grütering fragte nach Meike. Die Frau öffnete die Tür, und Grütering trat ein. Im Haus war ein saurer und muffiger Geruch, und überall lag etwas herum. Auf dem Tisch standen ein Krug und zwei Gläser. Auf der Bank neben dem Ofen lag ein Mann und schnarchte.

Die Frau sah Grütering herausfordernd an und nickte mit dem Kopf zur Bank: »Das ist der einzige Magister, der hier wohnt. Meister Ulbrandi kommt hier nicht her. Und eine Meike wohnt hier nicht.«

Grütering nickte und wandte sich ab. Was er gesehen hatte, reichte. Vertraulich legte sich die Hand der Frau an seinen Arm. »Magst du nicht trotzdem bleiben?« Die junge Frau musterte Grütering von oben nach unten. »So ein stattlicher junger Mann wird doch gerne ein Glas Branntwein trinken.«

Grütering lehnte verlegen ab und machte, dass er wegkam.

Als Renke Garrelts geklopfte hatte, passierte lange Zeit nichts. Er klopfte ein zweites Mal. Es dauerte eine ganze Weile, bis ein Mann öffnete, der so groß und dick war, dass er fast die ganze Türöffnung für sich einnahm. »Was willst du?«, fragte er mit aggressivem Unterton.

Garrelts erkundigte sich nach Meike.

»Die gib´s hier nich. Hier wohn´nur mein Bruder un´ ich. Wir sin´ anständige Leute. Un´ nu´ sieh zu, dass du wechkommst.«

Als es klopfte, richtete sich Meike auf. Der Magister und Hobben kamen ohne zu klopfen herein, also musste das jemand anders sein. Die beiden Männer schauten sich verdutzt an. Was sollten sie tun? Einer ging zur Tür und der andere kauerte sich vor Meike. Sie saß hinter einer Bretterwand, sodass ihr der Blick verstellt war. »Ein Mucks und es passiert was!«, drohte der Mann neben ihr. Meike nickte. Als es ein zweites Mal klopfte, wurde vorne geöffnet, und sie hörte, dass nach ihr gefragt wurde.

Sofort drückte der Mann ihr seine riesige, schmutzige Hand auf den Mund. Vorher gelang es ihr noch, einen erstickten Laut von sich zu geben. Sie wusste, dass man sie dafür gleich schlagen würde. Und sie befürchtete auch, dass dieser Schrei nicht laut genug gewesen war, um draußen gehört zu werden. Sie begriff, dass der Besucher nach einem kurzen Wortwechsel ging. Es war umsonst gewesen. Der Mann gab ihr einen Schubs und ging wieder zu seinem Kumpan.

41

Renke Garrelts wurde die Tür vor der Nase zugeschlagen. Hatte da drinnen jemand gerufen? Ein erstickter Hilfeschrei? Es wäre sinnlos gewesen, sich gewaltsam Eintritt in das Häuschen zu verschaffen. Mit dem Kerl an der Tür hätte er es niemals aufnehmen können, und es musste mindestens noch ein zweiter Mann da sein, der Meikes Verzweiflung erstickt hatte, wenn sie es denn war. Am verabredeten Treffpunkt wartete er auf Grütering.

»Ich weiß, wo wir suchen müssen«, sagte Renke Garrelts. »Aber wir haben nichts in der Hand, keinen Beweis und nichts. Ich weiß nicht, ob wir mit ein paar Verdächtigungen zum Bürgermeister gehen können? Ulbrandi ist immerhin ein einflussreicher Mann in Norden, und da werden sich die zuständigen Ratsherren doppelt überlegen, ob sie etwas gegen ihn unternehmen. Das Beste ist, wir beraten uns mit den anderen.«

»Aber es muss schnell gehen!«, warf Grütering ein. »Heute Abend soll die Urkunde übergeben werden, oder Meike stößt etwas zu, und dann war alles umsonst.«

Renke Garrelts klopfte ihm freundschaftlich auf die Schulter, und mit raschem Schritt gingen sie nach Hause.

Weert Garrelts schwieg, nachdem er sich die Geschichte angehört hatte. Der Schüttemeister Nanno Gerdes, den sie dazu geholt hatten, wiegte den Kopf. Er war ein vorsichtiger und zurückhaltender Mann.

»Ich weiß nicht«, sagte er mit seiner hohen und markanten Stimme, »Redenius Ulbrandi ist sicherlich nicht der beliebteste Norder Bürger, aber er ist ein Mann von Einfluss und Ansehen, und er hat gute Freunde. Ich weiß nicht, ob wir einfach so in eines seiner Häuser eindringen können.«

»Aber ein Mensch ist in Lebensgefahr!« Grütering sprach schnell und aufgeregt.

Nanno Gerdes nickte. »Ich weiß, aber ich brauche eine Zeugenaussage von Frau Gesa, dass Eilert Hobben sie wirklich bedroht hat. Dann kann ich mir mit ein paar Männern das Haus vornehmen. Und ich brauche die Genehmigung des Bürgermeisters dazu.«

Renke entgegnete: »Die Aussage werdet Ihr von Frau Gesa nicht bekommen. Sie fürchtet, dass man Meike etwas antut.«

Nanno Gerdes stand auf. »Ich werde sofort mit dem Bürgermeister reden, wir müssen etwas unternehmen, so oder so.«

Man merkte, dass seine Entschlossenheit nur gespielt war. Er wollte gerne helfen, aber er war unsicher.

Renke Garrelts schlug vor: »Vielleicht können wir die Sache ja inoffiziell regeln. Der Mann, der uns die Tür öffnete, ist sicher in bestimmten Kreisen Nordens als Tunichtgut bekannt. Und solche Leute haben immer andere, die ihnen eins auswischen wollen oder die sich gerne mal zwischendurch ein bisschen prügeln ...«

Nanno Gerdes hörte sich den Plan an. Er war erleichtert, dass man die Dinge in die eigene Hand nehmen würde. Das machte ihm Mut. Entschlossen verkündete er: »Ich rede trotzdem mit dem Bürgermeister und wenn die Sache schief geht, kümmere ich mich darum.«

Weert Garrelts hatte eine ganze Reihe von Leuten, die keiner geregelten Arbeit nachgehen wollten und für gelegentliche Aufträge dankbar waren. Manchmal mussten Ladungen besonders schnell gelöscht oder umgeladen werden, manchmal fiel einer von der Mannschaft eines Schiffes aus, und für ein paar Tage schwere Arbeit oder Dienst auf einem seiner Schiffe bezahlte der alte Garrelts immer gut. Aber sonst verbrachten diese Männer ihre Zeit am liebsten ohne festen Vertrag. Sie verdienten genug, um sich gerade über Wasser zu halten, und wenn das Geld nicht mehr für Branntwein oder Bier reichte, gab es in Norden immer eine Möglichkeit, etwas zu ergattern. Keiner dieser Männer war ein Verbrecher. Darauf achtete der alte Garrelts genau. Er war immer auf das Ansehen seines Hauses bedacht. Aber er wusste, dass die meisten dieser Männer einer fröhlichen Schlägerei nie abgeneigt waren. Diese Männer machten ihre Auseinandersetzungen ja immer unter sich aus und nur selten wurde ein unbescholtener Norder Bürger in diese hineingezogen. Schuld und Unschuld, Freundschaft und Feindschaft wechselten bei diesen Streitereien von einer Stunde zur nächsten. Deshalb kümmerte sich der Stadtrat nicht sonderlich darum, zumal meistens auch keine ernsthaften Verletzungen zu beklagen waren und es immer irgendwie den Richtigen traf.

Fünf dieser Männer fanden sich nun kurze Zeit später *rein zufällig* in der Nähe des Hauses wieder, an dessen Tür Renke etwa eine Stunde zuvor abgewiesen worden war. Ein etwa zehnjähriger Junge, dessen Vater sicher einer dieser Männer war, klopfte und rief mit seiner Kinderstimme: »Macht auf, macht auf, etwas Schlimmes ist passiert.«

Eilert Hobben schreckte hoch. Er war gerade näher zu Meike hingekrochen. Die beiden anderen dösten ein bisschen, da wollte er sich die Gelegenheit nicht entgehen lassen.

»He, Schwittert, Bonno, wacht auf, da ist jemand.« Träge erhob sich der mit Bonno Angeredete und schlurfte zur Tür. Der andere ging wieder zu Meike und stopfte ihr vorsorglich das abgerissene Stück eines schmutzigen Lappens in den Mund.

Bonno öffnete die Tür einen Spalt und sah einen Jungen mit weißblondem Haar, der ihn frech angrinste. »Was willstu?«, brummte er schlecht gelaunt.

»Mach die Tür auf!«, sagte der Kleine. »Es ist ganz wichtig.«

»Hau ab«, antwortete Bonno mürrisch und wollte wieder schließen, da wurde die Pforte mit einem gewaltigen Ruck aufgedrückt. »Schwittert, komm her!«, rief er und drückte von innen gegen die Tür, aber schon waren fünf Männer im Haus und drängten ihn zurück, der letzte schloss den Eingang, damit nicht allzu viel draußen auf der Straße zu hören wäre.

42

Einige Zeit später saßen fünf Männer im Speicherhaus von Weert Garrelts. Einer von ihnen hatte ein geschwollenes Auge, ein anderer eine blutige Nase, und auch die übrigen sahen leicht ramponiert und trotzdem gut gelaunt aus. Weert Garrelts Magd Wilmke setzte ihnen fünf riesige Krüge hin, bis oben hin mit frischem Bier gefüllt, dazu hatte jeder ein ordentliches Stück frisch gebackenes Brot vor sich, und auf dem Tisch standen Schüsseln und Teller mit Würsten, Bratenfleisch und Käse.

Eielt, der so eine Art Anführer der Männer war, redete und kaute gleichzeitig. Zwischendurch spülte er seinen Mund mit einem kräftigen Schluck. Weert Garrelts zählte jedem von ihnen ein paar blanke Geldstücke auf den Tisch, mit denen sie die nächsten Wochen gut über die Runden kommen würden, ohne dass sie einen Finger krumm machen müssten.

»Die beiden kannten wir wohl«, erzählte Eielt. »Das waren Bonno und Schwittert Folpts. Die sind nicht ohne, und da hätte keiner von uns fehlen dürfen, sonst hätten wir das nicht geschafft.«

In einer Hand hielt er die Wurst und in der anderen den Bierkrug. Immer wenn er in die Wurst biss oder aus dem Krug trank und seine Erzählung kurz unterbrechen musste, nickten und bestätigten die anderen vier seinen Bericht. »Jo, so iss das gewesen.«

»Der Tintenkleckser, der hat gut was auf die Schnute gekriegt«, freute sich Eielt. »Der wollte der Kleinen was tun, und so was mögen meine Männer und ich nun mal überhaupt nich gerne! Diese Abreibung wird wohl eine Zeit vorhalten, und ich hab ihm gesagt, dass wir ihn nun auf dem Kieker haben und er sich in Zukunft gut vorsehen muss. Aber mit den beiden andern, das war hartes Brot.«

Wie zur Bestätigung riss er sich ein gutes Stück von seinem frischen Brot ab und stopfte es sich in den Mund, und während er mit beiden Backen kaute, erzählte er ausführlich von dem schweren Kampf mit den beiden, die sie dann doch besiegt hatten.

»Och«, sagte ein anderer, »die werden sich da erst mal ausruhen und morgen früh berappeln die sich wieder. Außer einer gehörigen Tracht Prügel ist denen nix passiert.«

Eielt wandte sich ihm zu: »Tja, Hinni, das nächste Mal werden wir wohl wieder Haue einstecken, Prost!« Er lachte laut und in die anderen fielen in das Gelächter ein.

Renke Garrelts hatte genug gehört. Er ging mit Grütering zum Schüttemeister und berichtete. Der war zufrieden mit dem Ablauf der Dinge. Bei Gelegenheit wollten sie sich Magister Redenius Ulbrandi vornehmen.

Lübbert Rimberti war froh, mit seinem Großonkel Heddo Kankena zusammenzusitzen. Sie sprachen über Luthers Auslegung der zehn Gebote, die im Januar gedruckt worden und erschienen waren. Das Buch lag vor ihnen auf dem Tisch. Sie verglichen den Fortgang der Kirchenerneuerung in Ostfriesland mit der Grafschaft Kringenberg, wo der Landesherr die Zügel wesentlich straffer in der Hand hatte als hier.

Heddos Finger berührten das Buch, das vor ihm lag, fast zärtlich. »Gebe Gott, dass unser junger Graf das Amt auch wahrnimmt, das Gott ihm anvertraut hat. Ein schlechter und gottloser Herr macht schlechte und gottlose Untertanen«, seufzte er und das hörte sich nicht zornig, sondern tief enttäuscht an.

»Grafen und Fürsten und Kaiser kommen und gehen«, munterte ihn Rimberti auf, »aber die Kirche bleibt. Es ist wichtig, dass wir nun das Fundament der Kirche ausbessern. Dann werden wir auch ungerechte und schwache Herren überstehen.«

»Die Obrigkeit ist nicht dazu von Gott eingesetzt, dass man sie erträgt und übersteht«, murrte Kankena.

»Nein, sie ist aber auch nicht dazu da, Gottes Reich zu errichten. Auch Enno hat gute Leute, die ihn beraten. Und mit ihnen und mit Gottes Hilfe wird auch für dieses Land etwas Gutes dabei herauskommen.«

Rimberti merkte, dass seine Worte den Freund nicht erreichten. Kankena war in Sorge. Er sah den Zerfall der alten Ordnung und sah Menschen, die an wichtigen Positionen saßen und nicht fähig und willens waren, etwas Neues aufzubauen.

Rimberti redete eindringlich auf ihn ein: »Die Menschen haben in diesem Land früher auch ohne Bischöfe und Obrigkeit als Kirche gelebt. Sogar einfacher als an anderen Orten. Und sie werden es auch fortan können – sogar noch besser als vorher, weil sie nicht nur auf die Freiheit der Friesen bauen, sondern jetzt auch auf Gottes Wort.«

Kankena nickte.

»Lieber Onkel, halte mich nicht für zu blauäugig, was die

Zukunft der Kirche angeht. Nicht umsonst habe ich mein Pfarramt aufgegeben. Die Wahrheit ist immer ein Wagnis. Auch Paulus und die Apostel haben dem Wort Gottes zugetraut, dass es die Menschen erreicht und verändert.«

»Lübbert, mir macht nicht Sorgen, dass sich vieles ändert. Ich habe hier ja selber Neuerungen eingeführt. Ich weiß auch, dass es so nicht mehr weiterging. Aber die Menschen wissen nicht, in welche Richtung es sich entwickelt.«

»Aber Päpste und Bischöfe waren auch keine Garantie dafür, dass es mit der Kirche in eine *gute* Richtung geht. Im Gegenteil, wie viel Leid und Unglauben haben unwürdige Männer der Kirche über diejenigen gebracht, die ihnen anvertraut waren. Der Glaube, den wir predigen müssen, macht die Menschen frei, und dazu gehört auch die Freiheit, sich wieder in neue Knechtschaft zu begeben oder die Freiheit, sich zu zerstören. Für viele wird diese Freiheit etwas Gutes sein, und sie verstehen erst dann, was Glaube und Gottes Gnade sind. Das haben wir nicht in der Hand.«

Heddo Kankena schmunzelte. »Mir scheint, du hast das Predigen noch nicht ganz verlernt. Schicke mir das zu, was Luther über den Unterricht und das Abendmahl geschrieben hat. Ich habe wenig Gelegenheit, an neue Bücher zu kommen. Lass uns jetzt zu Tisch gehen. Dini hat einen schönen Fisch zubereitet.«

Am Tisch sprach Lübbert Rimberti von Frau Gesa und von den vielen Dingen, die inzwischen passiert waren. Kankena hörte gespannt zu. »Ihr könnt etwas für uns tun, lieber Onkel. Für das Nachbardorf Kolkebörg wird ein neuer Pfarrer gesucht. Ich kenne einen guten Mann.«

»Johann Stevens und Hinrich Reese haben mir schon geschrieben, dass Bruder Adriaan de Beer, ein gelehrter und fähiger Mann, aus dem Kloster ausscheiden will. Das Zeugnis dieser beiden Männer reicht mir aus. Ich werde bei denen, die diese Entscheidung treffen, ein gutes Wort einlegen, und ich glaube, dass mein Wort auch gehört wird.«

»Daran habe ich keinen Zweifel«, schmunzelte Rimberti. »Auf die Pfarre von Kolkebörg wird demnächst vermutlich eine gehörige Schenkung zukommen, das könnt Ihr den Kirchvögten und Interessenten sagen, das wird Eurem Wort noch mehr Gewicht geben.«

Rimberti spülte den letzten Bissen des herrlichen Gerichtes aus gedünstetem Seefisch und frischem Gartengemüse mit einem Schluck Weißwein herunter.

Der Vormittag war gut gelaufen. Auf einem Hof in Blandorf hatte er sich mit den Männern getroffen, mit denen zu reden war. Die Schwierigkeiten ließen sich schnell beheben, das einzige ungelöste Problem würde der Graf entscheiden müssen, und Rimberti hatte den Brief des Pächters an sich genommen. Ihm war nicht wohl, so viel Geld bei sich tragen zu müssen. Er würde Fockena bitten, zwei seiner Männer für ihn und Grütering als Begleitung nach Leer abzustellen.

»Was ist nun mit deinem Toten?«, fragte Heddo, und Rimberti merkte ihm seine Ungeduld und Neugierde an. Er musste alles haarklein erzählen. Und er berichtete ihm auch von seinem Plan.

»Was war das für eine Figur, mit der Alwin erschlagen wurde?«, fragte Kankena.

»Eine Statue des Heiligen Ansgar. Das Besondere sind die Reliquien, die in der Statue verborgen sind.«

»Ansgar ist der Schutzpatron unserer Hager Kirche. Ich bin im Besitz einer Abschrift der Vita Ansgarii, die sein Schüler und Nachfolger Rimbert über ihn verfasst hat. Man weiß nicht, ob dieser wackere Bischof seinen Fuß jemals hierhergesetzt hat, aber in den östlichen Gegenden, in Rüstringen, Östringen und im Wangerland hat er Gottes Wort gepredigt, so wird jedenfalls überliefert. Die Grenze zwischen den Bistümern Bremen und Münster verlief eine Zeit zwischen Hage und Norden. Es wird erzählt, dass darum die Norder ihre Kirche nach dem Münsterschen und wir unsere Kirche nach dem Bremischen Bischof benannt haben. Auf jeden Fall genießt Ansgar in seinem Orden sehr großes Ansehen. Er war nicht nur ein fleißiger und hart arbeitender Mann. Er war auch ein Mann von großer Demut und Frömmigkeit. ›Wenn Gott ein großes Wunder tun will, dann sollte er aus mir einen frommen Menschen machen‹ – das soll er einmal gesagt haben.«

Rimberti schmunzelte: »Dann war er wirklich ein heiliger Mann.«

»Sagen wir lieber: er war ein Christ. Das genügt wohl«, verbesserte ihn Heddo Kankena. »Vor etwa vierhundert Jahren hat der Bremer Kanonikus Vicelius mit Erlaubnis des Erzbischofs Reliquien aus Ansgars Gebeinen gefertigt. Eine Partikel wurde auch der Hager Kirche vermacht, weil sie unter Ansgars Patrozinium erbaut worden ist. Die Reliquien aus Bendiktshusen sind ein wertvolles Vermächtnis. Der Überlieferung nach soll es eine Partikel aus dem Fußknochen und aus den Fingern sein. Sie werden deshalb so heilig gehalten, weil Ansgar zu Fuß seine Reisen in den Norden machte und mit eigenen Händen ein Gebetbuch geschrieben hat – die Pigmenta.«

Kankena senkte seine Stimme ein wenig. »Unsere Ansgar-Reliquie habe ich an einem sicheren Ort in der Kirche verstecken lassen. Ich will diesen Aberglauben nicht weiter verbreiten. Aber ich will auch nicht dulden, dass die Gebeine eines frommen und mutigen Mannes von den Bilderstürmern auf den Misthaufen geworfen werden – und wenn es auch nur ein paar Krümel aus seinen Knochen sind.«

Rimberti hatte interessiert zugehört. Der Reliquienglaube war für ihn Götzendienst. Aber er verstand doch, dass es eine Form war, das Andenken und das Vorbild von Menschen zu ehren, die sich als gute Christen erwiesen hatten. Er empfand für seinen Onkel großen Respekt, weil er immer gerecht und abgewogen in seinem Urteil war. So behutsam hatte er auch seine Gemeinde zu einem tieferen Verständnis des Glaubens geführt, ohne großes Aufsehen zu erregen. Die Messe wurde in Hage immer noch nach der alten Form gefeiert. Außer der Predigt wurden nur einige Gesänge und die biblischen Lesungen auf Deutsch gehalten. Nun war er dabei, die »Deutsche Messe«, die Luther vor zwei Jahren erarbeitet hatte, in Hage einzuführen.

»Übrigens«, erzählte Heddo Kankena weiter, »war dein Namensvorfahr Bischof Rimbert der Überlieferung nach in Norden, als die Nordmänner hier einfielen. Er soll mit seinem Gebet den tapferen Einheimischen zum Sieg über die Eindringlinge verholfen haben. Bei der Andreaskirche liegt ein Findling, in dem angeblich noch die Abdrücke zu sehen sind, die Rimberts Knie beim Gebet hinterlassen haben. Das ist wohl eher ein Märchen. Aber das andere überliefert Adam von Bremen in seiner Kirchengeschichte.«

Es tat Lübbert Rimberti gut, nach all diesen Aufregungen und Ereignissen der letzten Tage hier zu sitzen, zu reden und zuzuhören. Schließlich musste er sich verabschieden. »Übermorgen werden wir wieder reiten. Aber ich werde schreiben und die Bücher schicken, und wenn Gott will, so sehen wir uns im nächsten Jahr wieder.«

Als Rimberti am frühen Abend auf das Haus Garrelts zuging, kamen ihm einige Männer von zweifelhaftem Aussehen aus der Haustür entgegen. Lachend und laut redend verabschiedeten sie sich von Weert Garrelts, der ihnen von der Tür aus freundlich zunickte.

Genauso freundlich begrüßte er den verdutzen Rimberti: »Kommt ins Haus, lieber Herr Doktor und stärkt Euch. Wir haben Euch viel zu erzählen.«

Eben kamen auch Ibo und Renke vom Schüttemeister zurück und etwas später kehrte auch Grütering heim, nachdem er sich davon überzeugt hatte, dass Meike in Gesas Haus sicher und gut untergebracht war und dass es ihr, von einigen Prellungen und dem großen Schrecken abgesehen, gut ging.

43

Als Lübbert Rimberti am nächsten Morgen erwachte, war es, dem Stand der Sonne nach zu urteilen, schon spät. Er fühlte sich erholt und ausgeruht: er war in seinem Schlaf nicht gestört worden. Heute wollte er seine Geschäfte abschließen und noch einiges auf den Weg bringen. Gegen Abend waren sie mit Graf Enno verabredet. Auf einmal fürchtete und sorgte er sich, ob alles gut gehen würde. Es waren viele Ungewissheiten in ihrem Plan, und es stand viel auf dem Spiel.

Ulfert Fockena konnte schwindeln, ohne dabei rot zu werden. In der Dunkelheit hätte das übrigens auch niemand gesehen. Im Brustton der Überzeugung redete er auf Graf Enno ein.

»Diese beiden trefflichen Kaufleute, die Brüder Ibo und Renke Garrelts, der gelehrte und entschlossene Kanzler Dr. Lübbert Rimberti und sein mutiger und getreuer Sekretär Grütering – von meiner Wenigkeit natürlich zu schweigen, haben Euer Gnaden aufs Erstaunlichste gedient. Sie haben hervorragende Arbeit geleistet und unter Gefahr für Leib und Leben eine Bande ruchloser Mörder und Diebe ermittelt. Hervorheben möchte ich außerdem die Dienste Eures getreuen Dieners Derk Holthuis, der uns aufs Beste unterstützt hat.« Holthuis verzog sein Gesicht zu einem ziemlich dämlichen Grinsen.

Enno schaute in die beginnende Dämmerung. Sie standen im Schutz einiger Bäume und blickten ins Weite. Die Abendsonne vergoldete die ostfriesische Landschaft, während Fockena seinem Grafen in einer Mischung aus Wirklichem und leicht interpretierten und veränderten Tatsachen haarklein den Hergang der Ermittlungen erzählte. Ergebnis seiner Ausführungen war, dass eine Bande von Räubern und Mördern es auf die ostfriesischen Kirchenschätze abgesehen hatte, nachdem sie von der Einziehung dieser Werte durch den Grafen erfuhr. Diese Männer hätten es geschickt eingefädelt und Alwin als Helfer eingestellt. Sie hätten den unglücklichen Bruder ermordet und wollten in dieser Nacht die hier in der Gegend versteckten Schätze holen. Fockena habe einige Beobachter postiert. Da sie nicht genau wüssten, wo das Versteck wäre, müssten sie warten, bis die Männer ihre Beute holen kämen. Dann würden sie zuschlagen.

Rimberti hörte nur halb hin. Zufrieden war er mit dem, was er und seine neuen Freunde in dieser Zeit getan hatten. Aber er hatte auch Abgründe in Menschen gesehen, die ihm Angst machten. Er fühlte sich an die kurze Zeit erinnert, in der er Pfarrer gewesen war. Er fühlte sich dem Dunkel nicht gewachsen und wollte ihm entfliehen. Doch auch als er sein neues Amt angetreten hatte, bekam er mit Gleichem zu tun: Bestechung, Lügen, Habgier und manchmal einfach die Lust am Bösen. Das schreckte ihn nicht, aber das, was dahinter lag, der dunkle Abgrund, der machte ihm Angst.

Von der Seite sah er Christoph Grütering an. Dieser hatte sich als zuverlässiger und mutiger junger Mann erwiesen, der für andere Menschen sogar sein Leben riskierte.

Er dachte an Meike, die den Mut gehabt hatte, auf einem falschen Weg umzukehren und die dabei auch ihr Leben aufs Spiel gesetzt hatte. Er dachte an jene, die er wiedergesehen oder neu kennen gelernt hatte: die Äbtissin Meta und den Abt Synellius, Eggerik Beninga und Heddo Kankena, die Familie Garrelts und Ulfert Fockena. Die Erinnerung an diese Freunde würde ihn noch lange Zeit aus seinen schweren Gedanken retten können.

Ulferts dröhnende Stimme holte ihn auf den Boden.

»Graf Enno, wenn es hart auf hart kommt, dann sichert die Beute und lasst die Bande notfalls entkommen!«, riet Fockena. »Es bringt nichts, wenn wir im Kampf Männer verlieren, einige

Diebe töten und die anderen mit der Beute entkommen lassen. Die werden sich hier sowieso nicht wieder sehen lassen.«

Enno nickte. Er war nicht feige und würde einem Kampf auch nicht ausweichen, aber man musste das Schicksal auch nicht geradezu herausfordern. Und die Hauptsache war, dass man die Beute nicht verlor.

Sie hörten, dass ein Reiter näher kam. Es war inzwischen schon fast dunkel. Es war Tilko Wieben aus Marienhafe.

»Schnell, Ihr Herren, die Kerle sind unterwegs. Mein Bruder hat das Feuer angezündet. Beeilt Euch.«

Fockena wies Enno an: »Wenn Ihr den Weg nach Marienhafe mit Euren Leuten nehmt, dann reiten wir den anderen Weg. Vielleicht gebt Ihr uns noch Holthuis mit, damit wir noch einen erfahrenen Mann bei uns haben.«

Enno blinzelte Fockena einen Moment misstrauisch an und nickte. Er hatte ein sicheres Gefühl, wenn Holthuis mit Fockena ritt. Er hatte Respekt vor dem guten Freund seines Vaters, aber man konnte ja nie wissen.

Rimberti durchschaute Fockenas Plan. Während sie die vermeintlichen Diebe verfolgten und die zurückgelassene Beute sicherstellten, würden die drei Mönche mit ihren Reliquien ebenfalls in Sicherheit sein.

Doch es sollte ganz anders kommen. Eine Stimme war aus dem Dunkel zu hören, die ihnen nicht unbekannt war:

»Reitet nicht in diese Richtung, Graf Enno. Ihr werdet von Euren vermeintlichen Freunden betrogen.«

11

Magister Redenius Ulbrandi schwang sich trotz seines Alters elegant von seinem Pferd und verneigte sich. »Euer Gnaden, wenn Ihr den angeblichen Räubern nachjagt, werden aus der anderen Richtung vom Balkweg her die wirklichen Diebe kommen und Eure guten Ratgeber werden hier mit ihnen das Versteck ausplündern.«

Graf Enno starrte ihn an. Rimbertis Herz klopfte bis zum Hals. In Gedanken sah er sich schon in einem Verließ in der Berumer Burg und Evert Bruns als Aufseher für die Staatsgefangenen.

Graf Enno erwiderte: »Habt Ihr auch Beweise für diese schwer wiegenden Anschuldigungen, Magister Redenius?«

Redenius Ulbrandi lächelte. Er wollte seine Rache auskosten. »Fragt Euren treuen Diener Derk Holthuis!«

Alle drehten sich zu Holthuis um, der versuchte, ebenso überlegen wie Ulbrandi zu lächeln, aber es wurde nur das gewohnt dümmliche Grinsen daraus. »Genau so wie der Magister es sagt, verhält es sich, Euer Gnaden. Diese Männer mit Ulfert Fockena und dem fremden Advokaten an der Spitze haben mich erpresst. Ich sollte bei diesem Betrug mitmachen und dafür eine Belohnung erhalten. Reitet in die Richtung, in die Fockena mit seinen Leuten reiten wollte, und Ihr werdet Eure Mörder und den Schatz finden.«

Graf Enno wandte sich an Ulfert Fockena und Rimberti. »Stimmt das? Was habt Ihr mir zu sagen?«

Fockena ergriff schnell das Wort. »Herr, es ist keine Zeit, dass wir uns um dieses dumme Geplapper kümmern. Wenn wir hier noch mehr Zeit vertun, entkommen uns die Diebe mit ihrer Beute. Reiten wir doch den Weg, den Ulbrandi und Holthuis uns gewiesen haben. Ich schlage vor, dass Magister Redenius mit uns kommt, damit er auf uns aufpassen kann, und dass Holthuis mit zwei Männern hier bleibt, falls die Diebe doch einen anderen Weg nehmen. Ich lasse ihm auch noch zwei meiner Leute hier: Ahlrichs und Tattjes. Los, die Zeit drängt!«

Graf Enno nickte und gab das Zeichen zum Aufbruch. Er konnte diese Sache jetzt nicht klären, aber später würde er sich die Männer noch einmal vornehmen.

Im Nu saßen sie auf und ritten in der beginnenden Dunkelheit in Richtung Balkweg, ein Nebenweg, der sich durch die Landschaft schlängelte und hinter dem Kirchloog auf den Heerweg zwischen Aurich und Emden führte.

Aus der Finsternis kamen ihnen Reiter entgegen, die schnell mit ihren Pferden wieder kehrtmachten und davon ritten.

»Da sind sie!«, rief Enno plötzlich. »Verfolgt sie, Männer, hinterher!«

Enno ritt seinen Männern voraus und die anderen hatten Mühe mitzuhalten. Aber der Abstand zu den Flüchtigen wurde nicht kleiner. Im Gegenteil: Lübbert Rimberti merkte, dass er sich langsam vergrößerte.

»Los, reitet Leute, lasst sie nicht entkommen!«, rief Ulfert Fockena und gab seinem Pferd die Sporen. Sie kamen durch ein Waldstück und dann wieder auf einen Weg. In weiter Ferne konnten sie noch die verfolgten Reiter wahrnehmen, doch dann waren sie hinter der nächsten Wegbiegung verschwunden.

Rimberti hatte große Mühe, sich auf seinem schnell galoppierenden Pferd zu halten. Enno sagte nichts. Mit verzerrtem Gesicht starrte er nach vorn, wo noch ab und zu eine Bewegung zu ahnen war, bis sie nur noch Dunkelheit vor sich hatten. Nach einer halben Stunden brachen sie die Verfolgungsjagd ab. Sie hatten die Männer nicht mehr zu Gesicht bekommen. Und bei der nächsten Weggabelung hätten sie sich teilen müssen, weil hier der Heerweg kreuzte. Spuren gab es natürlich viele im festgetretenen Sandboden, aber es war in der Dunkelheit nicht zu erkennen, welchen Weg die Verfolgten genommen hatten. Sie würden sie nicht mehr einholen.

Enno machte sich mit seiner Truppe auf den Rückweg. Die Zeit kam Rimberti sehr lang vor, zumal er bemerkte, wie wütend Enno darüber war, dass er nicht bekommen hatte, was er haben wollte. Niemand wagte es, ein Wort zu sprechen. Rimberti konnte natürlich jetzt nicht mit Fockena und Garrelts reden, da Graf Enno sonst Verdacht schöpfen würde. Ob man sich aus dieser Situation retten konnte?

Kurz bevor sie zum Ausgangspunkt mit Holthuis und seiner kleinen Patrouille kamen, stieß Enno mit zwischen den Zähnen zurückgehaltener Wut hervor: »Fockena und Rimberti, Ihr werdet gleich einiges zu erklären haben.«

Als sie am Treffpunkt eintrafen, trauten sie ihren Augen nicht. Die fünf Männer saßen oder lagen verwundet und ramponiert im Gras. Am schlimmsten hatte es Holthuis erwischt, der wie halbtot an einen Baum gelehnt saß.

Enno sprang vom Pferd und stürzte auf Holthuis zu. »Was ist passiert, los, raus mit der Sprache!«

Holthuis drehte den Kopf weg und schnaufte. Er wollte nicht sprechen.

»Euer Gnaden, wenn ich Euch in Kenntnis setzen darf?« Mit Mühe aber dennoch feierlich erhob sich Ahlrichs aus dem Gras.

Enno stand im Nu vor ihm. »Redet Mann, was ist hier passiert? Wo sind die Schätze?«

Nun hatte Ahlrichs wieder einen seiner Auftritte, aber er wusste, dass Graf Ennos Geduld sehr begrenzt sein würde. »Ihr wart gerade erst ein paar Minuten weggeritten, da hörten wir Geräusche, Stimmen, Pferdegetrappel – ganz leise, aber wir konnten doch ausmachen, dass Männer gerade aus der Richtung kamen, von der Holthuis und Ulbrandi uns unbedingt fernhalten wollten.«

Rimberti sah zu Ulbrandi hin, der mit versteinerter Miene aufrecht in seinem Sattel saß.

Ahlrichs berichtete weiter: »Holthuis wollte sofort hinter Euch herreiten. Aber dann hätten wir ja die Männer aus den Augen verloren. Wir waren auf uns allein gestellt. Die Stimmen und Geräusche kamen immer näher. Holthuis befahl uns, im Versteck zu bleiben. Aber wir wollten uns nicht feige verstecken. So gab ich denn den Befehl zum Angriff und wir stürzten uns auf die Spitzbuben. Leider waren sie in Überzahl. Wir würden alle nicht mehr leben, wenn Holthuis nicht todesmutig weggelaufen wäre. So bekamen die Diebe wohl Angst, er würde Verstärkung holen und machten sich davon.«

Enno starte Ahlrichs an.

Und der ließ sich Zeit. Bedächtig schüttelte er den Kopf.

»Nein, Euer Gnaden. Mein Bericht ist noch lange nicht zu Ende. Das Beste kommt eigentlich noch. Obwohl der größte Schatz für Euch sicherlich die Treue und Tapferkeit Eurer Untertanen.« Er machte wieder eine kurze Pause.

Enno wollte dazwischenfahren, aber er bemerkte, dass ihn alle ansahen und hielt sich zurück.

Ahlrichs setzte wieder an. »Weil Tattjes und Holthuis tüchtig einstecken mussten, habe ich mit Euren beiden Männern vorsichtig die Verfolgung aufgenommen. In einem Gebüsch hier ganz in der Nähe hatten die Spitzbuben ein paar Säcke versteckt. Gerade als sie diese hervorzerren wollten, haben wir schrecklich viel Lärm gemacht und ein paar Pfeile auf sie geschossen. Vielleicht haben wir sogar den einen oder anderen von ihnen getroffen.«

Enno schluckte. Er versuchte, möglichst gelassen zu erscheinen. Aber das gelang ihm nicht so ganz. »Und?«, fragte er mit bebender Stimme.

»Sie haben sich auf der Stelle davongemacht und haben die meisten Säcke liegen gelassen. Wir haben sie wieder ins Gebüsch gebracht, da wir sie nicht hierher tragen mochten. Das Meiste konnten wir für Euch und die Wohlfahrt unseres Landes retten. Nun ist mein Bericht zu Ende.«

Bewegt ging Enno auf ihn zu und ergriff seine Hand. »Das soll dein Schade nicht sein, guter Mann. Führe uns nun zu der Stelle.«

Unterwegs ritt Rimberti neben Fockena. Und er hatte das Gefühl, dass dieser sich viel Mühe gab, nicht vor Lachen laut loszuprusten.

Den Inhalt von drei Säcken hatten Tattjes und Ahlrichs vor Graf Enno und den anderen ausgebreitet. Erlesene Abendmahlskelche lagen dort im Sand. Kerzenleuchter, Teller und andere Gegenstände aus Silber und Gold – teilweise mit wertvollen Steinen besetzt – funkelten im Mondlicht. Mit zittrigen Fingern strich Graf Enno vorsichtig über diese kostbaren Gegenstände.

»Dank euch«, richtete er sich an Ahlrichs und die Männer, die bei ihm standen, »dank euch und eurem Mut haben wir die Beute sichergestellt und vermutlich die Diebe für immer aus unserem Land vertrieben.« Er wandte sich an einen seiner Begleiter und flüsterte ihm etwas zu, woraufhin dieser ihm einen kleinen, ledernen Beutel gab.

Das ist ein kleiner Beweis für meine große Dankbarkeit!« Mit diesen Worten überreichte er Ahlrichs den Lederbeutel, der prall mit Münzen gefüllt war.

Dieser Dank gilt auch Euch, Ulfert Fockena, Rimberti und den Brüdern Garrelts. Sicherlich seid Ihr nicht auf Geldgeschenke angewiesen, aber ich habe viele andere Möglichkeiten, Euch meine Dankbarkeit unter Beweis zu stellen.« Mit diesem Versprechen nickte Enno den Angesprochenen zu.

»Redenius Ulbrandi und Derk Holhuis, Ihr habt durch Eure törichten Unterstellungen diese Unternehmung gefährdet. Ihr habt Männer, die mir treu dienen, durch boshafte Lügen in Verdacht gebracht. Weil ich auf Euch gehört habe, wären die Diebe fast mit der Beute entkommen. Was habt Ihr mir zu sagen?«

Ulbrandi sagte nichts! Er zitterte vor Wut und Enttäuschung. Nur Holthuis trat humpelnd nach vorn. Im Kampf hatte er wohl einiges einstecken müssen. So feierlich, wie es eben ging, richtete er das Wort an Graf Enno: »Hoher Herr Graf, es handelt sich um einen listigen Betrug ...«

Weiter kam er nicht. Ulfert Fockena schob ihn beiseite und sprach für ihn: »Graf Enno, lasst ihm noch ein wenig Zeit, sich eine abenteuerliche Geschichte zu überlegen. Ich an seiner Stelle würde erzählen, dass nicht Spitzbuben, sondern fromme Ordensschwestern den armen Bruder Alwin ermordet haben.« Er blinzelte Rimberti zu.

Der verstand und nahm den Faden auf. Er antwortete Fockena mit lauter Stimme – Enno zugewandt: »Nonnen – das klingt ein wenig zu abenteuerlich. Macht Mönche daraus. Dann können wir die mit Alwin unter eine Decke stecken.«

Mit gespielter Verwunderung fragte Fockena zurück: »Aber wie wollt Ihr dann erklären, dass eine Räuberbande unsere braven Norder Kaufleute in Leer angegriffen hat. Und warum sollten wir dieses Gesindel schützen, das ich selbst verhaftet habe?«

Rimberti lachte laut auf und sagte: »Das ist doch nicht schwierig. Sagen wir, die Mönche hätten sich als Räuber verkleidet und Holthuis eine Belohnung angeboten, damit er sie dann wieder frei lässt. Und wir decken sie, weil sie fromme Klosterbrüder sind, denen Gold und Silber egal sind, wenn sie nur ihre Messbücher und Reliquien mitnehmen können.«

»Hört auf, hört auf!«, unterbrach Graf Enno sie laut lachend. »Das klingt ja immer verrückter. Eine solch verworrene Geschichte habt Ihr mir da aufgetischt, wie sie sich kein noch so durchtriebener Lügner ausdenken kann. Ihr beide habt viel Sinn für lustige Schwänke. Nun Holthuis, Ihr wurdet unterbrochen. Was habt Ihr zu sagen?«

Alle starten Holthuis an, der nach Worten rang.

»Vielleicht könnte es doch etwas Licht in die Sache bringen, wenn wir Drost Beninga bitten, die Flucht der drei Spitzbuben in Leer etwas näher zu untersuchen,« sagte Fockena mit einem drohenden Unterton, der nur von Holthuis und den wenigen Eingeweihten wahrgenommen wurde.

Holthuis hatte verstanden. Schnell ergriff er das Wort: »Graf Enno, ich kann nicht mehr, als um Eure Gnade für mich und den Magister bitten. Wir waren wohl etwas unbedacht und voreilig und hätten beinahe Schaden über Euch und unser Land gebracht. Rechnet es unserer Treue zugute, mit der wir Euch und unserem Land dienen wollten.«

»Was meint Ihr dazu, Fockena?«, wandte sich Enno an diesen.

Ulfert Fockena lächelte verzeihend. »Gebt Holthuis eine Aufgabe, in der er seinen Diensteifer erproben kann. Der Abt des Klosters in Bendiktshusen braucht einen Berater und Sekretär, der die Verwaltung der Klostergüter übernimmt und ihm zur Seite steht. Das wäre eine ideale Aufgabe für Holthuis. Er sollte für diesen Dienst bei Abt Severin auf mindestens drei Jahre verpflichtet werden, damit er seine vielfachen Begabungen dort zur Entfaltung bringen kann und nicht wieder so schnell von einer gerade erst begonnenen Aufgabe abgezogen wird. Um den Magister müssen wir uns nicht sorgen. Er ist ein Ehrenmann, der nur Gutes im Sinn hat. Ich bin sicher, dass er uns nicht so rasch wieder auffallen wird.«

»Ihr seid ein gütiger Mann, Fockena. So soll es sein. Holthuis wird für drei Jahre mit Abt Severin zusammenarbeiten. Das ist ein fähiger Mann, von dem Ihr viel lernen könnt, Holthuis. Und nun lasst uns aufbrechen!«

45

Unterwegs, als sich ihre Wege getrennt hatten, stellte Rimberti Fockena zur Rede. »Ich glaube, Ihr seid mir ein paar Erklärungen schuldig.«

Ulfert Fockena prustete nun endlich los vor Lachen. »Habt Ihr sein dämliches Gesicht gesehen, als ich mit der Geschichte von den Mönchen kam? Ihm hat es glatt die Sprache verschlagen.«

Wieder übermannte ihn ein Lachanfall, und Rimberti verdrehte die Augen. »*Herr* Ulfert, ich muss nun wirklich darauf bestehen, dass Ihr die Situation erklärt!«

»Mein Plan war gut«, sagte Ulfert Fockena und wischte die Lachtränen aus seinen Augen und von seinen Wangen. »Der einzige unsichere Kandidat darin war Holthuis. Dass er Ulbrandi hineinziehen würde, konnte ich natürlich nicht ahnen, aber umso besser. Auf jeden Fall rechnete ich damit, dass auf ihn kein Verlass sei. Also habe ich eine Art Reserveplan entwickelt für den Fall, dass Holthuis uns verraten würde. Ein paar kräftige Männer standen als Räuberbande parat. Sie hatten Anweisung, die zurückbleibenden Soldaten zu überfallen und besonders bei Holthuis kräftig zuzuschlagen. Das haben sie ja auch getan. Es war alles mit Ahlrichs abgesprochen, der sich den ganzen Nachmittag lang seine Rede zurecht gelegt hat.«

»Und wenn Holthuis nichts unternommen hätte?«

»Ich war sicher, er würde es tun. Aber auch für den anderen Fall hatte ich alles so arrangiert, wie wir es ausgedacht hatten. Für beide Wege hatte ich drei Reiter bestellt, die schnell kehrtmachen sollten, sobald ihnen jemand von uns begegnete.«

»Und wenn wir sie eingeholt hätten?«

»Unmöglich. Ich habe die besten Reiter und die besten und schnellsten Pferde ausgesucht. Und meine Männer können sich notfalls immer irgendwo absetzen oder verstecken.«

»Und warum habt Ihr uns davon nichts gesagt?«, fragte Rimberti vorwurfsvoll.

»Weil ich wollte, dass Ihr ein genau so dummes und verdutztes Gesicht macht wie Enno und die anderen. Die Sache hat nur geklappt, weil die Überraschung für alle echt war. Ihr seid keine besonders guten Schauspieler. Verzeiht mir diesen Alleingang.«

»Und was fiel Euch ein, dem Grafen die ganze Wahrheit aufzutischen?«

»Genau das war ja unser Auftrag. Und den haben wir erfüllt. Wir haben Graf Enno die wahre Geschichte angeboten. Wenn er sie nicht hören will, so ist das wohl seine Sache. Was kann ich dafür, dass nichts so unglaubwürdig klingt, wie die Wahrheit?

Manchmal kann man die Wahrheit nur mit der Wahrheit verdecken«, erklärte Fockena mit unschuldiger Miene.

Als Rimberti mit Fockena und den Brüdern im Hause Garrelts eintraf, brannte noch Licht. In der Diele waren wieder die Männer, die er bei der vorherigen Aktion schon gesehen hatte. Sie saßen wieder an einem reich gedeckten Tisch, unterhielten sich laut und fröhlich und ließen es sich schmecken. Diesmal kamen sie Rimberti nicht so merkwürdig vor.

Der letzte Tag, den Rimberti und Grütering in Norden verbrachten, war angefüllt mit den verschiedenen Anlässen und Begegnungen. Renke und Ibo Garrelts setzten Graf Enno auseinander, wie wichtig eine gesetzliche Regelung für Handel und Zusammenleben in der Stadt Norden sein müsse. Besonders dem Vordringen fremder Händler müsste man Einhalt gebieten, um die eigene Wirtschaft zu fördern. Enno versprach ihnen, sich in der kommenden Zeit damit zu befassen. Wenn wieder Ruhe im Land eingekehrt wäre, wolle er eine Art Verordnung für die Stadt Norden erlassen. Mit dieser sehr vagen Versprechung und einigen sehr konkreten Privilegien entließ er die beiden. Von Rimberti ließ er sich die Vorhaben des Grafen von Kringenberg erklären und versprach wohlwollende Unterstützung, auf die Rimberti jederzeit zurückkommen dürfe.

Am Nachmittag traute Johann Stevens Adriaan de Beer und seine Rieke. Weert Garrelts lud die beiden und alle Freunde zur Feier in sein großes Haus ein. Eine Woche später sollten sie ihre Pfarre in Kolkebörg übernehmen. Gefeiert wurde die gelungene Aufdeckung und die erneute Verdeckung des Mordfalles. Und gefeiert wurde auch der Abschied bis tief in die Nacht.

46

Plötzlich wurde Redenius Ulbrandi wach. Hatte er ein Geräusch gehört? Es war still im Zimmer. Er hatte das Gefühl, dass jemand in diesem Raum war. Hell schien der Mond durch das Fenster. Er hörte sein eigenes Herz schlagen. Regungslos lag er da und wagte nicht, sich zu bewegen. Er hatte Angst, die Augen wieder zu schließen. Hatte er schlecht geträumt?

Langsam, so langsam und vorsichtig wie es irgend ging, drehte er den Kopf zur Seite. Er sah, dass zwei Männer an seinem Bett standen, schwarz gekleidet mit kalkweißen Gesichtern.

Ulbrandi schluckte und wollte um Hilfe rufen, als er eine Spitze an seinem Hals fühlte. »Ein Mucks und es war das Letzte, was du von dir gegeben hast«, flüsterte eine Stimme. »Dreh dich wieder um.«

Ulbrandi gehorchte. Er zitterte, er wurde fast ohnmächtig vor Angst. Er atmete schwer.

»Was wollt Ihr?«, sprach er leise und heftig. »Ich habe Geld im Haus, ich hole Euch etwas.«

»Bleib liegen!«, befahl die andere Flüsterstimme. »An dein Geld kommen wir jederzeit. Wir wollen nicht dein Geld, wir wollen dich. Du hast Freunden, die unter unserem Schutz stehen, etwas angetan, und darum müssen wir dich bestrafen.«

»Gesa? Hat Frau Gesa Euch geschickt?« Ulbrandi japste nach Luft. Er fühlte plötzlich Druck auf seiner Blase. Sein Herz klopfte immer lauter. Er spürte wieder das Messer an seinem Hals.

Die erste Stimme flüsterte erneut, scharf betonend: »Uns holt niemand. Und uns schickt niemand. Und wie du siehst, uns hält keine Tür und kein Schloss ab. Wir kommen. Wir suchen dich und wir finden dich, und eines Nachts stehen wir wieder an deinem Bett, und das wird deine letzte Nacht sein. Bis dahin wirst du keine Nacht ruhig schlafen, weil du weißt, dass wir kommen werden.«

»Ich werde nichts tun, niemandem, Frau Gesa nicht und Meike nicht und all den anderen auch nicht. Ich verspreche es. Glaubt mir. Ich schwöre es bei meinem Leben.«

»Bei meinem Leben«, wiederholte die Flüsterstimme, »bei deinem Leben! Genau so soll es sein. Und so wird es auch sein. Du kennst und siehst uns nicht, aber wir und unsere Freunde kennen dich. Und wir beobachten dich.«

»Ich verspreche alles, bitte, tut mir nichts.« Ulbrandi war nass vor kaltem Angstschweiß. Immer stärker spürte er den Druck, sich entleeren zu müssen.

»Trink das!«, forderte die Stimme ihn auf, er spürte eine leichte Berührung an der Schulter. Gleichzeitig verschwand die Messerspitze von seinem Hals. Vorsichtig drehte er sich um. Er versuchte, die Gesichter der Männer zu erkennen, aber er hatte sie nie vorher gesehen und unter dem Weiß waren die Gesichtszüge auch kaum auszumachen.

Einer der Geister hielt ihm eine kleine Flasche hin, die zur Hälfte mit einer dunklen Flüssigkeit gefüllt war.

»Was ist das, Gift?«, stöhnte Ulbrandi. Zum ersten Mal hatte er Angst um sein bloßes Leben. Er schluchzte auf und Tränen traten in seine Augen. Gleichzeitig spürte er, wie sich seine Blase entleerte, ohne dass er das Wasser halten konnte.

»Wenn wir dich töten wollten, hätten wir das längst getan. Du glaubst gar nicht, wie viele Gelegenheiten wir dazu schon hatten. Trink!«

Die rechte Hand Ulbrandis kam zitternd unter der Bettecke hervor. Er ergriff die kleine Flasche und führte sie an den Mund. Er hatte Mühe, nichts zu verschütten, so bebten seine Finger. Die Flüssigkeit war wohlschmeckend, aber leicht bitter.

Man nahm ihm die Flasche wieder ab. Schweigend standen die Männer weiter an seinem Bett.

»Wenn wir dich das nächste Mal besuchen, kommst du nicht so glimpflich davon«, sagte die zweite Flüsterstimme angriffslustig. »Also sieh dich vor, dass es gar nicht dazu kommt.«

Ulbrandi nickte. »Ja, das will ich. Ihr könnt Euch ...« Weiter kam er nicht. Ihm wurde plötzlich schwindelig. Jetzt werde ich sterben, dachte er, und das war sein letzter Gedanke, ehe ihn das Dunkel umschloss.

Auf einem Schiff der Familie Garrelts, das in der Morgendämmerung in Richtung Bremen ausgelaufen war, saßen drei merkwürdige Handelsreisende in einem Verschlag, den sie für die Dauer der Fahrt für sich hatten. Schweigend sahen sie auf das Honigfass, das in ihrer Mitte stand und auf dem eine Kerze flackerte. Was sie erleuchtete, war in dem Fass verborgen, gut in einem Lederstück eingeschnürt und von goldgelbem Bienenhonig umgeben. Sie sprachen ein Gebet für eine Gruppe lutherischer Ketzer, durch die Gott ihnen und den Reliquien des heiligen Ansgar die Rückkehr nach Hause ermöglicht hatte.

47

Redenius Ulbrandi erwachte. Er war schweißgebadet. Er hatte während des Schlafes so angespannt und verkrampft gelegen, dass seine Glieder schmerzten. Er wusste nicht mehr, was er geträumt hatte, aber sein erster Gedanke waren die beiden Männer. Bald jedoch wurde ihm klar, dass er das nicht geträumt hatte: Er schlug die Decke zurück und der Uringeruch stach ihm in die Nase.

Er setzte sich auf die Bettkante. Jetzt sah er, was auf dem Fußboden vor der Tür lag. Es war sein Schwert, von dem niemand etwas wissen sollte. Damit hatten die beiden Männer ihn in der Nacht bedroht. Dieses Schwert hatte doch auf dem Dachboden, zu dem niemand Zugang hatte, in einer Truhe gelegen. Die Truhe war geschlossen und in den letzten dreiundzwanzig Jahren niemals geöffnet worden. Dass man keinen Schlüssel brauchte, konnte niemand ahnen!

Er spürte wieder, wie sein Herz klopfte. Irgendjemand beobachtete ihn seit langem und wusste Bescheid über ihn und seine Geschichte. Magister Redenius war klar, dass er sich in Acht nehmen musste.

Am Vormittag reisten Rimberti und Grütering ab. Fockena ließ es sich nicht nehmen, die beiden und ihre kostbare Fracht mit zwei Männern selbst nach Leer zu bringen, wo bewaffnete Leute des Grafen von Kringenberg warteten, um sie mit den Einnahmen in die Heimat zu begleiten.

Sie waren jetzt auf der Höhe der Einsiedelei. Dort harrte – wie verabredet – Tilko, dem sie eine gute Belohnung auszahlten und natürlich alles erzählten. Er hörte gespannt zu und lachte vor Vergnügen. »Ihr habt Graf Enno hinters Licht geführt,« sagte er, »aber wenn man es genau bedenkt, haben alle doch bekommen, was sie wollten, oder nicht?«

Rimberti nickte. »Graf Enno hatte am Ende seinen Willen durchgesetzt: Er erhielt zwar nicht Alwins Mörder, aber dem galt wohl auch nicht in erster Linie sein Interesse. Dafür hat er den Schatz von Bendiktshusen bekommen, bis auf die Reliquien, ein Altarkreuz und zwei Abendmahlskelche.«

»Und bis auf das hier.« Tilko wies auf ein zugeschnürtes Tuchbündel. »Ich war gestern noch einmal bei der Einsiedelei und habe das hier gefunden.« Er wickelte das Bündel aus. Zum Vorschein kam die Ansgar-Statue, mit der Alwin erschlagen worden war. Da, wo das Behältnis mit den Reliquien in die Figur eingelassen war, war jetzt nur noch eine Vertiefung.

Fockena betrachtete die Figur. »Sie haben nur die Reliquien mitgenommen und die Figur liegen gelassen. Vielleicht war es ihnen nicht geheuer, eine Mordwaffe in ihrer Klosterkirche zu verehren. Vielleicht war es ihnen auch zu umständlich, sie mitzunehmen.«

»Willst du uns noch einen letzten Gefallen tun?«, fragte Lübbert Rimberti Tilko. Bringe diese Figur zu Pfarrer Heddo

Kankena nach Hage. Bestelle ihm unsere Grüße und erzähl ihm, woher die Statue kommt und auch alles andere, was er noch nicht weiß. Aber das Meiste aus dieser Geschichte kennt er, und bei ihm ist unser lieber Bischof Ansgar am besten aufgehoben.« Grütering gab ihm noch ein kleines Geschenk für die Kinder mit, die den Tuchfetzen gefunden hatten. Tilko, der überall herumkam, kannte die Familie auch.

Nachdem sie sich von dem jungen Mann verabschiedet hatten, ritten sie weiter. »Tja«, sprach Rimberti mehr zu sich selber. »Tilko hat gar nicht so Unrecht. Am Ende haben alle das bekommen, was sie wollten, nur Alwin nicht. Enno hat sein Gold, unsere drei Brüder haben ihre Reliquien, das Handelshaus Garrelts hat ein paar Privilegien und wir haben Ennos Unterstützung, wenn wir sie brauchen, sogar Holthuis ist von Enno befördert worden.«

Grütering hatte Rimbertis Worte gehört und dachte ebenfalls laut: »In einem so kleinen Landstrich wie Ostfriesland, wo Männer wie Severin und Adriaan, Holthuis und Ulfert Fockena, und Graf Enno und Eggerik Beninga zusammenleben, – da bleibt Gott ja gar nichts anderes übrig, als seine Sonne über Gerechte und Ungerechte scheinen zu lassen.«

Rimberti räusperte sich vernehmbar. »Vielen Dank, lieber Grütering, für deine geistliche Vermahnung.« Er warf diesem einen viel sagenden Blick zu und schüttelte den Kopf, als aber Fockena nun in schallendes Lachen ausbrach, da musste er doch mitlachen.

»Ach, übrigens, Grütering, du und Ibo, ihr seid gestern Nacht während der Feier für eine längere Zeit verschwunden. Wohin wart ihr beide denn so spät noch unterwegs?«

Grütering tat geheimnisvoll: »Wir waren an der frischen Luft«, kam es kurz angebunden.

»Ach ja-a«, rätselte Fockena weiter, »unser lieber Magister Ulbrandi war heute Morgen schon bei Notar Ufen. Er hat einen guten Stapel Emder Gulden für Keas Haus auf den Schreibtisch des Notars gezählt und gleich die Urkunde aufsetzen lassen, mit der er einen Hof auf die Kirche von Kolkebörg übertragen hat. Er scheint es sehr eilig damit gehabt zu haben. Seltsam: er bat Ufen darum, möglichst vielen Leuten davon etwas hinter vorgehaltener Hand zu erzählen.«

48

Maurermeister Edo Tjaden betrachtete sein Werk. Für ihn war es natürlich keine besonders anspruchsvolle Arbeit, ein Loch in einer Wand zuzumauern und zu verputzen. Aber schließlich ging es vor allem darum, ein Geheimnis zu verbergen.

Pfarrer Heddo Kankena betrachtete ebenfalls zufrieden die Stelle, an der Tjaden noch einmal über den Putz strich. Er hatte den Auftrag gegeben, das Hagioskop zuzumauern. Durch diese kleine Auslassung in der Altarwand hatten bisher diejenigen der Messfeier zusehen können, die aufgrund von Krankheit oder wegen eines Bannes nicht mit den anderen in der Kirche sein konnten.

Kankena war zu der Überzeugung gekommen, dass man eine solche Vorrichtung nicht mehr brauche. Außerdem war diese röhrenartige Auslassung in der Altarwand bestens dazu geeignet, eine Figur des Namenspatrons der Ansgarikirche aufzunehmen.

Niemand würde seine Ruhe stören. Edo Tjaden war ein Mann, der in seinem Leben mit äußerst wenigen Worten auskam, und der diese Worte niemals damit vertat, Geheimnisse von Freunden weiterzuerzählen.

So fand die Statue des heiligen Bischofs Ansgar nach der unruhigen Wanderschaft der letzten Tage doch in einer seiner Kirchen ein Zuhause.

Ansgar wurde 801 in Nordwestfrankreich geboren und wuchs im berühmten Benediktinerkloster Corbie auf. 822 kam er in das Kloster Corvey bei Höxter. Auf Missionsreisen kam er nach Dänemark und Schweden und wurde 831 Erzbischof von Hamburg. Drei Jahre nachdem 845 Hamburg von den Wikingern zerstört worden war, kam Ansgar als Bischof nach Bremen und war nun als Bremer Bischof auch für die ostfriesischen Regionen der Bremer Diözese zuständig. 865 verstarb er und wurde als erster Missionar Skandinaviens, als religiöser Schriftsteller und bedeutender Bischof verehrt. Sein Schüler und Nachfolger Rimbert hat eine Darstellung des Ansgar-Lebens verfasst. Schon 867 wurde Ansgar heilig gesprochen. Viele norddeutsche Kirchen wurden nach ihm benannt. In der Region Ostfriesland wurde die Hager Kirche Ansgar geweiht. Seine Reliquien wurden u.a. in sein Heimatkloster Corbie und sicherlich in die nach ihm benannten anderen Kirchen geschickt.

Der Benediktinerorden geht auf Benedikt von Nursia zurück, der 529 das Kloster Monte Cassino gründete und eine Lebensordnung, die so genannte Benediktinerregel (»Ora et labora«) verfasste, nach der die Mönche lebten. Recht bald war dieser Orden bekannt für seine vielfache, kulturelle Aktivität: von Landwirtschaft bis zum Schulwesen und zu Wissenschaften. 910 ging vom Benediktinerkloster Cluny eine prägende Klosterreform für ganz Europa aus. Die Benediktiner wurden die »Erzieher Europas« genannt. Benediktiner haben am Vorabend der Reformation den Humanismus und die kirchliche Erneuerung gefördert.

In Ostfriesland waren die Benediktiner der erste Orden, der Klöster gründete. Es sind da: Meerhusen bei Aurich, Thedinga im Moormerland, Sielmönken in der Krummhörn, Marienthal in Norden, Marienkamp bei Esens und Ihlow südlich von

Aurich. Einige dieser Klöster wurden später vom Zisterzienserorden weitergeführt, nur Thedinga und Marienthal waren in der Reformationszeit noch benediktinisch. Die Ordenstracht der Benediktinermönche und -nonnen ist schwarz.

Edzard I. (1462-1528), der von dem ostfriesischen Geschichtsschreiber Tilemann Dotias Wiarda den Beinamen »der Große« bekommen hat, galt mit seinem Vater Ulrich als der bedeutendste Regent Ostfrieslands. Nach erfolgreichen Kriegszügen im Jeverland und im Harlingerland konnte Edzard 1506 sogar die Stadt Groningen mit den Umlanden seinem Herrschaftsgebiet zufügen. Edzards Gegner, Braunschweig, Sachsen und Oldenburg verbündeten sich und überzogen 1514 das Land mit Krieg. Erst durch den Tod des Braunschweiger Herzogs bei der Belagerung Leerorts wurde Edzards Gegnern ein empfindlicher Schlag versetzt. 1517 musste Edzard in einem Friedensvertrag sein Herrschaftsgebiet etwa auf die heutigen Grenzen Ostfrieslands zurücknehmen. Immerhin gelang es ihm, 1517 die Regentschaft über die Herrlichkeit Jever zu erlangen und die Verbindung Jevers mit Ostfriesland durch eine geplante Heirat seines Sohnes mit Fräulein Maria in Aussicht zu stellen. Dazu kam es aber später doch nicht. Graf Edzard hat die Verbreitung reformatorischer Schriften und die evangelische Predigt in seinem Herrschaftsgebiet gestattet, auch wenn er die Reformation wohl nicht aktiv unterstützt hat. Erst kurz vor seinem Tod 1528 hat er sich zur evangelischen Lehre bekannt. Trotz der bewegten Kriegs- und Krisenzeiten konnte er seinem Sohn Enno ein verhältnismäßig geordnetes Land hinterlassen.

Enno II. wurde 1505 geboren. Als Graf Edzard am 16. Februar 1528 verstarb, übernahm der dreiundzwanzigjährige Enno die Herrschaft. Er ließ als erster ostfriesischer Herrscher Münzen mit seinem Porträt prägen. Zu Beginn seiner Herrschaft ließ er aus Kirchen und Klöstern Gold- und Silberkunstwerke, Geld, liturgische Gewänder und andere Wertgegenstände – angeblich für das Wohl des Landes – beschlagnahmen. Ein großer Teil der ostfriesischen Kunst dieser Zeit ist seither für immer verschwunden. Außerdem wurde eine Reihe von Klöstern und Ordensniederlassungen aufgelöst. In der Folgezeit verschwanden fast alle Klöster und Klostergebäude mit ihren Bibliotheken und ihrem reichen Kulturgut. Wegen kurzsichtiger, materieller Vorteile hat Enno Ostfriesland einen großen Schaden zugefügt, der durch das weitgehende Fehlen kultureller und geschichtlicher Zeugnisse aus dem Mittelalter und der frühen Neuzeit bis heute deutlich zu spüren ist. Immerhin ließ er die Befestigungen des Landes wieder in Stand setzen und modernisieren. 1530 heiratete er Anna von Oldenburg. Die Kriege mit Balthasar von Esens und Karl von Geldern in den dreißiger Jahren brachten das Land an den Rand des Ruins. Zwei Versuche, allen Kirchen Ostfrieslands durch Kirchenordnungen ein lutherisches Gepräge zu geben, scheiterten ebenso wie das Projekt einer Rückführung des Landes zur päpstlichen Kirche. 1540 starb Enno in seiner Burg in Emden. Seine Frau ließ ihm in der Großen Kirche ein prächtiges Grabmal errichten. In der Forschung wird Enno eher kritisch beurteilt. Während Heinrich Reimers ein bei aller Zurückhaltung doch eher positives Bild zeichnet, schreibt Walter Deeters: »Das durch Verfall und Zerstörung schwer beeinträchtigte Denkmal steht in seiner künstlerischen Qualität hoch über der Person des darunter Bestatteten.«

Eggerik Beninga wurde 1490 als Sohn des Häuptlings und Propstes Garrelt Beninga in Grimersum geboren. Seine Familie war eine der angesehensten Adelsfamilien Ostfrieslands. Er erhielt nach dem frühen Tod seines Vaters am Hofe Edzards I. eine sehr gute Bildung und war wohl des Lateinischen mächtig. Geprägt war er von der kirchlichen Erneuerungsbewegung und vom Humanismus. 1524 wurde er Amtmann und Drost in Leerort und hat den Ausbau der Festung geleitet. 1528 wurde er

Propst von Weener und Hatzum. Berühmt ist er bis heute als Verfasser seiner Chronik Ostfrieslands, in der neben selbst Erlebtem viele Quellen und Überlieferungen verarbeitet sind. Es ist die erste Gesamtdarstellung der ostfriesischen Geschichte, und sie ist Ausdruck eines besonderen ostfriesischen Heimatbewusstseins. Sein Leben lang diente er seinem Land in wichtigen Ämtern und Funktionen, zuletzt als Rat der Gräfin Anna. In diesem Amt hat er die Polizeiordnung von 1545 maßgeblich mitgeprägt. Im Alter von 66 Jahren übernahm er in den unruhigen Zeiten noch einmal das Amt des Drosten der Festung Leerort, die wieder verstärkt wurde. Im Alter von 71 zog er sich dann in seine Grimersumer Heimat zurück, wo er 1562 verstarb.

Gerhard Synellius (auch: Snellius oder Schnell) war benediktinischer Theologe und Abt. Er stammte aus Groningen und war seit 1500 Abt auf Rottum. Er wurde 1512 Abt des Klosters Marienthal in Norden. Das Kloster Marienthal war das angesehenste ostfriesische Kloster, zu dem die Familie Cirksena eine besondere Beziehung hatte. Darum stand Synellius ebenfalls in einer engen Verbindung zur ostfriesischen Grafenfamilie und hatte eine besondere Stellung unter den Äbten im Land. Synellius war ein hoch gebildeter Mann. Er war dem Humanismus verpflichtet und stand in der geistigen Tradition der »Brüder vom gemeinsamen Leben«. Er gehörte also zu denen, die eine innere Erneuerung der Kirche wollten. Dennoch widersetzte Synellius sich den reformatorischen Bestrebungen und wagte es, während der Norder Disputation vom 1. Januar 1527, die alte römische Kirche öffentlich zu verteidigen. Noch im gleichen Jahr verließ er Norden, um bald darauf wieder zurückzukehren. Die enge Beziehung zur ostfriesischen Grafenfamilie blieb bestehen und Gräfin Anna schickte ihn 1542 als Gesandten in diplomatischer Mission nach Maastricht zu Graf Johann, um über dessen Ansprüche auf Ostfriesland zu verhandeln. Synellius blieb bis zu seinem Tod der letzte Abt von Marienthal. Er genoss auch den Respekt reformatorisch gesinnter Männer. Ubbo Emmius zählt ihn als Beispiel für friesische Gelehrsamkeit auf.

Mit Humanismus bezeichnet man eine Erneuerungsbewegung in Kultur und Kirche vom 14. bis zur Mitte des 16. Jahrhunderts. Mit dem Rückgang auf antike Quellen erhoffte man sich neue Impulse zur Erneuerung von Bildung, Kunst, Frömmigkeit, Kirche und Gesellschaft. Wichtige Persönlichkeiten des Humanismus in Deutschland waren Johannes Reuchlin, der das Studium der griechischen und hebräischen Sprache förderte, sein Neffe Philipp Melanchthon, der eine Reform von Schul- und Universitätswesen prägte und als Mitarbeiter Luthers das evangelische Kirchentum mit aufbaute, und vor allem Erasmus von Rotterdam, der als zentrale Persönlichkeit des Humanismus anzusehen ist und mit seinem Ideal einer Bildungs- und Kirchenerneuerung die Reformation mit beeinflusst hat, auch wenn er der Römischen Kirche treu blieb.

Kankena, Heddo (Mester Hidde) war Sohn des Dornumer Häuptlings Eger Cankena. Er war in der Reformationszeit Pfarrer in Hage. 1517 vertrat er noch die altgläubige Lehre, bald danach ging er zur Evangelischen Bewegung über. Darum kann er wohl als der Reformator Hages gelten. Seine genauen Lebensdaten sind uns nicht bekannt. Nach einer Überlieferung soll er im Oktober 1540 verstorben sein.

Leerort war eine der ostfriesischen Landesfestungen, die im 15. Jahrhundert von den Hamburgern angelegt wurde. Edzard I. ließ die Festung ausbauen. 1514 wurde sie von den Braunschweigern belagert und unter dem Kommando von Johann von Soest tapfer verteidigt. Als der Sohn des Geschützmeisters mit einem Kanonenschuss den Braunschweiger Herzog Heinrich d. Ä. tötete, zogen sich die Braunschweiger zurück. Unter Enno II. wurde 1528 die Festung erweitert und modernisiert. Ein zweiter Ausbau wurde von Gräfin Anna 1556-58 angeordnet. Beide Arbeiten wurden von Eggerik Beninga geleitet. Von 1611 an stand eine niederländische Garnison in der Festung, die erst 1744 mit dem Übergang Ostfrieslands an Preußen aufgegeben wurde. In der darauffolgenden Zeit wurde die Festung geschleift.

Norden gilt als älteste Stadt Ostfrieslands und wurde von Ubbo Emmius zusammen mit Emden als bedeutendste Stadt Ostfrieslands gewertet. In Norden endete der Handelsweg, der von Bremen aus über Oldenburg führte. Durch die Sturmfluten des 14. Jahrhunderts wurde Norden zur Hafenstadt. Schiffsverkehr und Handel erreichten in der Zeit um 1500 ihren Höhepunkt. In dieser Zeit gab es in Norden zwei Klöster: das Dominikanerkloster, das Enno II. auflösen und zu seiner Residenz ausbauen ließ – später wurde es als Lateinschule die Keimzelle des heutigen Ulrichsgymnasiums – und das berühmte Kloster Marienthal des Benediktinerordens, in dem Töchter aus den bedeutenden ostfriesischen Familien als Nonnen lebten. Der letzte Abt des Kloster war der bekannte Gelehrte Gerhard Synellius. Nach der Auflösung des Klosters entstand hier das Gasthaus (Armenhaus) der Stadt. Direkt am Markt besaß Norden zwei außerordentlich große und prachtvolle Kirchen, die Ludgerikirche mit einem gotischen Hochchor und die Andreaskirche, die 1531 zerstört wurde. Erst seit 1996 gibt es in Norden an anderer Stelle wieder eine eher bescheidene Andreaskirche.

Der Norder Hafen wurde wegen seiner Größe von Henricus Ubbius 1530 gelobt. Weniger gut fand Ubbius, dass über diesen Hafen große Mengen Hamburger Bier nach Ostfriesland gelangten. Die Handelsbeziehungen nach Hamburg waren genau so wie die Verbindungen nach Amsterdam und Rotterdam für die Norder Schifffahrt in der Reformationszeit von Bedeutung, sodass sie sogar das Missfallen der Emder Schifffahrts-Eigner erregten. Über den Norder Hafen wurden landwirtschaftliche

Produkte, Pferde, Rinder, aber auch Flachs ausgeführt. Eingeführt wurden Wein, Honig, Tuch, Obst, Getreide und das bereits erwähnte, beliebte Bier aus Hamburg. Im Laufe des 16. Jahrhunderts wurde der Norder Handel ausgeweitet. 1542 befuhren Schiffe aus Norden sogar die Ostsee. Gegen Ende des Jahrhunderts musste der Norder Hafen vom Sielhafen aus weiter südlich an seinen heutigen Platz verlegt werden.

Reformation nennt man die Kirchenreform in der ersten Hälfte des 16. Jahrhunderts, die wesentlich von Luther und seinen Mitarbeitern in Wittenberg, von Zwingli und von anderen Theologen in der Schweiz und Süddeutschland angestoßen und geprägt wurde. Sie führte zu einer Teilung der abendländischen Kirche in die erneuerte römisch-katholische Kirche, in die lutherisch und reformiert geprägten evangelischen Kirchen und außerdem in freie Gemeinschaften, z.B. Täufergemeinden.

Reliquien sind Überreste von Menschen, die als Heilige verehrt wurden. In der Frühzeit der christlichen Kirche verehrte man die Gräber der Märtyrer, die durch die Christenverfolgungen ihr Leben verloren. Später ging man dazu über, Reste ihrer Knochen in eine Steinplatte einzumauern und in den Altar einer Kirche einzufügen. Dadurch sollten die Heiligen in der Kirche präsent sein, und die Gläubigen bekamen Anteil an ihrer heiligen Kraft. Manche Reliquien wurden auch in so genannten Reliquiaren, in besonderen, kunstvoll gefertigten Behältnissen aufbewahrt. Gegenstände, mit denen Christus in Berührung gekommen ist, genossen besondere Verehrung. Im ausgehenden Mittelalter erlebte die Reliquienverehrung einen Höhepunkt. Mit der Wallfahrt zu einer Reliquie wurde den Gläubigen Ablass der zeitlichen Strafen im Fegefeuer zugesagt. Die Reliquienverehrung wurde in den evangelischen Kirchen abgeschafft, auch wenn die Gebeine mittelalterlicher Heiliger in manchen Kirchen in Ehren gehalten wurden.

Stevens, Johann (Stephanus) soll nach einer Überlieferung im Jahr 1520 auf Graf Edzards Bitte hin von Luther aus Wittenberg nach Norden gesandt worden sein. Er ist somit als einer der ersten evangelischen Pastoren in Ostfriesland anzusehen. 1526 vertrat er gemeinsam mit dem evangelischen Prediger Aportanus beim Oldersumer Religionsgespräch die reformatorische Lehre. Während seiner Dienstzeit hielt er immer den Kontakt zu Martin Luther und besuchte ihn auch einige Male. Seine genauen Lebensdaten sind nicht überliefert. Verstorben ist er nach 1544, denn in diesem Jahr wird er noch einmal in einem Brief der Gräfin Anna erwähnt.

Woltpad (woltpatt/ walt patt): alte Bezeichnung für die Wegverbindung zwischen dem Brookmerland und Aurich. Mit Wold wird ein bewaldetes und feuchtes Moorgebiet bezeichnet. Durch eine so geprägte Landschaft führt dieser Weg besonders zwischen Victorbur und Walle.

Historisches Stichwort: Ostfriesland in der Zeit der Reformation

Da Ostfriesland von den Zentren kirchlicher Macht in Bremen, Osnabrück und Münster weit entfernt lag, konnten sich im Mittelalter Sonderentwicklungen der Kirchengeschichte durchsetzen. So wurden Pfarrstellen durch Grund besitzende Kirchenmitglieder besetzt, die Vermögensverwaltung blieb vor Ort, viele Priester waren verheiratet und als Instanz zwischen Ortsgemeinden mit Pastoren einerseits und den Bischöfen andererseits hatten die Pröpste eine machtvolle Position. Diese Pröpste waren meist keine geweihten Priester, sondern Angehörige der angesehenen und bedeutenden Häuptlingsfamilien.

Am Vorabend der Reformation kann man ein blühendes kirchliches Leben im Land feststellen, die wenigen erhaltenen Überlieferungen geben ein Zeugnis davon. So bestand durchaus keine Notwendigkeit wegen großer sozialer Gegensätze oder wegen schwerwiegender kirchlicher Missstände für eine Reformation.

Dennoch wurden unter Duldung von Graf Edzard I. reformatorische Gedanken schon recht früh um 1520 im Land verbreitet. In dieser Zeit predigten in den größeren Orten des Landes evangelische Theologen. Träger des reformatorischen Gedankengutes waren niederländische Theologen und jüngere Geistliche, die in Wittenberg studiert hatten. In Oldersum kam es im Sommer 1526 zu einem Religionsgespräch zwischen Vertretern der altgläubigen und der reformatorischen Richtung. Dieses von Junker Ulrich von Dornum initiierte und veröffentlichte Religionsgespräch war der Durchbruch der Reformation in Ostfriesland, aber noch lange Zeit bestanden Altes und Neues nebeneinander, und eine Reihe von römisch-katholischen Amtsträgern blieb in ihren Funktionen.

1528 trat Graf Enno II. die Nachfolge seines Vaters an. Etliche Klöster wurden aufgelöst, andere jedoch bestanden noch jahrelang. Den Klosterbesitz ließ Enno beschlagnahmen, und er ließ durch seine Beauftragten viele kirchliche Wertgegenstände einziehen. Dadurch ging ein großer Teil kultureller und schriftlicher Überlieferungen des alten Ostfrieslands für immer verloren. Ob diese radikalen Eingriffe in das kirchliche Leben von radikalen Theologen geprägt wurden, die unter dem Einfluss von Zwingli und Karlstadt standen, muss offen bleiben. Immerhin versuchte Enno durch die Berufung Bugenhagens, Ordnung in die ungeregelten kirchlichen Verhältnisse zu bringen, denn inzwischen tauchten in Ostfriesland radikale Prediger auf, die andernorts nicht geduldet wurden. Nachdem die Berufung Bugenhagens gescheitert war, unterstützen zwei niederländische Theologen, die in Bremen Dienst taten, Enno bei seinem Versuch einer Ordnung des kirchlichen Lebens. Aber auf Dauer ließ sich – wie auch im übrigen Deutschland – das Auseinanderbrechen der Evangelischen Kirche in eine lutherisch und eine reformierte, zwinglianisch ausgerichtete Kirche nicht verhindern. Wegen der reformierten Prägung vieler Gemeinden und Pfarrer war eine lutherische Kirchenordnung auf Dauer nicht für alle verbindlich durchsetzbar. Auch als Enno nach einem verlorenen Krieg verpflichtet wurde, eine streng lutherische Kirchenordnung einzuführen, was 1535 auch geschah, war die Entwicklung zu zwei getrennten Kirchen nicht mehr aufzuhalten oder gar zurückzuführen.

1540 verstarb Enno. Ab 1542 regierte seine Witwe, Anna von Oldenburg, vormundschaftlich das Land. Sie erließ 1545 eine Polizeiordnung zur Regelung des öffentlichen und kirchlichen Lebens. Schon 1542 konnte sie den in Emden lebenden polnischen Theologen Johannes a Lasco (Jan Laski) für das Bischofsamt eines evangelischen Superintendenten in Ostfriesland gewinnen. A Lasco hat die reformierte Kirche in Nordwestdeutschland und auch in Nordwesteuropa in hohem Maße geprägt und mit aufgebaut, aber ihm blieb mit seiner profiliert reformierten Theologie die Schaffung einer gemeinsamen evangelischen Kirche in Ostfriesland versagt. So gab es am Ende der Reformationszeit in Ostfriesland in einem Territorium zwei evangelische Konfessionskirchen, die immer in spannungsvollem Verhältnis zueinander standen.

Für die Erarbeitung des historischen Hintergrundes waren die folgenden Bücher und Aufsätze eine große Hilfe:

Karl-Ernst Behre und Hajo van Lengen: Ostfriesland. Geschichte und Gestalt einer Kulturlandschaft. Aurich, 1995.
Ufke Cremer: Norden im Wandel der Zeiten. Norden, 1955.
Walter Deeters: Kleine Geschichte Ostfrieslands. Leer, 1985.
Festschrift zur Wiedereinweihung der restaurierten Ludgerikirche mit der Arp-Schnitger-Orgel. Herausgegeben von der Ev.-luth. Kirchengemeinde Norden. Norden, 1985.
Magda Heyken: Chronik des Fleckens Hage. Norden, 1989.
Ubbo Emmius: Friesische Geschichte (Rerum Frisicarum historiae libri 60), Band I – VI. Aus dem Lateinischen übersetzt von Erich von Reeken. Frankfurt, 1982.
Ubbo Emmius: Ostfriesland (Führung durch Ostfriesland, d.h. genaue geographische Beschreibung Ostfrieslands). Aus dem Lateinischen von Erich von Reeken. Frankfurt, 1982.
Eckart Krömer: Kleine Wirtschaftsgeschichte Ostfrieslands und Papenburgs. Norden, 1991.
Philippus Oppenheim, O.S.B.: Der heilige Ansgar und die Anfänge des Christentums in den nordischen Ländern. München, 1931.
Eberhard Rack: Besiedlung und Siedlung des Altkreises Norden. Aurich, 1967
Peter Friedrich Reershemius: Ostfriesländisches Prediger-Denkmal. Aurich, 1796.
Heinrich Reimers: Enno II. Sonderdruck aus dem Kalender »Ostfreesland«, Jg. 1935. Norden, 1935.
Heinrich Schmidt: Politische Geschichte Ostfrieslands. Ostfriesland im Schutze des Deiches, Band 5. Leer, 1975.
Menno Smid: Ostfriesische Kirchengeschichte. Ostfriesland im Schutze des Deiches, Band 6. Pewsum, 1974.
Martin Tielke (Hrsg.): Biographisches Lexikon für Ostfriesland, Band 1, herausgegeben im Auftrag der Ostfriesischen Land-

schaft. Aurich, 1993. Daraus besonders die Beiträge »Beninga (Fam.)« von Walter Deeters, »Beninga, Eggerik« von Werner Delbanco und »Synellius, Gerhard« von Martin Tielke.
Martin Tielke (Hrsg.): Biographisches Lexikon für Ostfriesland, Band 2, herausgegeben im Auftrag der Ostfriesischen Landschaft. Aurich, 1997. Daraus besonders die Beiträge »Enno II.« und »Cirksena« von Walter Deeters.
Harm Wiemann und Johannes Engelmann: Alte Wege und Straßen in Ostfriesland. Ostfriesland im Schutze des Deiches, Band 8. Pewsum, 1974.
Carl Woebcken: Kurze Geschichte Ostfrieslands. Jever, 1949.